A

Das Glück scheint dem Pariser Makler Xavier nicht gewogen. Seine Frau hat ihn verlassen, seinen Sohn sieht er nur jedes zweite Wochenende. Doch dann entdeckt er während einer Wohnungsbesichtigung ein jahrhundertealtes Teleskop, das ihm ungeahnt neue Perspektiven auf seine bezaubernde Stadt schenkt und mit dem er aus der Ferne Bekanntschaft mit einer faszinierenden Unbekannten macht. Die beherbergt in ihrer Wohnung aus zunächst unerklärlichen Gründen ein echtes Zebra. Xavier beginnt sich in die mysteriöse Fremde zu verlieben und der Zufall will, dass ein ganz persönlicher Auftrag sie in sein Büro führt …

Antoine Laurain arbeitete als Drehbuchautor und Antiquitätenhändler in Paris. Der internationale Durchbruch als Romanautor gelang ihm mit *Liebe mit zwei Unbekannten* (2015). Auch *Der Hut des Präsidenten* (2016) war in zahlreichen Ländern ein Bestseller. Zuletzt erschien von ihm auf Deutsch *Eine verdächtig wahre Geschichte* (2022) und *Das Glück im Sternbild Zebra* (2023).

Katrin Segerer, geboren 1987, studierte in Düsseldorf Literaturübersetzen und überträgt seither Literatur für Kinder, Jugendliche und Erwachsene aus dem Englischen und Französischen.

Maja Ueberle-Pfaff, geboren 1954 in Karlsruhe, lebt als Literaturübersetzerin, Autorin und Herausgeberin in der Nähe von Freiburg. Sie übertrug u. a. Gore Vidal, Mark Twain und Karine Tuil ins Deutsche.

Antoine Laurain

Das Glück im Sternbild Zebra

Roman

Aus dem Französischen von
Katrin Segerer und Maja Ueberle-Pfaff

Atlantik

Die Originalausgabe erschien 2022 unter dem Titel
Les Caprices d'un astre bei Flammarion, Paris.

*Atlantik ist ein Imprint des
Hoffmann und Campe Verlags, Hamburg.*

1. Auflage 2024
Taschenbuchausgabe
Les Caprices d'un astre

www.hoffmann-und-campe.de
Umschlaggestaltung: © FAVORITBÜRO, München
Umschlagmotiv: © Shutterstock
Gesetzt aus der Trump Mediäval
Satz: Pinkuin Satz und Datentechnik, Berlin
Druck und Bindung: GGP Media GmbH, Pößneck
Printed in Germany
ISBN 978-3-455-01756-4

HOFFMANN
UND CAMPE

Ein Unternehmen der
GANSKE VERLAGSGRUPPE

Dieses Buch ist Guillaume Le Gentil
(1725–1792) gewidmet:
glückloser Astronom, ehrenwerter Mensch
und wahrer Held.

Die Sonne ist der Schatten Gottes.

Michelangelo

Am 26. März ging Guillaume Joseph Hyacinthe Jean-Baptiste Le Gentil de la Galaisière, Astronom an der königlichen Akademie der Wissenschaften von Paris, in Lorient an Bord der mit fünfzig Kanonen bestückten Fregatte *Le Berryer*, die mit Ziel Indien in See stach. Als das Kriegsschiff den geschützten Hafen der französischen Küstenstadt verlassen hatte, konnte er sich gerade noch rechtzeitig an einen Mast klammern, denn beinahe wäre er mit seinen Lackschuhen, auf denen silberne Schnallen schimmerten, auf den Deckplanken ausgerutscht. Der Wind der Bretagne fuhr unter seinen blauen Gehrock und blähte das Spitzenjabot, und er drückte sich mit der freien Rechten den Dreispitz aus schwarzem Filz fester auf den Kopf. Vor ihm lag eine lange, gefahrvolle Reise. Wer zu jener Zeit den Fuß auf ein Schiff setzte, um die Meere zu überqueren, wusste nie so genau, ob er lebendig zurückkommen würde. Guillaume Le Gentil hatte von Seiner Majestät, König Ludwig XV. von Frankreich, einen präzisen Auftrag erhalten, und er war auch zweifellos hervorragend geeignet, ihn auszuführen. Mit Hilfe seiner Teleskope und anderer astronomischer Instrumente sollte er den Durchgang der Venus vor der Sonne beobachten, auch Venustransit genannt, damit man sich nicht mehr auf Vermutungen stützen musste, sondern die tatsächliche Entfernung zwischen Erde und Sonne errechnen konnte.

Der kleine Planet, der den Namen der Liebesgöttin trug, erschien in Zeitabständen vor der Sonnenscheibe, die man nur als originell bezeichnen konnte: Nach dem ersten Durchgang dauerte es acht Jahre bis zum nächsten und dann wieder einhundertzweiundzwanzig Jahre. Danach ging es mit acht Jahren weiter, darauf folgten einhundertfünf bis zum nächsten Transit. Diese Zyklen von acht, einhundertzweiundzwanzig und einhundertfünf Jahren waren seit der Entstehung des Universums konstant geblieben.

Guillaume Le Gentil hatte alle erdenklichen Vorkehrungen getroffen, um das erstaunliche Phänomen nicht zu verpassen, das er am 6. Juni 1761, ein Jahr nach seiner Abreise, von Pondichéry aus beobachten wollte. Würde es ihm gelingen, wäre er als einer der ersten Menschen in der Lage, die Entfernung zwischen dem Zentralgestirn und der Erde viel genauer als bisher zu bestimmen.

Alles war bis ins kleinste Detail vorbereitet, und doch sollte nichts so verlaufen wie geplant.

Sie atmen.

Sie sind am Leben.

Alles ist gut.

Sie sitzen. Spüren Sie das Gewicht Ihres Körpers, das Gewicht Ihrer Füße, Ihrer Hände, nehmen Sie die Geräusche wahr, die Sie umgeben.

Die vertraute Frauenstimme aus den Kopfhörern seines Smartphones wirkte beruhigend. Es war bei jeder Sitzung dieselbe. Xavier Lemercier hatte inzwischen fünfzehn davon absolviert, eine pro Tag. Sogenannte »Achtsamkeitsmeditationen«. Diese wissenschaftliche Praktik hatte er zufällig entdeckt, als er das Rauchen aufgeben wollte. Er hatte sich zuvor noch nie mit dem Thema beschäftigt und stand dieser Art von Übungen aus Prinzip eher ablehnend gegenüber, weil er vermutete, sie wären voller esoterischer Phrasen, eingefärbt von New Age und billigem Schamanismus. »Stellen Sie sich vor, Sie sind ein Fuchs, schnuppern Sie an der Blume, die in Ihnen blüht«, »Richten Sie Ihr Herz auf den ewigen Planeten Gaia, die nährende Mutter allen Lebens«. Doch das Programm, das er heruntergeladen hatte, war anders, es zielte allein darauf ab, in jeden Tag eine dreißigminütige Pause einzubauen und so bestmöglich den rastlosen Rhythmus der Gedanken zu verlangsamen, die einen ständig wie Fliegen umschwirrten. Die inzwischen gewohnte Verabredung mit »der Stimme« und ihren beruhigenden Sätzen war fast so angenehm wie ein kühles Getränk auf einer sonnigen Terrasse nach Feierabend. Für dreißig Minuten pro Tag gelang es Xavier beinahe, seine Sorgen zu vergessen, was für ihn eine echte Leistung war.

Lassen Sie nun, wenn Sie mögen, Ihre Gedanken in den Hintergrund treten und beginnen Sie mit dem Bodyscan.

Beim Bodyscan durchwanderte man im Geist den Körper von den Zehenspitzen bis zum Kopf hinauf und identifizierte Stellen des Unwohlseins. Xavier bemerkte regelmäßig Schmerzen im unteren Rücken und einen verkrampften Magen.

Seit gut zwei Monaten plagten ihn Sorgen. Die Geschäfte seiner Immobilienagentur stagnierten. Es kam nur noch selten zu Abschlüssen, und das ohne triftigen Grund. Natürlich blieb der Markt in Paris auch 2012 lukrativ, die Preise sanken nicht, aber in diesem Jahr waren die Kunden, die Immobilien verkaufen oder erwerben wollten, rar gesät. Die üblichen Indikatoren – privater Konsum, Kaufkraft, Börsenmarkt – konnten diese Zurückhaltung in keinster Weise erklären. Trotzdem zogen alle »Marktteilnehmer«, wie es so schön hieß, dieselbe Bilanz: Aktuell ging nicht viel. Die robusteren blieben gelassen oder taten zumindest so, die fragileren fingen an, sich beunruhigende Fragen zu stellen. Die Immobilienagentur Lemercier & Bricard war seit mittlerweile zwanzig Jahren eine feste Größe. Xavier hatte sich mit einem Kommilitonen von der Handelshochschule in den Immobilienmarkt von Paris und Umgebung gestürzt. Heute war er siebenundvierzig und leitete Lemercier & Bricard allein. Wenn irgendjemand nach »Monsieur Bricard« fragte, antwortete Xavier beharrlich, der Kollege sei gerade auf Geschäftsreise. Zwei Namen klangen in seinen Ohren seriöser, nach einem eingeschworenen Team und vielen gut gerüsteten Mitarbeitenden.

Bruno Bricard, sein Partner »auf Geschäftsreise«, hatte vor zwei Jahren urplötzlich beschlossen, aufs Land zu ziehen. Er hatte seinem Freund anvertraut, er sei das Großstadtleben, den Verkehr und den Smog leid und würde ihm gerne seine Anteile verkaufen. Zusammen mit seiner Frau und den beiden Kindern wollte er noch einmal neu anfangen, vom Erlös ihrer Pariser Wohnung ein gigantisches Domizil aus dem siebzehnten Jahrhundert auf achtzehn Hektar in der Dordogne erwerben und es in ein Bed and Breakfast verwandeln. Während seiner letzten Monate in der Agentur hatte er mehrfach versucht, Xavier davon zu überzeugen, es ihm gleichzutun, mit jeder Menge Diagrammen, Umfragen und Hochrechnungen, die prophezeiten, dass die Städte bald versinken würden in Feinstaub, Verschmutzung und sich wie Ungeziefer vermehrenden Autos. Natürlich hatte Bruno nicht ganz unrecht, aber Xavier konnte sich ein Leben auf dem Land nicht vorstellen. Außerdem hatte sein Freund, im Gegensatz zu ihm, eine intakte Familie. Seit der schwierigen Scheidung von Céline teilte Xavier sich mit ihr das Sorgerecht für ihren elfjährigen Sohn Olivier. Als er dieses Argument Bruno gegenüber angebracht hatte, konnte der nur zerknirscht nicken. »Ja, für dich ist es tatsächlich komplizierter«, hatte er zugegeben.

Es kam Xavier vor, als wäre sein Leben irgendwann aus den Fugen geraten, aber den genauen Moment konnte er nur schwer bestimmen. Oft fühlte er sich wie ein Junggeselle ohne Zukunft, der anderen mit mehr Tatendrang und Mitteln Wohnungen verkaufte, damit sie sich darin ein Leben aufbauen konnten – so viele Pläne, die ihm selbst nicht länger realisierbar erschienen.

Im Grunde ist nichts kompliziert.

Schwierigkeiten existieren häufig nur in Ihrem Kopf. Sie befrachten Situationen mit einer Angst, die Sie überhaupt nicht brauchen und die keinen Mehrwert hat.

Beachten Sie sie gar nicht.

An einer Seereise ist im Grunde nichts kompliziert, außer dass das Schiff von haushohen Wellenbergen in die Höhe und die Tiefe geschleudert wird, empfindsame Gemüter unter Seekrankheit leiden und man auf Dauer leichte Platzangst bekommt. Louis de Vauquois, der Kapitän der *Le Berryer*, war, weil der Herzog von La Vrillière es so angeordnet hatte, sehr um seinen Astronomen bemüht. Guillaume Le Gentil war zwar bei Sturm ein wenig grün um die Nase und bekam einen starren Blick, doch wenn eine sanfte Brise wehte und die Sonne schien, erwies er sich als charmanter Reisegefährte. Außerdem war seine Anwesenheit durchaus nützlich, denn mit seinen präzisen Messinstrumenten verhalf er dem Kapitän zu Informationen, die dessen Seekarten nicht zu entnehmen waren. Le Gentil berechnete die Route auf Grund der Beobachtung von Mond und Gestirnen und korrigierte nicht selten die von den Offizieren ermittelte Entfernung zum Festland um mehrere Tausend Seemeilen. Sein gewaltiges Teleskop aus Kupfer und Messing, das auf einem Stativ stand und wie Gold glänzte, imponierte Vauquois außerordentlich. Bei Vollmond hatte Guillaume Le Gentil den Kapitän einmal eingeladen, das Auge ans Okular eines kleineren Teleskops zu legen, und dem Kapitän der *Le Berryer* hatte es schier den Atem verschlagen: Der Erdtrabant war auf einmal so nahe gerückt, dass die Krater nicht weniger deutlich vor ihm lagen als der Leuchtturm von St. Malo bei der Einfahrt in den Hafen. Ein anderes Mal machte der Kapitän den Wissenschaftler auf einen Lichtstreif aufmerksam, der ihnen seit einer guten halben Stunde über den Himmel zu folgen schien. Daraufhin holte der Astronom ein anderes, etwas massiveres Teleskop aus seinem Gepäck, das nur auf einem Bein stand. Der Lichtstreif war ein Komet, und Guillaume Le Gentil konnte, wenn er die Augen zusammenkniff, sogar dessen Schweif erkennen. In der folgenden Woche schrieb er mehrere Notizhefte voll und legte Kompass und Gänsefeder kaum aus der Hand, weil er unbedingt die Geschwindigkeit des Kometen messen wollte. Die Aufgabe machte ihm Freude, und infolge der milden Temperaturen auf dem Weg zum Kap der Guten Hoffnung vergaß er seine Angst vor dem Meer und sogar seine Seekrankheit. Bei den Mahlzeiten, die er in der Kapitänskajüte einnahm, wurden ihm gebratene Fische vorgesetzt, die er aus französischen Gewässern nicht kannte. Eines Morgens hing im Netz der *Le Berryer* sogar ein Tintenfisch von der Größe eines Pferds, dessen Tentakel vom Bug bis zum Heck reichten. Die Mannschaft hackte ihn mit Äxten in Stücke, und der Koch leerte ein ganzes Fass Wein in seine gusseisernen Töpfe und garte die Teile in einer selbst kreierten Brühe. Am Abend ließen sich die Männer das zarte, jodhaltige Fleisch des riesigen Mollusken munden.

Der unerwartete Fang gab Anlass zu Gesprächen über Meereskreaturen, von denen eine furchterregender aussah als die andere, und keiner der Anwesenden konnte sagen, ob die Bilder, die er von Holzstichen kannte, der Phantasie entsprangen oder auf echten Beobachtungen fußten. Angeblich ließ sich in den Gewässern vor dem Kap der Guten Hoffnung bei heftigen Stürmen gelegentlich der schreckliche Caracac blicken. Der Kapitän hatte ihn selbst noch nie zu Gesicht bekommen, aber er kannte die Beschreibung von Augenzeugen. Eifrig holte er einen dicken Wälzer aus seinem Regal, für dessen Einband sicherlich die Haut zweier fetter Schweine verarbeitet worden war, und schlug ihn auf. Als Guillaume Le Gentil sich darüberbeugte, sah er einen Holzstich mit der Abbildung eines Ungeheuers, das einem dreißig Meter langen Drachenkopf ähnelte. Das weit aufgerissene Maul des Fisches war fünfmal so breit wie das vergoldete Gitter im Palast von Versailles, und aus der Spitze seines Schädels schoss ein Wasserstrahl hoch in die Luft. Guillaume Le Gentil lief ein Schauer über den Rücken. Sollte es ihnen beschieden sein, den Weg des Ungeheuers zu kreuzen, sagte der Kapitän, so zähle er darauf, dass Gott ihnen zu Hilfe komme. Er bekreuzigte sich und schlug mit entschlossener Geste das Buch wieder zu.

Einige Tage später kam Le Gentil an Deck, während das Schiff gerade zur Umrundung der Südspitze Afrikas ansetzte. Er trat an die Reling und sah eine grau glänzende, vom Salz des Ozeans gegerbte Masse aus den Wellen auftauchen. Aus ihr spritzte ein Geysir fünfzehn Meter hoch in die Luft. Dem Astronomen stockte der Atem, der Holzschnitt wurde lebendig … gleich würde der Caracac untertauchen und das Schiff mit sich in die Tiefe reißen!

Er hatte noch nie einen Wal gesehen, und nun umkreisten gleich mehrere dieser Kreaturen das Schiff, überall schossen Wasserfontänen in die Luft, an Steuerbord und an

Backbord, während die gutgelaunten Matrosen fröhliche, unerschrockene Gesänge anstimmten. Einigermaßen beruhigt zog Guillaume Le Gentil seine kleine runde Stahlbrille aus der Jackentasche, die er sich von Margissier, der auch die optischen Komponenten seiner Teleskope baute, eigens hatte anfertigen lassen. In dem Gestell steckten zwei geschwärzte Augengläser, mit denen er in die Sonne blicken konnte, ohne seine Netzhaut zu schädigen. Er dachte an Hortense, die Frau, die in Paris zurückgeblieben war und seit fast anderthalb Jahren auf ihn wartete. Er sah sie vor sich, in der Abgeschiedenheit ihrer gemeinsamen Wohnung, wie sie mit ihren zarten Fingern ein kompliziertes Muster auf ein Zierdeckchen stickte, während er zur selben Zeit, von Walen begleitet, durch die Meereswogen glitt. Bei dem Gedanken, was er ihr bei seiner Rückkehr alles würde erzählen können, lächelte der Astronom versonnen. Da fegte ihm eine Windböe unvermutet den schwarzen Dreispitz vom Kopf. Der Hut flog auf einen Walrücken, wo er erst liegen blieb und Sekunden später von einem kräftigen Wasserstrahl in die Luft gewirbelt wurde.

Xavier dachte oft an sie. Nichts hatte funktioniert mit Céline. Wer hätte ahnen können, dass der schöne Moment ihrer ersten Begegnung zwölf Jahre später mit einem Scheidungsurteil in einem Gerichtssaal enden würde? Ihre Geschichte war schrecklich banal, und genau darin lag ihre Macht. Der Mangel an Originalität bot keinerlei Angriffspunkt für den Zufall oder eine unerwartete Wendung. Nein, die platten Zahlen türmten sich auf wie eine unüberwindbare Mauer: Jede zweite Ehe wird wieder geschieden. Fifty-fifty. Drei Jahre nach der schmerzlichen Trennung, die in den letzten Monaten eskaliert war, musste Xavier noch immer mindestens ein paarmal pro Woche daran zurückdenken. Wenn die Stimme sagte: »Sobald Ihre Gedanken wandern, lenken Sie Ihre Aufmerksamkeit sanft, aber bestimmt wieder zu Ihrem Atem«, wusste er genau, wohin diese Wanderschaft führen würde, nämlich in die Flure des Justizpalastes, zu seinem Anwalt Monsieur Murier und Célines Anwältin Madame Guerinon, zu den Falschaussagen von Célines Freunden, denen zufolge Xavier ein Haustyrann war und seine Frau und sein Sohn in ständiger Angst vor ihm lebten. Zu den wahnwitzigen Unterhaltsforderungen und zu Olivier, für den Céline im ersten Jahr das alleinige Sorgerecht erhalten hatte und den sie gegen seinen Vater aufstachelte, indem sie ihm einredete, es sei alles Xaviers Schuld. Bruno war Xavier in dieser schwierigen Zeit eine Stütze gewesen, und ein paar gute Wohnungsverkäufe zu hohen Preisen hatten es ihm ermöglicht, den Sturm zu durchsegeln. Natürlich war er ordentlich gebeutelt worden, aber danach wurde das Fahrwasser ruhiger, und er konnte allmählich wieder eine Beziehung zu seinem Sohn aufbauen. Xavier hatte den Entschluss gefasst, vor Olivier niemals schlecht über Céline zu sprechen. Diese Beschwichtigungsstrategie wirkte sich nun zu seinen Gunsten aus, denn Céline hatte keineswegs nachgelassen und machte den Vater vor dem Jungen weiterhin mies. Doch seit ein paar Monaten schien Olivier sich von den Manövern seiner Mutter nicht mehr so leicht täuschen zu lassen.

Beim leisen Gong, der das Ende der Sitzung markierte, öffnete Xavier die Augen. Sonne flutete das Wohnzimmer der Sechzig-Quadratmeter-Wohnung, in der er nun lebte. Wenigstens zu einem war sein Job als Immobilienmakler gut gewesen: ihre hundertdreißig Quadratmeter im Haussmann-Stil dank seiner Verbindungen zum besten Preis zu veräußern und etwas Ruhiges für sich in einer guten Lage zu finden. Ein Zimmer für ihn, eins für seinen Sohn, eine große Terrasse mit Blick auf eine Grünanlage, die meistens leer war. Es schien, als würde in seinem Leben nicht mehr viel Bedeutsames passieren.

Xavier erhob sich aus seinem Sessel, streckte sich ein wenig. Es war Zeit, zur Arbeit zu gehen.

Frédéric Chamois, sein Praktikant, hatte zwei Anrufe entgegengenommen. Eine Besichtigungsanfrage für eine Achtzig-Quadratmeter-Wohnung mit Blick auf den Innenhof, fünfte Etage mit Aufzug – eine schöne Immobilie, die seit drei Monaten auf dem Markt war. Der andere Anruf kam von den neuen Eigentümern der letzten Wohnung, die Xavier vor der deutlich spürbaren Flaute verkauft hatte. Madame Carmillon machte sie darauf aufmerksam, dass die alten Eigentümer einen Schrank im Flur nicht geleert hätten. Die Agentur solle ihnen doch bitte Bescheid geben, damit sie ihre Sachen abholten und die Carmillons besagten Schrank nutzen könnten. Anscheinend waren sie schon während der Renovierungsarbeiten eingezogen.

»Sie haben die Abnahme gemacht, oder, Chamois?«, fragte Xavier.

»J-J-J… Ja«, antwortete der junge Mann, »a-a-a… an einen vollen Schrank kann ich mich nicht erinnern.«

»Ich mich auch nicht«, meinte Xavier. »Egal.«

Frédéric Chamois stotterte. Wie schwer, hing vom Tag und vor allem vom Wetter ab. Xavier war aufgefallen, dass »Chamois« – er nannte ihn immer beim Nachnamen – weniger stotterte, wenn es regnete. Aber diese Erkenntnis behielt er wohlweislich für sich.

Xavier hinterließ eine Nachricht bei den alten Eigentümern. Keine Antwort bis zum nächsten Tag. Ebenso wenig bis zum übernächsten. Die Sachen aus dem Schrank schienen ihnen nicht sonderlich wichtig zu sein, und es überraschte Xavier auch nicht, dass er kein Lebenszeichen bekam. Wenn die Leute eine Immobilie verkauften, wollten sie nicht mehr dorthin zurück, nichts mehr davon hören. Sobald sie den Scheck eingelöst hatten, schlossen sie das Kapitel ab und vergaßen sogar das Gesicht des Maklers, der den Verkauf durchgeführt hatte.

Xaviers Handy klingelte. Auf dem Display stand »Banque Marchandeau«.

»Guten Tag, Monsieur Lemercier«, begrüßte ihn sein Bankberater, »sind Sie gerade in Paris oder auf Geschäftsreise im Ausland?«

»Ich bin in Paris, in meiner Agentur«, antwortete Xavier.

»Das dachte ich mir schon«, bemerkte der Bankberater. »Eben wurden 650 Euro von Ihrem Konto abgebucht, aus Hongkong. Da hat jemand Ihre Kreditkarte gekapert. Ich kümmere mich um alles und melde mich wieder, Monsieur Lemercier.«

Piraten! Piraten! An Steuerbord! Sie wollen uns kapern!« Die Schiffsbesatzung ließ alles stehen und liegen und blickte zum Ausguck hinauf. Ganz oben am Großmast saß in einem breiten Mastkorb ein junger Mann, der mit einem Fernrohr den Horizont vor sich absuchte und ein besonderes Augenmerk auf die Flaggen der Schiffe richtete, die die Route der *Le Berryer* in näherer oder weiterer Entfernung kreuzten.

Auch Guillaume Le Gentil stürzte aus seiner Kabine, unter dem Arm das lange Teleskop, das er an Steuerbord auf ein Stativ montierte. In den hellen Lichtkreis vor seinen Augen schob sich ein Schiff, das etwas kleiner war als die *Le Berryer*, aber nicht weniger eindrucksvoll, und als er mit dem beweglichen Rohr dem Mast nach oben folgte, sah er an seiner Spitze die Flagge mit dem Totenkopf über zwei gekreuzten Knochen.

»Sie wenden!«, schrie die Wache. »Sie halten auf uns zu!«

Der Kapitän lief zu dem Astronomen, stellte sich neben ihn und hob ebenfalls sein Fernrohr. Guillaume Le Gentil erwartete eine beruhigende Bemerkung, doch der Kapitän ließ sich Zeit. Dann senkte er das Instrument und rief seinen Männern zu: »Kurs zwei Strich Steuerbord und Großsegel setzen!« Der Befehl wurde von den Matrosen mit lauter Stimme wiederholt, und das Schiff änderte seinen Kurs. Guillaume Le Gentil schloss die Augen. Bilder von grausam grinsenden Ganoven mit Zahnlücken tauchten vor ihm auf, Männern, deren Körper von Tätowierungen und Narben übersät waren. Sie würden ihn misshandeln, ihm seine seidenen Kleider vom Leib reißen, seine astronomischen Instrumente über Bord werfen, sie würden ihm die Augen verbinden, seine Hände fesseln, ihn bespucken und ihn unter Schmähungen und hämischem Gelächter über die Planke gehen lassen. Die Planke würde unter seinen Füßen verschwinden, und er würde in die Fluten stürzen und in ihnen versinken wie in eiskaltem Pech. Er konnte nicht schwimmen und würde vor Erschöpfung einsam ertrinken, wenn die Fische ihn nicht vorher bei lebendigem Leib auffraßen. Und all das wegen eines launenhaften Sterns, der in über einem Jahr wie eine schwarze Murmel vor der Sonnenscheibe vorbeiziehen würde!

»Dieses unverschämte Gesindel soll unsere königlichen Orgeln kennenlernen! Rollt die Kanonen an Steuerbord heraus!«, rief der Kapitän.

»Kanonen an Steuerbord!«, hallte das Echo übers Deck, und bald spürten sie unter ihren Füßen das Rumpeln der Geschütze, die die Matrosen auf dem Batteriedeck auf die Bordwand zuschoben. Die fünfundzwanzig Geschützpforten öffneten sich gleichzeitig wie Fensterläden, und die feucht glänzenden Mündungen der Rohre erschienen.

»Wir lassen sie noch ein Stück näher kommen«, sagte der Kapitän mit einem boshaften Lächeln. Er zog eine Tonpfeife aus der Uniformtasche und begann, sie in aller Ruhe zu stopfen. »Der Tabakgeruch passt sehr gut zu dem Geruch von Schießpulver«, erklärte er gelassen. Er griff nach seinem eleganten Steinschlossfeuerzeug, schlug den Flintstein gegen den Feuerstahl, der Zunder glomm auf, und ein Funkenregen sprühte in den Pfeifenkopf, sodass der Tabak Feuer fing. Nach ein paar Zügen verbreitete sich ein aromatischer Duft nach Gewürzen und Holzrauch, und der Kapitän brummte: »Ich wäre Ihnen sehr verbunden, werter Monsieur Le Gentil, wenn Sie sich die Ohren zuhielten.«

Die Eingangstür eines Wohnhauses, eine dieser schweren Eichentüren, die sich mit dem elektrischen Klacken eines per Zahlencode entriegelten Schlosses öffneten. Dahinter ein Foyer in Form eines Flurs, der zu einem Innenhof führte, und rechts die Loge der Pförtnerin. Der Foyerflur war dunkel und kühl durch die Steine, den Lichtschalter musste man ertasten. Der typische Eingangsbereich der Häuser im Haussmann-Stil, die ihre Originaltür behalten hatten. Vor dieser Tür auf dem Gehweg wartete Xavier auf seine Kunden für eine Besichtigung der Achtzig-Quadratmeter-Wohnung mit Blick auf den Innenhof, fünfte Etage mit Aufzug. Er beobachtete die Pärchen, die die kleine Kreuzung überquerten. Eins davon würde schließlich auf ihn zukommen: die Pichards. Bisher hatte er nur am Telefon mit ihnen gesprochen, in seinem Beruf sah man die Leute oft nicht vor der ersten Besichtigung von Angesicht zu Angesicht. Das passierte immer häufiger, die Zahl der E-Mail-Anfragen stieg, alles wurde entmaterialisiert. Die Sonne stand hoch am blauen Himmel. Xavier kniff die Augen zusammen und holte seine Persol-Sonnenbrille mit pechschwarzem Rahmen und ebensolchen Gläsern heraus. Keines der vorüberlaufenden Paare steuerte auf ihn zu, er fühlte sich, als würde er Wache halten vor diesem Haus, in dem er weder eine Wohnung besaß noch mietete. Er war nur ein Passant, der ein Geschäft abwickeln, seine Provision einstreichen würde. Nie würde er den Alltag an dieser Adresse erleben, die Nachbarn, die Eigentümerversammlung, die Sonne im Hof. Im zweiten Stock befand sich eine Arztpraxis, nie würde er das Gesicht von »Dr. Zarnitsky, Allgemeinmediziner« kennen, wie es auf der draußen angebrachten, golden glänzenden Messingtafel stand. Wie oft hatte er sich wohl schon so vor einem Haus postiert, zu früh dran für einen Termin, in der Tasche die Wohnungsschlüssel, in der Hand das Exposé, allein, aufrecht. Wie ein Soldat. Hunderte Male. Sein Beruf hatte etwas Eigentümliches an sich, etwas sehr Privates: Seine Wohnung oder sein Haus zu verkaufen, war nicht ohne. Es bedeutete, einen Teil seines Lebens zu verkaufen, seiner Erinnerungen – manchmal sogar das ganze Leben. Es bedeutete, eine Tür zu schließen, die man nie wieder öffnen würde. Zahlreiche Kundinnen und Kunden vertrauten ihm im Laufe der Wochen oder Monate, bis ihr Eigentum auf dem Markt war, private Details über ihr Leben, ihre Frau, ihre Eltern oder Großeltern an. Die Generationen folgten aufeinander, die Immobilien gingen in andere Hände über, und meist erfuhr man nie irgendetwas über die vorherigen Bewohner. Erst vor Kurzem hatte Xavier einen verblüffenden Artikel gelesen. Dort hieß es, dass fünfundachtzig Prozent der Menschen nichts über ihre Vorfahren vor hundertfünfzig Jahren wüssten. Zuerst hatte ihn diese Zahl überrascht, bis ihm klar geworden war, dass auch er zu diesem Prozentsatz gehörte: Er wusste heute im Jahr 2012 ebenfalls rein gar nichts über seine Urahnen von 1862. Wer waren sie gewesen? Niemand in seiner Familie hatte sie je erwähnt, wahrscheinlich hatte niemand mehr den geringsten Schimmer von ihnen – was die Statistik noch weiter erhöhte.

Vor ein paar Monaten war er am Rand des Arrondissements gewesen, und erst, als er die Eingangstür aufschob, hatte er die Immobilie wiedererkannt – einer seiner ersten Verkäufe. Ein schöner Verkauf: eine einzigartige Wohnung in einem Haus aus den siebziger Jahren, hundertzwanzig Quadratmeter und achtzig Quadratmeter Garten hinter bodentiefen Fenstern, das Ganze als Etagenwohnung, eine echte Rarität. Es war tatsächlich die Wohnung gewesen, die er verkauft hatte, aber nicht mehr die Eigentümer, die sie vor zwanzig Jahren erworben hatten. Die Wohnung mit Garten war wieder auf dem Markt gelandet und bei ihm. Der Kirschbaum war immer noch da gewesen, und die Eigentümer hatten ihm angeboten, eine Kirsche zu probieren – genau wie die Eigentümer davor. Die Frucht war genauso lecker und süß gewesen wie damals. Der Baum blieb und blühte geruhsam weiter, während die Bewohner kamen und gingen. Erst hatte Xavier verraten wollen, dass er das Objekt bereits kannte, es dann aber für sich behalten.

»Sind Sie Monsieur Lemercier?«

Er drehte sich um.

Unter Donnergetöse wurde die Geschützsalve abgefeuert. Die Kugeln klatschten mehrere Meter vor dem Rumpf des feindlichen Schiffes ins Wasser, wobei hohe Wasserfontänen aufspritzten. Das Piratenschiff drehte hastig bei und suchte schleunigst das Weite. Obwohl Guillaume Le Gentil sich die Ohren zugehalten hatte, hörte er noch tagelang im linken Ohr ein Pfeifen, das nicht von einem vergnügten Matrosen um ihn herum stammte. Er musste an seinen Kollegen Louis de La Marchandière denken, einen berühmten Astronomen, der während seiner letzten Lebensjahre unentwegt über einen Pfeifton geklagt hatte, den er angeblich Tag und Nacht hörte. Der Kollege hatte seine Tage in einer Anstalt für Geisteskranke beschlossen. Andererseits war La Marchandière, als ihn das Unheil ereilte, bereits recht betagt und auch ein wenig senil gewesen, und beides traf auf Le Gentil nicht zu.

Ein anderes Missgeschick verstimmte den Astronomen fast noch mehr: Als das Geschützfeuer das gesamte Schiff ins Wanken brachte, fiel ihm sein Teleskop aus den Händen. Entsetzt überprüfte er, ob Margissiers optische Bauteile noch heil waren. Glücklicherweise schien alles weiterhin gut zu funktionieren, nur am Gehäuse gab es eine leichte Delle.

Kapitän de Vauquois riet ihm, gegen das Pfeifen Salzwasser in die Ohren zu träufeln und sich hinzulegen. Folgsam streckte sich Guillaume auf seinem Lager aus und redete sich zu: Er atmete, er war am Leben, alles war gut. Er spürte das Gewicht seines Körpers, seiner Füße, seiner Hände und nahm die Geräusche wahr, die in seine Kabine drangen – das Knarren des Schiffsrumpfes, die gedämpften Stimmen der Seeleute.

Er schloss die Augen, und seine Gedanken schweiften in seine Pariser Wohnung, deren Räume er mit fast unheimlicher Präzision vor sich sah. Dort erwarteten ihn seine zahlreichen Bücher und astronomischen Schriften, dort empfing er bedeutende Gelehrte. Mit seinen fünfunddreißig Jahren war er, was seine Sachkenntnis betraf, vielen Älteren voraus und hatte sich zugleich den Enthusiasmus der Jugend und seine Träume bewahrt, Träume, die ihn immer weiter getragen hatten, von den ersten nächtlichen Himmelsbeobachtungen als Junge in Coutances, seinem Heimatort in der Normandie, bis zu seiner Mitgliedschaft in der Pariser Akademie der Wissenschaften.

»Meine liebe Freundin«, sagte er gern zu seiner Frau, »ein Mann, der seine Leidenschaft lebt, ist von den Göttern gesegnet.«

»Sie haben recht, lieber Freund«, antwortete dann Hortense.

»Venustransit«, unterbrach ein schrilles Krächzen seine Träumereien. Le Gentil schlug die Augen auf. Auf dem Nachttisch hockte Molière, der Beo des Kapitäns, und beäugte ihn mit seinen runden, schwarz glänzenden Augen. Kapitän de Vauquois hatte ihm zu Ehren des illustren Gastes unbedingt einen Begriff aus der Astronomie beibringen wollen. Der sprechende Vogel hatte das Wort in weniger als zwei Stunden gelernt und gab es nun bei jeder Gelegenheit zum Besten – und das würde sein Leben lang so bleiben. »Venustransit«, krächzte der Beo noch einmal.

»Ja, der Venustransit«, seufzte Guillaume, »der letzte Transit ist hundertzweiundzwanzig Jahre her, der nächste findet im kommenden Jahr statt, und dann dauert es wieder acht Jahre.«

»Acht Jahre«, kreischte der Vogel.

»Acht Jahre«, murmelte Guillaume, »und dann einhundertfünf. Das heißt im Jahr 1874, dann wieder 1882, dann 2004 und 2012 und danach 2117 und 2125 …«, und dann fielen ihm die Augen zu.

Die Pichards wollten »darüber nachdenken«, wie sie es genannt hatten. Das verhieß nichts Gutes. Xavier hatte genug Erfahrung, um die Nuancen in den Abschiedsfloskeln nach einer Besichtigung unterscheiden zu können. Ein »Wir besprechen das« war deutlich besser als ein »Wir denken darüber nach«. Ein »Ich rufe Sie morgen Mittag an« bedeutete, dass der Verkauf so gut wie unter Dach und Fach war. Diese Besichtigung bestätigte nur einmal mehr, wie schwach der Markt aktuell war. Xavier setzte sich auf die Außenterrasse eines Cafés und bestellte ein Perrier. Heute Abend würde Céline ihm Olivier fürs Wochenende vorbeibringen. Die Konversation würde sich auf ein Minimum beschränken, die Stimmung war jedes Mal zum Zerreißen gespannt, und es wurde gefühlt zehn Grad kälter im Zimmer, sobald Céline klingelte. Xavier wollte etwas mit seinem Sohn unternehmen, aber er hatte noch nichts Konkretes im Kopf – außer vielleicht einen Ausflug zu den Pfauen im Parc de Bagatelle, aber hatte Olivier Lust, sich die Pfauen anzuschauen? Xavier versuchte immer, sich bestmöglich vorzubereiten und kreative Vorschläge zu machen, damit Olivier eine gute Zeit hatte. Ihm graute bei der Vorstellung, sein Sohn könnte nur am Tablet kleben und Videospiele spielen. Auch wenn er deren

Anfänge mit Pac-Man und Space Invaders selbst miterlebt hatte, nahmen sie durch den technologischen Fortschritt seiner Meinung nach inzwischen unverhältnismäßig viel Raum in Kopf und Kalender von Kindern und Jugendlichen ein. »Man kann sein Leben doch nicht vor dem Bildschirm verbringen! Das ist kein Leben, ich weiß, wovon ich rede, schließlich sitze ich den ganzen Tag am Computer«, hatte er sich irgendwann einmal Céline gegenüber ereifert, die Olivier immer die neuesten Apps und Geräte kaufte – womöglich ja nur, um seinen Vater zu ärgern.

»Ich sitze den ganzen Tag am Computer. Du gehst ständig raus zu deinen Besichtigungen und spazierst stundenlang durch die Gegend«, hatte Céline erwidert; so was könne sie bei sich im Büro ja nicht, mehr als eine kurze Zigarettenpause unten vor dem Gebäude sei nicht drin.

»Ich lasse nicht zu, dass mein Sohn vor seinen Videospielen verblödet, Museen, Parks, Spaziergänge, das ist das wahre Leben!«

Wie so oft war die Auseinandersetzung eskaliert, und Céline hatte einfach aufgelegt. Nur um am nächsten Tag mit verkniffener Miene und Olivier an der Hand vor seiner Tür zu stehen. Vater und Sohn waren auf dem See im Bois de Boulogne Bötchen gefahren. Während Xavier ruderte, musste er Fragen beantworten wie: »Warum seid ihr nicht mehr zusammen, ihr habt euch doch mal geliebt, oder nicht?« »Würdet ihr euch überhaupt noch sehen, wenn's mich nicht gäbe?« Er hatte Unmengen an Diplomatie aufbringen und jedes Wort auf die Goldwaage legen müssen, ehe es seine Lippen verließ.

An manchen Abenden rief Xavier Bruno an und erzählte ihm alles. Bruno hatte auch keine Lösung parat und fühlte sich ohnehin nicht qualifiziert als Ratgeber, immerhin führte er eine glückliche Beziehung mit seiner Frau und ihren beiden gemeinsamen Töchtern. Zumindest hörte er ihm zu. Das war wenigstens etwas. Wurde mal wieder Zeit, sich bei Bruno zu melden. Er hatte Xavier Fotos von den Arbeiten an seinem Wohnsitz geschickt. In einem Anbau wurden gerade neue Gästezimmer eingerichtet, und er wartete auf einen Besuch seines Freundes, um ihm sein neues Leben zu zeigen. Er hatte einen Instagram-Account erstellt, eine Website, eine Facebook-Seite, ein Booking.com-Profil und bewarb das »Gut Turteltaube« mit erstaunlicher Energie. Das letzte Foto zeigte einen Korb voller Brombeeren, darunter stand »Frisch aus unserem Garten«, gefolgt von zwinkernden Emojis. Brunos Leben war von dem seines ehemaligen Kommilitonen inzwischen meilenweit entfernt. Da Xavier mit den Bildern nichts anzufangen wusste, schickte er seinerseits ein lächelndes Emoji und ein »Super, ich komme bald«. Aber die Monate verstrichen.

Xaviers Handy klingelte. Frédéric Chamois meldete, die neuen Eigentümer würden ungeduldig, was die vergessenen Sachen im Flurschrank anging. »Die, die, die … Frau hat angerufen, sie ist sehr, sehr, sehr … verärgert.«

»Na schön«, entschied Xavier, »ich kümmere mich darum.« Die fragliche Wohnung lag nur zwanzig Minuten zu Fuß vom Café entfernt, er würde hingehen und mitnehmen, was er tragen konnte, oder sonst morgen noch einmal mit dem Auto vorbeifahren. Mittlerweile war klar, dass die ehemaligen Eigentümer nicht auf seine Nachrichten reagieren würden. Also würde er selbst alles wegschaffen und entsorgen müssen.

Es tut mir leid, Sie damit zu belästigen, Monsieur Lemercier«, sagte die Frau – die überhaupt nicht so wirkte, als täte es ihr leid, eher als wäre es ihr gutes Recht, die sofortige Entrümpelung des fraglichen Schranks zu verlangen. Wie vermutet, war die Wohnung inzwischen renoviert worden: Das Büro hatte man zu einer offenen Küche umgebaut und mit dem Wohnzimmer zusammengelegt, der traditionelle Stuck an der Decke war verschwunden, und die ursprüngliche Küche am Ende des Flurs hatte sich offenbar in ein Kinderzimmer verwandelt. In der Diele stand ein Tretroller aus Aluminium. Die sah man mittlerweile immer häufiger in Paris. Die Erwachsenen hatten sich dieses Kinderspielzeug mit einer Selbstverständlichkeit zu eigen gemacht, die Xavier oft irritierte. Sie schwärmten in aller Ernsthaftigkeit davon, wie leicht und geschmeidig man damit durch den Stadtverkehr kam, ohne dass ihnen je die Lächerlichkeit eines solchen Fortbewegungsmittels dämmerte. Sogar Céline überlegte, sich für den Weg zur Arbeit einen anzuschaffen.

»Hier ist es.« Feierlich öffnete Madame Carmillon den berüchtigten Wandschrank, der hinter der Täfelung versteckt war und statt eines Griffs einen kleinen Schlüssel hatte. Xavier hatte ihn schlicht übersehen. Er tauchte nicht einmal in der Objektbeschreibung auf. Hinter der Tür lagerten drei alte Stoffballen, eine Vase, ein nicht mehr gebräuchliches Barometer und ein rechteckiger Kasten aus lackiertem Holz, bestimmt anderthalb Meter lang und vierzig Zentimeter breit. Lederriemen waren mit großen Polsternägeln daran befestigt. Drei alte eiserne Zahlenschlösser sicherten den Inhalt. »Es geht vor allem um den da«, sagte Madame Carmillon und deutete auf den Kasten. »Der wiegt eine Tonne. Mein Mann hat sich beim Joggen den Ischias eingeklemmt, er kann das Ding auf keinen Fall tragen, und ich noch viel weniger.«

»Selbstverständlich«, erwiderte Xavier und hob den Kasten aus dem Schrank. Eine Tonne war übertrieben, aber dreißig Kilo wog er locker.

»Um die Stoffballen und das alte Barometer kümmere ich mich«, lenkte Madame Carmillon ein, überglücklich, den Immobilienmakler an der Hand zu haben und ihr Problem prompt lösen zu können. »Aber befreien Sie mich von diesem Kasten, Monsieur Lemercier.«

Die Lederriemen waren klug angebracht, sodass man sie sich quer über die Schulter schlingen konnte, wie bei einem Jagdgewehr. Dadurch verteilte sich das Gewicht auf dem Rücken, und die Last wurde tragbar. So angeschirrt verabschiedete Xavier sich von seiner ehemaligen Kundin und machte sich auf den Weg zur Agentur. An einer Kreuzung begegnete er einem Cellisten, der seinen Cellokoffer ganz ähnlich auf dem Rücken trug. Der Mann wechselte einen kurzen Blick mit ihm und drehte sich anschließend noch zweimal um. Bestimmt fragte er sich, welches Instrument Xavier wohl spielte.

»Wir, wir, wir ... haben die Codes nicht«, sagte Frédéric.

»Nein, wir haben die Codes nicht«, wiederholte Xavier.

»Was, was, was ... ist da wohl drin?«

Die beiden Männer standen links und rechts neben dem Kasten, der auf dem Boden lag. »Solange wir die Schlösser nicht aufbekommen, werden wir das nie erfahren.«

»Wir bräuchten ei-ei-ei... einen Trennschleifer, um sie aufzusägen«, meinte der Praktikant.

»Wir haben keinen Trennschleifer, und wir werden auch nicht extra dafür einen kaufen.«

Frédérics Miene hellte sich auf. »Oder einen Schlosser.«

»Ja«, seufzte Xavier, »früher gab's hier mal einen, aber der ist weg.« Sie schwiegen eine Weile. »Ich schaue bei Claude vorbei«, entschied Xavier, »vielleicht hat der eine Idee.«

Der Laden des Antiquitätenhändlers befand sich nur ein paar Häuser weiter und war schon lange vor Xaviers Immobilienagentur da gewesen. Ganz im Gegensatz zu dem, was der Name »Das Lächeln der Vergangenheit« vermuten ließ, lächelte Claude kein bisschen mehr. Seine Umsätze waren eingebrochen. Niemand interessierte sich noch für Tabakdosen, antike Korkenzieher, historische Quecksilberspiegel, kristallene Tintenfässchen oder Nachttischchen aus Rosenholz. Nichts davon lockte die junge Generation hinter dem Ofen hervor, und die wenigen Sammlerinnen und Sammler, die weiterhin auf der Jagd nach so etwas waren, besorgten es sich günstiger auf eBay. Claude stand kurz vor der Rente und redete nur noch von den Olivenbäumen auf seinem Anwesen in Südfrankreich, wohin er nächstes Jahr ziehen wollte. Seinen Laden öffnete er trotzdem jeden Tag, um »seine Stunden abzuleisten«, wie er es nannte. »Das ist eine Attrappe«, murmelte er gerade.

»Eine Attrappe?«, wiederholte Xavier. Der rechteckige Kasten lag auf der Ladentheke des Antiquitätenhändlers, der eins der Zahlenschlösser durch eine wie ein Monokel vor das rechte Auge geklemmte Juwelierlupe begutachtete.

»Die Rädchen drehen durch, aber sie sind ziemlich gut gemacht, täuschend echt. Das Ding birgt also ein Geheimnis ... Was ich nicht verstehe, ist, warum sich hinten auf jedem Schloss eine Fleur-de-Lys wölbt. Weshalb das Symbol des Königs? Warte ...« Er stand auf, holte einen alten Federhalter aus der Vitrine und fing an, mit der Spitze einer metallenen Sergent-Major-Feder an einer der Lilien herumzukratzen. »Gib mir mal das Öl.« Xavier reichte Claude das Fläschchen Waffenöl, mit dem dieser eins der Schlösser abgebürstet hatte. Nun gab er einen Tropfen auf ein Tuch und wischte über das königliche Symbol. »Ich hab's!«, rief er aus.

»Hast du was gefunden?«, fragte Xavier.

»Die Blumen ... Die sind das Geheimnis, sie lassen sich zur Seite klappen.«

Mit der Spitze des Daumennagels kippte er die Fleurs-de-Lys nach rechts, und das erste Schloss sprang klackend auf. Dann wiederholte er das Prozedere bei den anderen beiden Schlössern. Alle drei waren entriegelt. Claude erhob sich von seinem Stuhl und öffnete den Kasten.

Der Inhalt machte beide Männer sprachlos.

»Was ist das?«

»Ein Teleskop«, stieß der Antiquitätenhändler hervor. »Ein sehr altes Teleskop.«

Über dem Meer war die Abenddämmerung herabgesunken, und ein lauer Wind strich über Le Gentils Gesicht. Der Astronom hatte sein Teleskop achtern an Backbord aufgestellt, damit er von dort aus die Sternbilder Zentaur, Schiffskompass, Fliegender Fisch und Kreuz des Südens betrachten konnte. Die gelbe Glasscheibe, die er an der Spitze des Teleskops eingesetzt hatte, verhalf ihm zu einer schärferen Sicht. Er hatte es sich auf einem blauen Samtsessel bequem gemacht, den er sich zusammen mit einem Nachttischchen aus Rosenholz und einem kristallenen Tintenfässchen speziell zu diesem Zweck aus seiner Kabine hatte holen lassen. Mit der Gänsefeder notierte er die Ergebnisse seiner Messungen, die mit seinen Schätzungen übereinzustimmen schienen. Auf einmal erlosch die schmiedeeiserne Laterne, die leise quietschend neben ihm im Wind baumelte. Sogleich eilte der Schiffsjunge herbei, um sie wieder anzuzünden.

»Lass gut sein, mein junger Freund«, wehrte Guillaume ab, »ich bin für diese Nacht fertig mit meinen Beobachtungen.« Er schüttete Streusand über die letzte Seite, damit die Tinte schneller trocknete, blies auf das Papier und klappte das mit Diagrammen, Skizzen, Ziffern und Zeitangaben gefüllte Notizbuch zu.

Die Fregatte schien in einer dunklen Unendlichkeit zu schwimmen, in der man Wasser und Luft nicht mehr voneinander unterscheiden konnte. Hin und wieder glitten schemenhaft die Silhouetten von Seeleuten vorüber, angeleuchtet von den riesigen Fackeln am Schiffsheck, die mit einer Mischung aus Pech und Harz brannten und in ihren achteckigen Glasgehäusen aussahen wie von Zyklopen vergessene Laternen.

Die Männer der *Le Berryer* führten nur selten eine Unterhaltung mit Le Gentil, nicht etwa weil sie ihm gegenüber feindselige Gefühle gehegt hätten, sondern weil sie es schlichtweg nicht wagten, ihn zu stören. Sein Sonderstatus als Astronom und sein königlicher Auftrag verliehen ihm auf dem Schiff eine herausgehobene Stellung. Guillaume hatte erst nach geraumer Zeit verstanden, dass selbst die Offiziere sich zurückhielten, weil sie ihn bei seinen Gedanken, Beobachtungen und Aufzeichnungen nicht unterbrechen wollten. Sie kamen auf ihn zu, blieben ein paar Meter entfernt stehen und warteten geduldig ab, bis er ihre Anwesenheit wahrnahm, aufblickte, sie grüßte und das Wort an sie richtete. Guillaume hatte sie oft genug gebeten, ihn wie jeden anderen zu behandeln – die Mannschaft der *Le Berryer* wich nicht von ihrem Grundsatz ab: Einen Astronomen darf man nicht bei der Arbeit stören.

Nachdem Le Gentil ein paar Schritte gegangen war, um sich die Beine zu vertreten, stützte er sich mit den Händen an der Reling ab und ließ den Blick zum Horizont schweifen. Nichts als Schwärze. Er legte den Kopf in den Nacken und betrachtete das bestirnte Himmelsgewölbe. Die Nacht war so klar, dass sich zahlreiche Sternbilder abzeichneten. Guillaume kannte diese schwarze Landkarte, auf der jeder Lichtpunkt einen Namen hatte, praktisch auswendig. Doch auf einmal tat sich eine Lücke auf, in der sich der schwarze Himmel unvermutet rötlich färbte. Der Astronom hielt den Atem an. Noch mehr winzige Lichtflecken tauchten auf. Sie begannen zu flackern, und ein heißer Wind ließ die Fackeln in den Glasgehäusen auflodern. Der Himmel färbte sich purpurrot, und die Seeleute stürzten an die Reling. Manche unterhielten sich flüsternd, und eine seltsame Unruhe machte sich breit.

»Eisenregen!«, rief der Ausguck vom Krähennest herab. Die Männer wechselten erschrockene Blicke, einige bekreuzigten sich. Ein rötlicher Schimmer, wie bei Tagesanbruch, doch ohne Sonne, stieg über dem Meer auf. Unmittelbar vor Guillaume schlug ein metallener Gegenstand, etwa so groß wie eine Schnecke, dumpf auf die Planken, und er bückte sich und hob ihn auf. Noch ganz heiß und verkrümmt, war dieses kleine Stückchen Eisen quer durch das Weltall gerast, nur um am Ende ihm vor die Füße zu fallen.

»Meteore«, murmelte Guillaume, »ein Meteorschauer.« Er hatte gelesen, dass dieses Phänomen durch den Sturz eines Asteroiden in die Erdatmosphäre entstand, aber er hatte es bisher nur auf Abbildungen gesehen, nie selbst erlebt. Manchmal stürzte ein Stück von einem Kometen als großer Gesteinsbrocken auf die Erde oder ins Meer; die abergläubischen Laien nannten so etwas »Donnerstein«, weil seine Ankunft von einem Loch in den Wolken und einem donnerähnlichen Grollen angekündigt wurde. Die alten Druiden und andere zauberkundige Menschen glaubten, dass der himmlische Donnerer einen Keil auf die Menschen schleuderte, um sie an ihre Sünden zu erinnern und ihnen eine göttliche Strafe anzudrohen, die noch härter ausfallen würde als Stein.

Es kam aber auch vor, dass die Gesteinsmasse in Einzelteile zerfiel, die man »Perseiden« nannte oder auch Sternschnuppen, Eisenregen oder Meteorstrom. So etwas war gerade hier geschehen. Die kleinen Geschosse prasselten mittlerweile in kurzen Abständen aufs Deck, während violette Streifen über den Himmel zogen, die an Polarlichter erinnerten. Vauquois stellte sich neben Guillaume.

»Meine Männer mögen das nicht«, sagte er, »sie behaupten, der Eisenregen bringe Unglück. Könnten Sie als Wissenschaftler Ihnen nicht erklären, was es damit in Wahrheit auf sich hat?«

Guillaume willigte ein: »Sehr gern, es ist mir eine Ehre, Kapitän Vauquois.«

Der Kapitän rief seine Mannschaft zusammen. »Meine Herren Offiziere! Männer! Unser illustrer Gast, der sämtliche Sterne und Planeten kennt, wird Ihnen den Ursprung des Eisenregens erklären. Schenken Sie ihm Gehör!«

Guillaume tat sein Bestes. Er erläuterte seinen Zuhörern, dass die Sterne in Wirklichkeit Planeten waren. Sie sollten sich vorstellen, dass ein kleiner Stern wie eine Vase vom Tisch auf den Fußboden fiel und dort zerbrach.

»Was Sie an Deck aufgesammelt haben, ist Sternenstaub. Er war Jahrmillionen unterwegs, bis er uns vor die Füße gefallen ist. Halten Sie ihn in Ehren, schenken Sie ihn Ihrer Frau oder Ihrer Verlobten«, sagte Guillaume mit vor Erregung glühenden Wangen. »Sie haben das pochende Herz des Universums vor sich. Bestaunen Sie den Himmel und seine Farben! Bestaunen Sie, meine Freunde, das Werk Gottes und die Schönheit der Welt!«

Die Seeleute hatten ihm mit ernsthafter Miene andächtig gelauscht. Nun applaudierte Kapitän Vauquois feierlich, und seine Männer schlossen sich ihm an. Guillaume nahm den Beifall mit erfreutem Nicken entgegen. Er kehrte an seinen Platz hinter dem Teleskop zurück, während sich die Matrosen erneut bückten und die letzten Metallklümpchen aufhoben, die mit dumpfem Klacken auf das Holz fielen. Eines traf den Messingtubus des Teleskops und schlug einen Funken, bevor es abprallte und zu Boden knallte. Guillaume wurde blass und untersuchte hastig sein Instrument. Auf dem Messing war ein kleiner Kratzer in Form eines Semikolons entstanden. Der Astronom musste länger nach der verantwortlichen Sternschnuppe suchen, die zwischen zwei Planken feststeckte. Er zog sie heraus und versenkte sie in seiner Jackentasche. Er würde sie Hortense schenken.

Der Kasten war in mehrere Fächer aufgeteilt, kleine und große, alle mit Gurten versehen, die unterschiedliche Gegenstände umspannten. Im längsten Fach lag die große Messingröhre des Fernrohrs. Sie hatte den matten Farbton dunklen Holzes angenommen. Im Fach daneben befand sich ein Dreibein aus dem gleichen Material, das sich bestimmt ausklappen ließ. Die anderen Fächer waren mit Glasscheiben belegt, die entweder farblos waren oder gelb bis schwarz getönt.

»Sieht aus, als wäre es vollständig«, meinte der Antiquitätenhändler. »Wo hast du es gefunden?«

»In einer Wohnung«, antwortete Xavier.

»Soll ich versuchen, es für dich zu verkaufen?«

Xavier schwieg einen Moment lang, dann lächelte er. »Nein, ich behalte es.«

»Du willst deine Nächte mit den Sternen verbringen«, sagte Claude beifällig.

Xavier nickte lächelnd. Jetzt wusste er, was er dieses Wochenende mit Olivier unternehmen würde.

Die cappuccinofarbene Politur verströmte ihren Ammoniakgeruch. Bei den Putzmitteln in seinem Küchenschrank hatte Xavier noch eine Flasche Sidol entdeckt. »Wenn du es gut sauber machst, sollte es wieder glänzen wie Gold«, hatte Claude gesagt. Und damit recht behalten. Einen Lappen hatte Xavier nicht gefunden, dafür aber ein altes Hemd in vier Teile zerrissen. Inzwischen war der hellblaue Stoff schwarz, und das Messing des Teleskops fing an zu blitzen. »Ich komme morgen wieder, bitte schließen Sie heute Abend ab, Chamois«, stand in der Nachricht, die Xavier seinem Praktikanten geschickt hatte. Der hatte sofort geantwortet und natürlich gefragt, was sich in dem Kasten versteckt hatte. Das Fernrohr hatte bei ihm jedoch keinerlei Begeisterung ausgelöst, sondern nur ein sehr kurzsilbiges »Aha …«.

Seines eigenen Hemds hatte Xavier sich irgendwann entledigt, so warm war ihm beim Putzen geworden. Er hatte das Teleskop auf die Terrasse gebracht und schrubbte energisch, um dem Instrument seinen einstigen Glanz zurückzugeben. Er war beinahe fertig mit der großen goldgelben Röhre und wollte sie gleich endlich in der Sonne bestaunen, als er unter dem scheuernden Lappen eine kleine Delle spürte. Er hielt inne und betrachtete das Ergebnis eines Aufpralls, der eine Vertiefung im Metall des Fernrohrs hinterlassen hatte, so groß wie die Kuppe seines kleinen Fingers. Da fiel ihm eine weitere Unvollkommenheit auf: Ein Stückchen über der Delle befand sich ein Kratzer in Form eines Semikolons. Und als Xavier die Röhre umdrehte, entdeckte er acht Kreuze, die mit der Spitze eines Messers oder einer Feile eingeritzt worden waren, eins neben dem anderen in einer schnurgeraden Linie. Einfache sogenannte Andreaskreuze. Diese acht Zeichen schienen keinem astronomischen Maß zu entsprechen. Wahrscheinlich kannte ihren Sinn nur der Mann, dessen Hand sie in das Teleskop eingekerbt hatte. Xavier nahm seinen Lappen wieder zur Hand und machte sich an den unteren Teil der Röhre – dort, wo man sein Auge platzierte. Was einmal der Ärmel seines Hemds gewesen war, verfärbte sich, bis das glänzende Messing zum Vorschein kam und etwas, das wie eine Inschrift wirkte. Xavier legte den Lappen beiseite und ging seine Brille holen, um das Geschriebene aus der Nähe zu begutachten – vor nunmehr fünf Jahren hatte sich seine Sicht radikal verschlechtert, und er hatte monatelang alle Bücher und Unterlagen so weit wie möglich von sich fort gestreckt, um sie entziffern zu können, bis er sich schließlich notgedrungen in der Drogerie um die Ecke eine Lesebrille zugelegt hatte. Es war tatsächlich eine Inschrift, nadelgeprägt, in eleganten, geschwungenen Lettern:

Guillaume Le Gentil, auf königlichen Befehl

Was macht ihr da, meine Freunde?«

»Wir fischen, Monsieur«, erwiderte der Schiffskoch mit einem breiten Lächeln. Der beleibte Mann, der seine blonden Haare zu einem Pferdeschwanz zusammengebunden trug, bereitete ihnen, seit sie in Frankreich die Trossen losgeworfen hatten, die fettesten und nahrhaftesten Fische zu, die Guillaume jemals gegessen hatte.

»Ich sehe keine Angelschnüre«, bemerkte der Astronom.

»Nein, Monsieur, es gibt keine«, bestätigte der Koch schmunzelnd, »nur große Kescher.« Er drehte sich um. »Du hast ihn verpasst!«, rief er einem der Männer zu, und der Angesprochene machte eine hilflose Geste.

»Sie schwimmen eben zu schnell, *maître coq*«, rechtfertigte sich der Schiffsjunge.

»Bringt mir fünfzig! Und beklagt euch nicht!«, forderte der Herr über die Kombüse, den sie nach altem Brauch *»maître coq«* nannten.

»Aber … sie fliegen ja«, wunderte sich Guillaume, als er über die Reling aufs Meer blickte.

»Natürlich fliegen sie, Herr Astronom, es sind schließlich Fliegende Fische! Ich werde Ihnen ein Frikassee mit Knoblauch zubereiten, bei dem Ihnen das Wasser im Mund zusammenläuft.«

Der silbrig glänzende Fisch, der in Form und Größe einer Makrele glich, besaß zwei flügelartige Flossen. Er glitt mit großer Geschwindigkeit durch die Fluten, tauchte auf, katapultierte sich aus dem Wasser und segelte mehrere Hundert Meter weit durch die Luft, bis er auf die Wasseroberfläche zurückfiel und ins Meer abtauchte. Ganze Fischschwärme vollführten vor Guillaumes Augen gemeinsam ihre Gleitflüge. Die Männer der *Le Berryer* versuchten, sie in den Netzen großer Kescher zu fangen, die sie an langen, astähnlichen Stangen übers Wasser hielten. Doch sie waren nicht die Einzigen, die den Flug der bemerkenswerten Meerestiere belauerten. Auch Fregattvögel umflatterten in großer Zahl das Schiff und stürzten sich mit offenen Schnäbeln auf die kühnen Akrobaten, um sie in der Luft zu schnappen und zu verschlingen. Einer der Gehilfen des Kochs hatte sich mit einer Donnerbüchse bewaffnet, die er regelmäßig mit Sägemehl und grobem Salz lud, und schoss aus dem trichterförmigen Lauf der Waffe eine Salve nach der anderen auf die dreisten Räuber. Verletzt wurde dadurch keiner, doch sie erschraken und flogen weg, was den Männern an den Keschern eine kleine Atempause verschaffte.

»Bringt mir einen Fisch!«, rief der Koch etwas später, und sogleich langte einer der Männer mit der Hand in ein Fass und holte einen der geflügelten Fische heraus, den er auf ein Holzbrett legte und eilfertig zum Schiffskoch brachte. »Sehen Sie her, Monsieur«, sagte dieser zu Guillaume, »so einen werden Sie in ganz Frankreich nicht finden.« Guillaume beugte sich über den Fisch, dessen Kiemen noch leicht zitterten, und hob das Brett an. Vorsichtig faltete der

Koch die großen, durchscheinenden Flossen auseinander, die dem Tier als Gleithilfe dienten. »Ein Geschöpf Gottes, Monsieur, wie Sie am Abend des Eisenregens gesagt haben.«

»Ja … Das stimmt, Herr Schiffskoch, Gott ist in allem.«

Ein plötzlicher Stoß erschütterte das Schiff, und das Holzbrett entglitt Guillaumes Händen. Der Fisch nutzte die Gelegenheit, um über Bord zu springen, und der Astronom sah ihm zu, wie er seine Flossen ausbreitete und in die Wellen abtauchte.

»Gott wollte sein Geschöpf retten«, sagte er.

»Da haben Sie recht, Monsieur«, stimmte der Koch zu.

»Ich danke Ihnen, dass Sie mir dieses schöne Tier gezeigt haben, Herr Schiffskoch.«

»Das ist meine einzige Wissenschaft, Monsieur, ich kenne die Tiere zu Wasser und zu Land, und ich achte sie.«

»Sie sind ein guter Mensch«, sagte Guillaume.

»Sie auch, Monsieur, wie mir schon Ihr Name verrät, Le Gentil, der Freundliche.«

Guillaume lächelte. »Und wer ist Marie?«, fragte er.

Der Koch blickte auf seine muskulösen Arme, die dicker waren als die Waden des Astronomen. »Meine Liebste«, antwortete er mit viel Gefühl.

»Das ist schön.«

»Was ist schön, Monsieur?«

»Wenn man den Namen seiner Frau mit Tinte in die eigene Haut einritzt. Meinen Sie, dass ich mir den Namen der meinigen auch auf den Arm tätowieren lassen sollte?«

»Aber Monsieur«, rief der Koch entgeistert, »ein Mann von Ihrem Stand lässt sich doch nicht tätowieren!«

Guillaume nickte. »Ja. Wenn Sie das sagen, Herr Schiffskoch.«

Der Koch fasste mit der Hand in seine Lederschürze und holte einen kleinen Gesteinsbrocken heraus. »Ich werde tun, was Sie vorgeschlagen haben, ich werde Marie ein Stückchen Sternenstaub mitbringen. Ich werde es ihr in eine hübsche Brosche einarbeiten lassen, die sie im Haar tragen kann.«

Guillaume Le Gentil war kein Unbekannter. Das Internet klärte Xavier bereitwillig über die Heldenreise des Astronomen auf, der allen Gefahren trotzte, nur um am Ende den Transit der Venus nie zu beobachten. Das Schicksal hatte den Wissenschaftler so oft und so einfallsreich zum Besten gehalten, dass seine Geschichte, wäre sie nicht wahr, als ironische Parabel über das Pech durchgehen würde. Über seine Odyssee hatte Guillaume Le Gentil zwei dicke Bände mit je mehreren Hundert Seiten verfasst: *Reisen in den indischen Meeren bei Gelegenheit des Durchganges der Venus durch die Sonnenscheibe*. Xavier bestellte sie sich direkt.

Dann kehrte er zum Fernrohr zurück, das inzwischen penibel gesäubert war und auf der Terrasse glänzte. Der Himmel war blau, nur ein paar über den Dächern hängende Wolken verdeckten die Sonne, und ein Tagmond war nicht zu erkennen. Xavier drehte das Rädchen am Dreibein, um die Röhre zu sich zu bewegen und zu überprüfen, ob das Teleskop zweihundertfünfzig Jahre nach seinem Bau noch funktionierte. Er drückte das rechte Auge gegen den Messingring und schloss das linke Lid. Das Erste, was er sah, waren die Pariser Dächer und eine Frau auf ihrem Balkon. Über das kleine Zahnrad an der Seite, genau in Reichweite, ließ sich das Okular ganz einfach einstellen, und das

Bild wurde glasklar. Die Frau befand sich mehrere Straßen von Xaviers Adresse entfernt, und mit dem bloßen Auge hätte er vielleicht nicht einmal ihren Umriss im Gewirr der Zinkdächer, Fenster, Schornsteine und Antennen der Stadt ausmachen können. Das Fernrohr hatte eine erstaunliche Reichweite, es kam Xavier beinahe so vor, als wäre sie seine Nachbarin – nur ein Dutzend Meter weit weg, auf der anderen Seite der Grünanlage. Ihre braunen, mittellangen Haare wehten im Wind, und sie stützte sich nachdenklich mit den Ellbogen auf das schmiedeeiserne Geländer. Sie musste um die vierzig sein, also ungefähr so alt wie Xavier. In der linken Hand hielt sie etwas Weißes, Rechteckiges, das er nicht genau erkennen konnte, wahrscheinlich ein Blatt Papier. Sie wirkte so konzentriert und abwesend wie Raucher, wenn sie an ihrer Zigarette zogen, die Augen in der Unendlichkeit verloren und ein geheimnisvolles Lächeln auf den Lippen. Nur rauchte sie nicht. Mit langsamen Bewegungen zerriss sie, was wohl ein Brief sein musste. Und der Wind trug die weißen Fetzen davon. Die Frau drehte sich um, ging zurück in ihre Wohnung und schloss die Glastür, um im Halbdunkel zu verschwinden. Xavier stand ein paar Sekunden lang reglos da, das Auge an den Messingring gepresst, aber er konnte ihre Silhouette im Inneren der Wohnung nicht mehr erspähen. Nichts. Sie wohnte im fünften Stock – bestimmt war die Etage in zwei Apartments aufgeteilt, denn auf der anderen Hälfte des Balkons standen Blumentöpfe, Geranien und rosafarbener Flieder. Das war Xavier schon öfter aufgefallen: Wer in Paris Blumen mochte, hatte welche auf jedem Balkon. Auf dem der braunhaarigen Frau stand nichts. Er bewegte das Teleskop ein Stockwerk nach unten und entdeckte einen Mann um die dreißig in hellblauem Hemd mit offener Krawatte, der rauchte und in sein Smartphone redete. Garantiert war diese Wohnung in ein Büro umgewandelt worden, und der Mann war ein Angestellter, der gerade Pause machte. Xavier steuerte die Röhre weiter und stieß auf ein nähergelegenes Dach, auf dem Arbeiter das Zinkblech ausbesserten. Der kleine Blonde war offensichtlich nicht einverstanden mit dem großen Bärtigen, und die beiden Männer wirkten aufgebracht. Ein persönlicher Streit? Eine Meinungsverschiedenheit über ein Tor beim letzten Fußballspiel? Unvermittelt legte der Blonde sein Werkzeug gut zehn Meter entfernt von seinem Kollegen weg und wandte ihm den Rücken zu, was der Kollege mit einem Schulterzucken quittierte. Xavier schwenkte zu einem Schornstein ein paar Häuser weiter. Die Taube, die darauf saß, flatterte davon, nur um direkt vom nächsten Vogel abgelöst zu werden. Xavier drehte am Okular. Das Gefieder war braun gefleckt und bläulich an den Enden. Der Vogel bewegte den Kopf in alle Richtungen, ehe er seinerseits aufflog und die großen, spitzen Flügel ausbreitete, die nichts mit denen der Pariser Tauben gemein hatten. Ein Turmfalke. Die meisten lebten in Notre-Dame oder Sacré-Cœur und wagten sich zum Jagen in die benachbarten Arrondissements.

Xavier richtete das Fernrohr auf den Himmel, und das kreisrunde Sichtfeld füllte sich mit hellem Blau. Aktuell gab es nichts zu beobachten, wofür das astronomische Instrument tatsächlich gebaut worden war. Heute Abend, wenn Céline Olivier vorbeibrachte, würden sich hoffentlich eine Mondsichel und ein paar Sterne zeigen. Xaviers astronomisches Wissen war bestenfalls rudimentär, einige Erinnerungen an den Großen Bären – auch bekannt als

Großer Wagen – und ein paar andere Sterne, deren Namen ihm gerade nicht einfielen. Bevor er seinem Sohn das Teleskop zeigte, musste er zumindest ein Minimum an Informationen büffeln. Er warf einen Blick auf sein Smartphone, das auf dem Couchtisch lag. Keine neue Nachricht – ein Zeichen dafür, dass in der Agentur nichts von Bedeutung passiert war.

Versetzen Sie sich an einen Ort, an dem Sie sich wohlfühlen. Einen Ort, den Sie kennen. Oder einen, den Sie sich ausgedacht haben.

Stellen Sie ihn sich ganz detailliert vor. Drehen Sie den Kopf nach links, nach rechts. Schauen Sie nach vorne.

Xavier lag ausgestreckt auf seinem Sofa, mit geschlossenen Augen und den Kopfhörern in den Ohren, und stellte sich den Bildschirmschoner seines Computers in der Agentur vor, einen Strand mit feinem Sand und Palmen, den er sich aus einer Auswahl von digitalen Hintergründen aus dem Internet heruntergeladen hatte. Er wusste nicht einmal, wo sich dieser Meeressaum befand. Auf jeden Fall weit weg. Weit, weit weg von den französischen Stränden. Manchmal verirrte er sich während der Arbeit für ein paar Augenblicke dorthin. Jetzt durfte er den Ort auf Anweisung der Stimme erforschen.

Nehmen Sie ganz bewusst alles um sich herum wahr. Lassen Sie sich Zeit, um die Geräusche zu hören, die Temperatur zu spüren, das Licht zu sehen.

Und Xavier lief über den Strand.

Der Sand war fein wie weißes Mehl, und das Blau des Wassers hatte die Farbe der Türkise, die ein Juwelier in der Nähe der Pariser Akademie ihm einmal gezeigt hatte. Er zog erst die schwarzen Lederschuhe mit den silbernen Schnallen und dann die Strümpfe aus und spürte an den nackten Fußsohlen die brennende Hitze des weichen Sands.

Die *Le Berryer* hatte am Abend zuvor angelegt, und so war es an der Zeit, sich von Kapitän Vauquois und seiner Mannschaft zu verabschieden. Die Isle de France* war die erste Etappe der Reise, die Guillaume zur Venus führen sollte. Er machte dort Station, weil er auf der Insel eine Schiffspassage zu seinem eigentlichen Ziel finden wollte: Pondichéry.

»Es war eine Ehre für mein Schiff, Sie bei uns zu haben, und ich wünsche Ihnen viel Glück für Ihre Himmelsbeobachtungen«, sagte der Kapitän beim Abschied, während sein Beo unverdrossen »Venustransit!« krächzte. Guillaume bedankte sich seinerseits mit freundlichen Worten beim Kapitän und der Besatzung. Träger brachten sein Gepäck, das hauptsächlich aus Überseekoffern und Instrumenten-

* Heute die Insel Mauritius.

kisten bestand, in eine Unterkunft, die ihm der Gouverneur der Isle de France zur Verfügung stellte. Dieser wollte ihn gegen Abend bei sich empfangen, doch vorher zeigte ihm Amédée, ein schmaler junger Mann mit sehr kurzen Haaren, der keine Perücke trug und in der königlich französischen Marine gedient hatte, seine Räumlichkeiten im ersten Obergeschoss eines großen, mit hellblau-weiß bemalten Holzlatten verkleideten Gebäudes. Eine überdachte Galerie zog sich entlang der Fassade, und Guillaumes Wohnung bestand aus einer Suite von drei sonnigen Zimmern. Vor allen Fenstern und sogar über dem Himmelbett hing ein dünner, schleierartiger Stoff, der im Wind flatterte und die Bewohner vor Insekten und deren unangenehmen Stichen schützen sollte. Für den Astronomen standen ein Cembalo und eine große Schale mit exotischen Früchten bereit, die er allesamt nicht kannte. Amédée stellte ihm einen breitschultrigen Mann mit bronzefarbener Haut vor, der auf den Namen Toussaint hörte und ihm während seines Aufenthalts auf der Insel behilflich sein oder, wie er es ausdrückte, »nie von seiner Seite weichen« würde. Guillaume neigte als Zeichen der Dankbarkeit den Kopf, und der Mann tat dasselbe, ohne jedoch eine Silbe von sich zu geben.

»Ich werde mich jetzt meinen Koffern widmen und meine Kleidung einräumen«, kündigte Guillaume an.

»Oh nein!«, widersprach Amédée, »dafür gibt es Leute, erlauchter Herr Akademierat.« Amédée redete ihn stets mit dem Titel an, der aus seiner Sicht einem Mitglied der Akademie der Wissenschaften gebührte, und Guillaume vermisste schon jetzt die *Le Berryer* und ihre Besatzung, die ihn nie anders als »Herr Astronom« genannt hatte.

»Mag sein, Herr Oberquartiermeister, aber ich übernehme das lieber selbst. Niemand hantiert mit meinen optischen Geräten, niemand hängt meine Hemden und Jacken auf. In einem früheren Leben habe ich das Priesteramt angestrebt, und Gottesmänner sind, genau wie Soldaten, sehr wohl imstande, sich selbst um ihre Habseligkeiten zu kümmern. Das ist mir aus dieser Zeit geblieben.«

»Ich verstehe«, murmelte der Quartiermeister.

»Ich habe noch eine Bitte«, fuhr Guillaume fort.

»Sie soll Ihnen erfüllt werden, Herr Akademierat.«

»Ich möchte einen Ihrer Strände besuchen, denn es heißt, sie seien sehr schön, und ich habe bisher nur eine Schwarz-Weiß-Abbildung gesehen.«

Amédée nickte. »Dann wird es Zeit, sie in Farbe zu bestaunen, Monsieur.«

Er wandte sich an Toussaint, der Guillaume einladend anlächelte. »Sie haben eine so lange Reise hinter sich, ich werde Sie nun an einen sehr schönen Strand führen.«

Leuchtende Farben, strahlendes Licht. Alles war blau, und das Wasser ebenso unbewegt wie der Himmel. Noch nie hatte Guillaume andere Strände gesehen als die am Ärmelkanal, zu denen er als Junge mit seiner Familie gefahren war – Dünen mit spärlichen, windgepeitschten Strandhaferbüscheln und dahinter das unendliche Meer. Es war meist dunkelblau, von khakibraunen Schlieren durchzogen, und wer ihm zu nahe kam und sich mit der See nicht auskannte, musste sich vor der Brandung in Acht nehmen. Bei Ebbe zog sich das Meer kilometerweit zurück, und man musste lange über buckligen, nassen Sand und durch Schlammpfützen laufen, bis man den Rand des Wassers erreichte, das gewöhnlich eiskalt die Füße umspülte. Dann lief man noch einmal bald hundert Meter, bis einem das Wasser an die Waden reichte. Niemals weiter. Schwimmen konnte keiner. Man musste sehr vorsichtig sein. Sobald Wind aufkam, zogen feindselige Wolken wie Sturmwogen heran, und man musste umkehren.

»Wie wunderschön …«, flüsterte Guillaume, als er barfuß über den Sand lief. Alles um ihn her versetzte ihn in Hochstimmung. Es gab seltsame Bäume, die er bereits zu Hause auf seinen Holzschnitten bewundert hatte. Die Stämme sahen aus wie gebogene Röhren, an deren oberem Ende eine Art grünes Feuerwerk aus spitzen Blättern hervorsprühte – man nannte sie »Palmen«. Sie wuchsen überall am Strand, der so heiß und hell unter der Sonne lag, dass Guillaume die Augen zusammenkneifen musste und es bedauerte, die Brille mit den dunklen Gläsern nicht mitgenommen zu haben. Ein mildes Lüftchen strich ihm übers Gesicht, als er sich dem Wasser zuwandte. Dessen Farbe ähnelte in der Tat den Edelsteinen, die ihm ein alter Juwelier in Paris einmal angeboten hatte. Es war so heiß, dass er sich die weiße Lockenperücke vom Kopf zog. Er fuhr sich mit den Fingern durch die Haare und ging auf das Meer zu. Bunte Fische schwammen im seichten Wasser im Kreis, gelbe, rosarote, blaue und weiße. Am vorderen Ende der Lagune ragten runde graue Steine aus dem Sand, und Guillaume erklomm einen von ihnen, beobachtet von seinem Begleiter, der mit gekreuzten Armen schmunzelnd danebenstand. Rittlings auf dem Felsrücken sitzend, versuchte Guillaume, Himmel und Meer in ihrer Gesamtheit zu erfassen. Seine neue Umgebung erinnerte ihn an Ölgemälde, die das irdische Paradies darstellten. Es fehlten nur noch die Tiere, die den Garten Eden bevölkerten. Plötzlich ruckte der Stein unter ihm ein wenig, dann hob er sich ein paar Zentimeter, und Guillaume klammerte sich erschrocken fest. Beim Blick nach unten stellte er fest, dass der Buckel Beine hatte, und sogar einen Kopf, der sich nach ihm umdrehte, einen Kopf, der ihn an eine alte, grinsende Schlange erinnerte – sehr faltig und sehr weise. Guillaume verlor das Gleichgewicht und kippte rücklings in den Sand, während die Riesenschildkröte gemächlich auf die Bäume zustrebte.

Sein Begleiter kniete sich neben ihn und fragte besorgt: »Geht es Ihnen gut?«

»Ja, ausgezeichnet.« Guillaume lachte und klopfte sich den Sand aus den Kleidern. »Ich dachte immer, Schildkröten wären nur so groß wie eine Hand.«

»Oh, die bei uns sind sehr alt«, antwortete Toussaint, während er dem Franzosen beim Aufstehen half, »sie können bis zu zwei- oder dreihundert Jahre alt werden.«

»Dreihundert Jahre …«, wiederholte Guillaume nachdenklich. »Dann haben sie den Venustransit möglicherweise vier oder fünf Mal gesehen …« Er seufzte und blickte sehnsüchtig aufs Wasser. »Ich würde so gern baden.«

»Aber natürlich, tun Sie das, Monsieur«, ermunterte ihn Toussaint.

»Ich kann aber nicht schwimmen«, erklärte Guillaume bedauernd.

»Ich kann es, und ich werde Ihnen helfen.«

Das Teleskop entpuppte sich als hervorragende Abendbeschäftigung. Das antike Objekt, das direkt einem Jules-Verne-Roman oder einem *Tim-und-Struppi*-Band zu entstammen schien, hatte Olivier sofort verzaubert. Eine Stunde vor seiner Ankunft hatte Xavier noch schnell ein wenig mehr über das Himmelsgewölbe in Erfahrung gebracht. Inzwischen hatte er schon Kassiopeia, den Großen und den Kleinen Wagen und natürlich die Venus gefunden – den hellsten Himmelskörper nach dem Mond, dessen Schein die meisten Sterne in den Schatten stellte. Glücklicherweise war auch der Mond zum Vorschein gekommen, und gut zwei Drittel seiner Oberfläche leuchteten über Paris wie eine Glühbirne am schwarzen Himmel. Vater und Sohn aßen auf der Terrasse zu Abend, es gab Croque Monsieur, Oliviers Leibgericht, gefolgt von seinem Leibnachtisch, Croque Banane – ein süßer Croque Monsieur mit Banane, dem Xavier immer sorgfältig in Würfelchen geschnittene Cocktailkirschen hinzufügte. Am Ende versah er das Croque-Dessert noch mit Puderzucker. Sie unterhielten sich darüber, was Olivier diese Woche mit »Maman« gemacht hatte – unter anderem waren sie zum Abendessen bei Célines Schwester gewesen, deren fünfzehnjährige Tochter Emma Olivier »dumm und hässlich« nannte.

»So solltest du nicht über deine Cousine reden«, wandte Xavier ein, »sie ist nicht dumm.«

»Aber hässlich«, gab Olivier zurück, »ich meine, du hast gerade selbst gesagt, dass sie nicht dumm ist, aber nicht, dass sie nicht hässlich ist.«

Damit erwischte er Xavier kalt, wie so oft, und er zog sich aus der Affäre mit einem »Sie ist in der Pubertät, nach den Fotos, die ich gesehen habe, ist ihr Äußeres im Moment nicht besonders anmutig.«

»Emma war schon immer hässlich«, schloss Olivier. »Ist doch so, oder?« Dabei hob er den Blick von seinem Croque Banane und schaute seinen Vater an.

»Okay, ich geb's zu«, antwortete Xavier seufzend. »Deine Cousine ist hässlich, da kann man nichts machen.«

»Ha, na also«, triumphierte Olivier.

»Gibt es denn hübsche Mädchen in deiner Klasse? Du hast mal was von einer Louise erzählt.«

»Ja, Louise ist hübsch«, murmelte Olivier, und sein Vater merkte, dass er nicht mehr aus ihm herausbekommen würde.

»Hübsch wie …?«, versuchte er es trotzdem.

»Hübsch wie … hübsch halt«, wich Olivier aus.

Nachdem die ästhetischen Fragen geklärt waren, beendeten sie das Abendessen mit ihrem Ritual: einem Amaretto für Xavier, mit zwei Eiswürfeln und einer Limonenscheibe in einem Cognacglas, und einer Mandellimo für Olivier, ebenfalls mit Eiswürfeln und mit Zitrone. Er durfte natürlich noch keinen Alkohol trinken, war aber begeistert gewesen von Geruch und Geschmack des bernsteinfarbenen Likörs, als sein Vater ihm eines Abends erlaubt hatte, daran zu nippen – »aber kein Wort zu Maman, versprochen?«

Also hatte Xavier sich auf die Suche nach einem Mandelsirup begeben, was nicht gerade einfach gewesen war. Zum Glück hatte ein italienischer Hersteller die schlaue Idee gehabt, einen Webshop zu eröffnen, und nun bestellte Xavier regelmäßig einen Sechserpack seines Sirups. Der hatte die gleiche Farbe wie der Amaretto, was die ganze Sache für Olivier noch sehr viel verlockender machte, immerhin wirkte es nach dem Verdünnen so, als würde er deutlich mehr trinken als sein Vater.

»Gucken wir noch mal durchs Teleskop?«, fragte der Junge jetzt ungeduldig, weil er vor dem Abendessen nur einmal kurz hatte schauen dürfen.

Xavier erzählte ihm von der Entdeckung des Fernrohrs im vergessenen Wandschrank einer verkauften Wohnung und von dem Mann, für den es gebaut worden war.

»Er hat nie gesehen, wie die Venus vor der Sonne vorbeigezogen ist?«

»Nein, aber er hat eine sehr lange und sehr schöne Reise gemacht und viele andere Dinge gesehen: Meere, Landstriche, Sonnenuntergänge, er ist an Orten gewesen, wo nur wenige Leute je hinkommen. Dank Internet, Magazinen und der Werbung kennen wir heute alle Bilder oder Videos vom anderen Ende der Welt, auch wenn wir niemals dort waren. Zu seiner Zeit gab es so was nicht. Man musste hinfahren. Das war, wie zum Mond zu fliegen«, meinte Xavier nachdenklich.

»Okay, und gucken wir uns den jetzt an?«

»Na klar, los geht's!«

Olivier setzte sich auf einen Hocker und Xavier auf einen Klappstuhl. Der Vater richtete das Teleskop auf den Himmelskörper, stellte das Okular ein und machte seinem

Sohn Platz, der das Auge dagegendrückte. »Wow, der ist ja total nah!«

Xavier lächelte – er hatte seinem Sohn einen gelungenen Abend bereitet.

»Da sind superviele Krater.«

»Die stammen von Meteoriten«, erklärte Xavier souverän, »die sind dort vor sehr langer Zeit eingeschlagen.«

»Und dabei explodiert?«

»Und dabei explodiert, mit jeder Menge Lärm, Flammen und Staub.«

»Cool«, murmelte Olivier.

»Wenn du ganz vorsichtig ein Stück nach rechts gehst, findest du einen Stern, der ganz hell leuchtet, ja, genau so«, sagte Xavier, während er die behutsamen Bewegungen seines Sohnes verfolgte. »Hast du ihn?«

»Ja, er ist megahell und hat einen kleinen Lichtpunkt in der Mitte.«

»Das ist die Venus, der Planet, den unser Freund Guillaume Le Gentil, der ursprüngliche Besitzer des Teleskops, nie vor der Sonne hat vorbeiziehen sehen.«

»Und die Venus zieht nur alle hundertzweiundzwanzig Jahre vor der Sonne vorbei?«, hakte Olivier nach.

»Fast. Einmal acht Jahre später, dann hundertfünf, dann wieder acht, dann hundertzweiundzwanzig.«

Nun schlief Olivier, und Xavier schloss leise die Tür zu seinem Zimmer. Sonderbarerweise verspürte er Lust auf eine Zigarette. Früher hatte er gut und gerne ein Päckchen Benson Gold pro Tag geraucht. Nach mehreren Versuchen mit Nikotinpflastern, Kaugummis oder kaltem Entzug – Letzterer hielt nur fünf Tage an – hatte er schließlich ein

Meditationsprogramm ausprobiert, das funktioniert hatte. Die Frauenstimme hatte ihm geholfen, sich auf seinen Atem und seine Gedanken zu konzentrieren und vor allem die Lust zu ignorieren, ein Feuerzeug anzuzünden und den blauen Rauch zu inhalieren. Die Stimme hatte recht gehabt: Das dringende Verlangen nach einer Zigarette dauerte tatsächlich höchstens sechs Minuten, danach ging das Gehirn zu etwas anderem über. An diesem Abend verschwand das eigenartige Gelüst nach gerade mal einer halben. Das Teleskop stand noch immer draußen, und Xavier senkte die Röhre wieder zu den Gebäuden. Der Sichtkreis stoppte bei der Glastür der Frau mit dem Balkon. Sie war dunkel, so wie alle anderen Fenster rundherum. Dann erhellte sie sich plötzlich, und Xavier musste blinzeln. Nicht wegen des Lichts, sondern wegen dem, was er im Rahmen sah: Ein Zebra stand mitten im Wohnzimmer des Apartments. Den Kopf zur Scheibe gerichtet, schien es Xavier reglos anzustarren. Er wich ein Stück zurück, fasste sich und drückte das Auge erneut an das Instrument. Das Zebra war immer noch da. Eine Frauengestalt, braunhaarig und nackt, lief daran vorbei, dann erlosch das Licht wieder.

Die Spinne, dünn und gelb, die sich wie eine dritte Hand mit extrem verlängerten Fingern auf die oberen Cembalotasten abseilte, war gut und gerne zwanzig Zentimeter groß. Sie ließ äußerste Vorsicht walten und landete genau in dem Moment, als Guillaume seine Hände auf die untere Tastatur legte, um mit Contrapunctus 1 aus Bachs *Kunst der Fuge* zu beginnen. Als die ersten Noten der himmlischen und überaus präzisen Komposition ertönten, die wie ein Zwiegespräch mit Gott klang, setzte das Insekt unter Guillaumes wohlwollenden Blicken seinen bedächtigen Krabbelgang fort.

Das Cembalo war nicht gestimmt und hatte durch das Klima der Isle de France einige Temperaturschwankungen aushalten müssen. Wie war das Instrument überhaupt in diese Wohnung gelangt? Guillaume fragte sich, ob man ihm eine besondere Aufmerksamkeit erweisen wollte, aber er konnte sich nicht erinnern, bei den Vorbereitungen zu seiner Reise jemals erwähnt zu haben, dass er ein Musikinstrument spielte. Doch das alles war vergessen, als sich die Melodie in überirdische Höhen aufschwang und ihm ein anderes, früheres Leben ins Gedächtnis rief, einen gar nicht so kurzen Zeitabschnitt. Von seiner Familie zum Priesteramt bestimmt, hatte er sich von den frühen

Morgenstunden in stillen Klostergängen die Erinnerung an eine überwältigende Ruhe bewahrt, die er später nie mehr wiedergefunden hatte – außer vielleicht zuweilen beim Anblick der Milchstraße. Auch der Weihrauchduft würde für immer mit diesen Jahren im Priesterseminar verbunden bleiben, und mit der Nähe zu einem Gott, den die Maler lange Zeit auf Wolken schwebend dargestellt hatten, bevor er sich in Christus und dann am Kreuz inkarnierte. Mit am stärksten hatte Guillaume diese Communio, diese Gottesnähe erlebt, als der Organist der Kathedrale von Coutances ihm eines Nachmittags erlaubt hatte, sich an den Spieltisch seiner Orgel zu setzen. Guillaume hatte mehr als vier Stunden vollkommen versunken gespielt, von dem Gefühl beseelt, dass eine überirdische Macht seine Hände lenkte, eine Macht, die immer über ihn wachen würde und die ihm eine bedingungslose Liebe entgegenbrachte, wie er sie unter den Menschen nie gefunden hatte.

Wenige Monate später beanspruchte dann die Astronomie in seinem Leben einen größeren Platz, als er es sich je hatte vorstellen können, denn die Begegnung mit seinem Lehrmeister Joseph-Nicolas Delisle hatte alles verändert. Er würde weder Priester noch Mönch werden, und schon gar nicht Kardinal oder Papst – seine Berufung war die Astronomie.

»Hör zu, das ist sehr schön, du kannst gern bleiben«, sagte er. Die Spinne streckte vorsichtig ein Bein nach dem anderen in die Höhe und schien der Ermunterung des Gelehrten nicht recht zu trauen.

Am Abend zuvor hatte Guillaume mit Antoine Marie Desforges-Boucher, dem Gouverneur der Insel, in dessen

Palast gespeist und ihm ein kleines Fernrohr von Margissier geschenkt, das die Objekte acht Mal stärker vergrößerte als die herkömmlichen Fernrohre. Der Gouverneur seinerseits wollte ihm unbedingt seine Schmetterlingssammlung zeigen. Der kampferprobte Marineoffizier ging, wenn er an Land war, mit Begeisterung auf die Jagd nach Faltern, deren schönste Exemplare er mit den starken Ausdünstungen von destilliertem Rum betäubte und dann mit dünnen Nadeln aufspießte. Le Gentil bewunderte vor allem eine große Schmetterlingsart, deren Flügel intensiv azurblau schillerten, als wären sie emailliert. Der Gouverneur nannte ihm ihren Namen: Morpho.

»Toussaint wird Sie in einen Wald führen, in dem Hunderte solcher Schmetterlinge um Sie herumschwirren. Das wird Ihnen gefallen, verehrter Herr Akademierat.«

Sie aßen Wildschweinragout, das lange auf kleinem Feuer geköchelt haben musste, so zart und rauchig schmeckte das dunkle Fleisch. Der Gouverneur erzählte seinem Gast, wie die Tiere auf die entlegene Insel gekommen waren. Holländer hatten sie 1606, als die Insel unter ihrem Regiment stand, eingeführt, doch von den mehreren Hundert Schweinen, die aufs Schiff verladen worden waren, hatten bei der Ankunft auf der Insel nur neun überlebt. Diese neun hatten sich jedoch mit atemberaubender Geschwindigkeit vermehrt, und schon ein Jahrhundert später war ihr Bestand außer Kontrolle geraten. Die ständigen Verwüstungen, die sie anrichteten, zwangen die französischen Gouverneure, Maßnahmen zu ergreifen. Sie wurden zur Jagd freigegeben, und endlich sank ihre Population auf ein akzeptables Niveau.

Dem Gouverneur lag die Geschichte von den Wildschweinen, die seine Vorgänger so viele Nerven gekostet hatten, offensichtlich sehr am Herzen. Aber er interessierte sich auch aufrichtig für die Frage nach der Entfernung von Erde und Sonne, die Le Gentil umtrieb und ihn zu seiner Reise zum Venustransit angespornt hatte. Sie unterhielten sich über den Mond und die Gezeiten und über die große Bedeutung, die präzise Karten von allen Weltgegenden für das Militär und die gesamte Menschheit haben würden.

Nach dem Essen kehrte Guillaume in seine Zimmerflucht zurück und schrieb an seine Frau. Er griff zur Gänsefeder, stellte das kristallene Tintenfässchen bereit und entzündete auf der Galerie einen mehrarmigen Leuchter.

Meine über alles geliebte Hortense,

ich bin von Schönheit umgeben, doch die deine fehlt mir. Ich habe ein Stelldichein mit einem Planeten, der den Namen der Liebesgöttin trägt, und doch bist nur du es, die ich mir an meine Seite wünsche, auf diesen großen Balkon, in diese warme Nacht. Wie du weißt, sind auch meine Kollegen aus aller Herren Länder auf dem Weg zum Durchgang des Planeten vor der Sonnenscheibe, aus der ganzen Welt streben wir zu Hunderten auf verschiedenen Reiserouten zur Venus. Ich hoffe sehr, Seine Majestät nicht zu enttäuschen und eine möglichst genaue Messung vornehmen zu können. Mir wurde gesagt, die Schiffe nach Pondichéry lägen alle im Hafen, da die politische Lage in dieser Region angespannt ist und die Engländer einen Krieg gegen unsere Truppen anzetteln. So werde ich, während ich warte, die Insel kartografieren, auf der ich vorübergehend lebe. Ich sammle viele erstaunliche Muscheln und werde wohl für das Museum ein Verzeichnis anlegen. Dir bringe ich die erste mit, die ich gefunden habe. Ich bedaure, dass ich kein Maler bin, sonst könnte ich zeichnen, was ich sehe und was die Vorstellungskraft übersteigt. Ich lebe inmitten der Welt und doch im Nirgendwo, alles erscheint mir wie ein Traum.

Es gibt hier Wildschweine, ähnlich wie die in den Wäldern der Normandie. Ich stelle mir vor, wie du mit deinen zarten Händen Stickereien anfertigst, und du fehlst mir unendlich. Wie einsam bin ich nachts ohne dich, mir ist, als wären die Laken aus Eis, wenn ich zwischen sie gleite, um von deinem Antlitz zu träumen … Ich sehe es vor mir, dein dunkles Haar und deine perlmuttfarbene Haut, ich kenne die Rundung deiner Wangen und dein Lächeln, ich kenne die Form deiner zarten Ohren, den eleganten Schwung deiner Nase und den Widerschein deines Haars auf deinen Schultern. Die Schönheitsflecken auf deinem Leib sind wie Sterne auf einer Himmelskarte. Ich könnte jeden Einzelnen beim Namen nennen, so wie ich die Sterne benenne. Du bist mein Himmel. Mein Stern. Einzigartig.

Guillaume

Er blieb noch ein Weilchen vor dem Brief sitzen, dann hielt er ihn an eine der Kerzen auf dem Leuchter. Das Blatt fing Feuer, und Guillaume behielt es in der Hand, so lange er konnte, bevor er es in eine Schale fallen ließ, in der es zu Asche verbrannte.

Tief in Gedanken versunken, spielte Guillaume die letzten Noten des Contrapunctus 1 aus der *Kunst der Fuge*. Warum war dieses großartige Werk unvollendet? Bach hatte der Welt ein Rätsel hinterlassen. Le Gentil drehte sich um und sah der Spinne hinterher, die über den Parkettboden in Richtung Galerie krabbelte.

Gleich am nächsten Morgen schaute Xavier noch einmal nach. Die Balkontür der braunhaarigen Frau stand einen Spaltbreit offen, und in ihrer Wohnung war nirgendwo ein Zebra zu entdecken. Sofort googelte er »Halluzination« und fand folgende Definition: »Unter Halluzination versteht man eine Wahrnehmung, für die keine nachweisbare externe Reizgrundlage vorliegt. Das bedeutet zum Beispiel, dass physikalisch nicht nachweisbare Objekte gesehen oder Stimmen gehört werden, ohne dass jemand spricht.« Die Sache mit der Stimme, ohne dass jemand spricht, erinnerte ihn an die Meditation – eine halbe Stunde Entspannung mit der vertrauten Frauenstimme, ohne mit einem Teleskop hübsche Unbekannte durch Balkontüren zu beobachten oder Zebras in Wohnungen zu sehen, war wahrscheinlich das beste Mittel, um das alles beiseitezuschieben. Olivier machte ab und zu gern zusammen mit seinem Vater eine sogenannte »Stimmensitzung«. Die beiden streckten sich nebeneinander auf dem Wohnzimmerteppich aus, und Xavier legte sein Smartphone zwischen sie.

Doch als er die App öffnete, stellte er fest, dass sich das Icon über Nacht geändert hatte. Er versuchte, sein Programm mit der Frauenstimme wiederzufinden, aber es war verschwunden. Stattdessen waren neue Programme verfügbar. »Es gibt unsere Stimme nicht mehr«, meinte er zu seinem Sohn.

»Nicht schlimm«, erwiderte Olivier, »dann nehmen wir eine andere.«

Xavier war verärgert. Er war an diese eine Frauenstimme gewöhnt, diese eine gesichtslose Stimme, die immer die mehr oder weniger gleichen beruhigenden Sätze sagte: Machen Sie es sich bequem … Konzentrieren Sie sich auf Ihren Atem … Lassen Sie Ihre Gedanken in den Hintergrund treten … Nie wieder würde er die Stimme diese Worte sprechen hören. Manchmal hatte er sich schon bei der Frage ertappt, wer diese Frau wohl war, hatte sie sich sogar vorgestellt. Jetzt war sie in den Milliarden Verbindungen pro Minute im Internet verschwunden, wahrscheinlich hatte die Website ein bisschen Ordnung in ihre Angebote bringen wollen, um Platz für neue Aufzeichnungen zu schaffen. Nach seiner Scheidung hatte Xavier eine lange Phase der Einsamkeit durchlebt, in der er sich nicht bereit für eine neue Beziehung fühlte. Bruno hatte zwar versucht, ihn mit Frauen zu verkuppeln – meistens Freundinnen seiner eigenen –, aber geklappt hatte es nie. Am Ende erzählten immer beide Seiten von ihrer Trennung, dem Sorgerecht für ihre Kinder und den zahllosen Nöten, die dieser Bruch in einem doch eigentlich schon genau vorgezeichneten Leben verursacht hatte. Die Verabredungen glichen eher einer improvisierten Psychoanalysesitzung als dem Herzklopfen einer keimenden Liebe. Im darauffolgenden Jahr hatte Xavier ein ebenso kurzes wie lockeres Techtelmechtel mit der neuen Floristin in seiner Straße angefangen. Als er nach ein paar Monaten ernsthaft über eine mögliche gemeinsame Zukunft nachzudenken begann, verkündete sie ihm eines Abends, sie habe ihre Jugendliebe auf Facebook wiedergefunden und würde zu ihm in die Bretagne ziehen. Ihren Laden gab sie auf. Inzwischen war dort ein Schuhgeschäft. Und Xavier zog sich erneut in eine vorsorgliche Isolation zurück. »Ihre Blumen waren sowieso scheiße, die sind immer schon nach drei Tagen verwelkt«, hatte Bruno ihn brummig zu trösten versucht. Seitdem hatte es niemanden mehr gegeben, kein Date, keinen Flirt.

Der leise Gong ertönte. Olivier und Xavier schlossen die Augen.

»Machen Sie es sich bequem«, sagte eine Männerstimme.

Guillaume Le Gentil griff in seine Jackentasche und holte die schöne Muschel hervor, die er aufgehoben hatte, als er zum ersten Mal im Meer geschwommen war. Toussaint hatte ihn dabei unterstützt, ihn von unten gehalten und ihm einfache Schwimmzüge beigebracht. Seither waren sie häufig am Meer gewesen. Sie hatten auch andere Strände ausprobiert, aber der erste war Guillaume immer noch der liebste. Er hatte schwimmen gelernt, sicher noch nicht so gut wie Toussaint, der größer und muskulöser war als er, aber immerhin konnte er sich mühelos über Wasser halten und sich manchmal sogar langsam in einer diagonalen Linie vom Strand aus zu einem Felsen oder einer Boje hinauswagen. Zum Dank hatte er Toussaint mehrmals eingeladen, durch sein Teleskop die Milchstraße, den Mond, die Sterne oder, wenn es sich ergab, sogar einen Kometen zu bewundern.

Die ovale *Cypraea tigris* machte mit ihrer lackglänzenden, gefleckten Schale dem Namen Tiger-Porzellanschnecke alle Ehre. Sie war so groß wie ein Hühnerei, und Guillaume trug sie bei sich wie einen Talisman. Es hätte ihn tief betrübt, wenn sie auf dem Waldweg, auf dem er mit Toussaint gerade unterwegs war, zerbrochen wäre, weil er aus Unachtsamkeit stolperte und hinfiel. Er folgte seinem einheimischen Führer bis zu der Lichtung, die der Gouverneur ihnen beschrieben hatte. Dort gab es angeblich die hübschen Blauen Morphofalter. Ihr erster Ausflug dorthin, meinte Toussaint, habe nicht zur richtigen Jahreszeit stattgefunden, diesmal würden sie mehr Glück haben.

»Toussaint«, sagte Guillaume, »ich bin nun seit vier Monaten hier, und wir sehen uns beinahe jeden Tag. Ich habe eine Bitte: Ich nenne Sie Toussaint – nennen Sie mich Guillaume und duzen wir uns.«

Toussaint wandte sich lächelnd um, schüttelte aber gleichzeitig abwehrend den Kopf.

»Doch!«, drängte der Astronom. »Sprechen Sie meinen Vornamen aus!«

»Guillaume«, sagte Toussaint im Weitergehen.

»Sehen Sie, Toussaint, nun ist er ausgesprochen«, rief Guillaume freudig, »laut und deutlich, hier in diesem Wald, die Tiere sind unsere Zeugen, und so soll es bleiben!«

Eine Zeit lang liefen sie schweigend hintereinander her, dann ergriff der Astronom wieder das Wort:

»Wenn ich die Isle de France verlasse und nach Indien aufbreche, werden wir uns vielleicht in diesem Leben nie mehr wiedersehen. Halten wir unsere Begegnung und unsere Freundschaft in Ehren, indem wir uns bei unseren Vornamen nennen und Du zueinander sagen, so wie Christus es mit seinen Jüngern gehalten hat.«

»Was Sie sagen, klingt schön«, erwiderte Toussaint, »Sie sprechen wie ein Priester … Danke für deine Freundschaft, Guillaume.«

»Danke, Toussaint«, gab Guillaume zurück.

Sie gingen ein Stück weiter.

»Toussaint?«

»Guillaume?«

»Dieser ausgestorbene Vogel, der Dodo.«

»Ja?«

»Du kennst diese Insel wie deine Westentasche, und wenn es noch welche gibt, weißt du doch sicher, wo sie sind. Ich würde den Vogel so gern sehen!«

Toussaint blieb stehen und drehte sich langsam zu Guillaume um. »Ich kann nicht sagen, wo der Dodo ist, nur heilige Männer oder Narren dürfen den Dodo sehen. Oder aber … du musst mir ein großes Geheimnis anvertrauen, damit ich dir sein Geheimnis anvertrauen kann.«

Nun zögerte Guillaume, und sie hörten eine Zeit lang nur noch die Geräusche des Waldes, ein Gemisch aus Stille und fernen Rufen, bei denen man nie genau wusste, ob sie von gefiederten oder felltragenden Baumbewohnern stammten. Schließlich ging Guillaume zur Böschung am Wegrand und setzte sich.

»Ich heiße Guillaume Le Gentil de La Galaisière, und du hast recht, ich rede wie ein Priester, weil ich in einem anderen Leben Priester werden wollte. Ich bin heute fünfunddreißig Jahre alt, meine Frau heißt Hortense. Sie lebt in Frankreich. Ich denke häufig an sie, ich spreche mit ihr, ich schreibe ihr. Sie antwortet mir nie … weil Hortense nicht existiert. Ich habe sie erfunden. Sie ist eine Phantasiegestalt. Ich habe noch nie körperlich mit einer Frau verkehrt. Ich habe mehrere Jahre im Priesterseminar verbracht und mich dann der Astronomie zugewandt. Die Zeit ist vergangen, und die Hortense, die ich mir als Junge ausgedacht hatte, ist bei mir geblieben. Vielleicht könnte ich eine echte Frau kennenlernen, aber ich glaube, ich habe Angst davor. Zu viel Zeit ist verstrichen. Ich ziehe Hortense vor.«

Toussaint betrachtete ihn schweigend und nickte ernst. »Du bist ein heiliger Mann und ein Narr. Komm mit, Guillaume.«

Sie waren von ihrem ursprünglichen Weg abgebogen und bereits eine halbe Stunde in den Hochwald hinaufgestiegen, als Toussaint stehen blieb und lauschte. Dann legte er die Hände wie einen Trichter an die Lippen und stieß vier lange Zischlaute aus. Gleich darauf kamen vier identische Laute zurück. Er wandte sich an Guillaume.

»Du darfst nie über das sprechen, was du gleich sehen wirst.«

Guillaume nickte. »Ich werde kein Wort darüber verlieren, nicht einmal dann, wenn ich eines Tages meine Memoiren schreibe.«

Sie betraten eine Lichtung, auf der ein alter Mann mit noch braunerer Haut als Toussaint auf der Erde hockte, einen Stab in der rechten Hand. Toussaint trat auf ihn zu, beugte sich hinab und sagte in einer Sprache, die Guillaume nicht verstand, ein paar Worte zu ihm. Der Mann machte die Augen auf, und Guillaume sah, dass seine Pupillen von einem grauen Schleier überzogen waren und aussahen wie zerklüftete Monde. Der Mann war blind. Er nickte und schlug mit seinem Stab mehrere Male auf den Boden, als wollte er morsen. Toussaint kam zu Guillaume zurück und sagte voller Ehrfurcht: »Das ist der Hüter der letzten Dodos. Er ist ein sehr weiser Mann.«

Die hallenden Schläge verklangen und wurden von einem seltsamen Kollern abgelöst, einer Art gutturalem, kehligem »doo-dooo«. Der Astronom blickte sich erstaunt um. Zwei Vögel tappten auf breiten Füßen mit schaukelnden Schritten auf sie zu. Sie waren ungefähr einen Meter groß, und ihr pummeliger Körper war von graublauen Federn bedeckt. Ihr gelber, gebogener Schnabel war fast so groß wie eine Männerhand. Einer der Vögel blieb dicht vor Guillaume stehen und besah ihn sich mit seinen kleinen gelblichen Augen. »Doo-dooo«, klang es durch die Lichtung.

»Dodo«, antwortete Guillaume.

»Es gibt nur noch vier von ihnen, und kein Weibchen mehr«, erklärte Toussaint. »Deine Augen, Guillaume, erblicken die letzten Exemplare in der Geschichte der Erde.« Der Franzose nickte bedrückt. Der alte Hüter winkte sie zu sich. Er sagte ein paar Worte in der Inselsprache, und Toussaint übersetzte: »Er will, dass du ihm die Hand gibst.«

Guillaume streckte die Hand aus, und der Alte ergriff sie und schloss die Augen. Nach einer Weile hob er den Kopf, ließ Guillaume seine weißliche Hornhaut sehen und murmelte etwas.

»Er sagt, dass du eine sehr lange Reise machen wirst«, übersetzte Toussaint, »aber du suchst nicht das, was du zu suchen glaubst.«

Guillaume runzelte die Stirn.

»Sag ihm, dass ich die Venus suche. Einen Stern.«

Toussaint tat, wie ihm geheißen, und der Alte wackelte skeptisch mit dem Kopf. Dann lächelte er und bemerkte etwas in seiner Sprache.

»Er sagt nein«, erklärte Toussaint. »Du suchst nicht einen Stern, du suchst die Liebe. Am Ende der Reise wirst du sie finden.« Und er fuhr fort: »Du bist weit gereist, um das zu finden, was direkt vor deinen Augen ist, ganz nah bei dir.«

Xavier war vertieft in das frisch angekommene Exemplar von *Reifen in den indifchen Meeren bei Gelegenheit des Durchganges der Venus durch die Sonnenfcheibe 1761 bis 1771*. Das zweibändige Werk war etwas ganz Besonderes, denn es handelte sich um ein Faksimile der ersten Ausgabe mit ihren Lettern aus den alten Druckerpressen des achtzehnten Jahrhunderts, und die »f«, die man als »s« der Frakturschrift lesen musste, vermittelten den Eindruck, der Astronom hätte einen Sprachfehler gehabt. Xavier hatte das Gefühl, in ein Zauberbuch einzutauchen, voll unvorhergesehener Wendungen, Irrfahrten und wundersamer Natur.

Heute Morgen hatte er auf der Terrasse gefrühstückt und erneut das Teleskop auf die fragliche Wohnung gerichtet, nur um keinen schwarz-weiß-gestreiften Einhufer hinter der Scheibe zu entdecken. Die braunhaarige Frau war ein paarmal aufgetaucht, aber Xavier hatte nur ihren Umriss erkennen können. Mit dem Telefon am Ohr hatte sie die Glastür geschlossen, auf ihre Uhr geschaut, als würde das Gespräch sie verärgern, und aufgelegt. Anschließend griff sie nach einer Tasche oder einem Kleidungsstück. Sie wollte aus dem Haus. Im Geiste rechnete Xavier, wie lange sie von ihrem Stock nach unten brauchte – wer könnte so etwas besser einschätzen als er, der im Laufe seiner Karriere schon unzählige Treppen hoch- und runtergestiegen war. Er lag nicht daneben: Die Eingangstür schwang auf, und die Frau trat auf die Straße. Sie trug einen schwarzen Rock, ein Trägertop und Stiefeletten und lief in Richtung des Cafés an der Ecke. Nachdem sie an einer roten Ampel gewartet hatte, betrat sie tatsächlich den Außenbereich des Lokals und hielt auf einen braunhaarigen Mann zu, der bereits dort saß und sich bei ihrer Ankunft erhob, sie jedoch nicht mit Küsschen begrüßte. Xaviers Kaffee wurde kalt, während er die beiden beobachtete. Zu gerne hätte er jetzt Lippen lesen können, um herauszufinden, was sie sagten. Sie sprachen, ohne sich anzuschauen. Ein Kellner kam auf sie zu, und die Frau schüttelte den Kopf – ein Zeichen, dass die Unterhaltung nicht lange dauern würde. Dann trat Schweigen ein, bis der Mann sich schließlich ein wenig aufzuregen schien und Dinge, die nur er kannte, an den Fingern abzählte. Die Frau zuckte mit den Schultern, und wieder schwiegen die beiden sich an. Irgendwann legte die Frau ihre Hand auf die des Mannes, wie zur Beschwichtigung, schüttelte dabei aber den leicht zur Seite geneigten Kopf, womit man oft ausdrückt, dass da nichts mehr zu machen ist. Der Mann steckte sich eine Zigarette an und warf den Kopf in den Nacken, sie sagte noch etwas, ehe sie aufstand und ging, ohne sich umzudrehen. An der Ampel überquerte sie die Straße und lief zurück zu ihrem Wohnhaus, tippte den Code ein und verschwand. Xavier schwenkte die Teleskopröhre wieder zur Scheibe fünf Stockwerke höher, hinter der ihr Umriss ein paar Augenblicke später erschien. Sie lief vorbei und war nicht mehr zu sehen, nur um kurz darauf an die Glastür zu treten, sie zu öffnen und sich auf das Balkongeländer zu stützen, eine Teetasse in der Hand. Xavier visierte noch einmal den Mann im Café an. Er war immer noch da. Gedankenversunken rauchte er seine Zigarette und holte sein Handy heraus, um eine Nummer zu wählen. Zurück zur Frau auf dem Balkon. Sie drehte den Kopf zum Inneren der Wohnung – bestimmt klingelte ihr Telefon, das sie dort abgelegt hatte. Sie ignorierte es und richtete den Blick wieder auf die Stadt. Der Mann im Café legte auf und warf sein Handy auf den Tisch. Dann bedeutete er dem Kellner, ihm noch einen Kaffee zu bringen, nahm sein Handy wieder zur Hand und wählte eine Nummer. Die Frau auf dem Balkon bewegte sich nicht – diesmal schien er also nicht sie anzurufen. Wer jetzt neben dem Mann sitzen und zuhören konnte, dem würde dieses Telefongespräch des Pudels Kern offenbaren. Und ein Tisch war dort gerade noch frei.

»Ja ... Ja ... Ich weiß ... Kann man nicht ändern. Ist vielleicht besser so«, sagte der Mann in sein Smartphone. Xavier hatte sich an den Nebentisch gesetzt und ebenfalls einen Kaffee bestellt. So schnell wie möglich war er in Socken und Schuhe geschlüpft und hatte sich noch nicht einmal die Haare gekämmt, ehe er mit großen Schritten auf das Café zugesteuert war. »Es funktioniert einfach nicht ... Wir sind zu verschieden«, fuhr sein Sitznachbar fort, der inzwischen zum Schutz vor der Sonne eine getönte Brille trug. Xavier trank seinen Kaffee und kam sich plötzlich vor wie in einem Remake von Alfred Hitchcocks *Das Fenster zum Hof*, in dem er mehr schlecht als recht die Rolle von James Stewart übernommen hatte, aber auch wie ein armes Würstchen, allein und unbeschäftigt, das die Trennung entfernter und fremder Nachbarn ausspionierte. Er schwankte noch zwischen dem Hitchcock'schen Romantiker und dem armseligen Großstädter, als der Mann neben ihm verärgert ausrief: »Und was wird aus ihr? Nichts! Nichts! Wen schert's, Alice macht weiter wie bisher mit ihrem Zebra, soll sie doch mit dem zusammenwohnen!« Xavier hob den Kopf. Am liebsten hätte er den Mann angetippt und zu ihm gesagt: »Entschuldigen Sie, dass ich Sie unterbreche, aber ich hätte gerne eine Erklärung: Wer ist diese Frau, die mit einem Zebra zusammenwohnt? Ich brauche eine Antwort, und zwar sofort.« Aber das tat er nicht. Der Mann beendete das Telefonat, nachdem er einen Blick auf die Uhr geworfen und festgestellt hatte, dass es schon spät für ihn war. Er winkte den Kellner herbei, bezahlte in Münzen und verschwand über den Boulevard. Xavier ging noch einmal die Informationen durch: Sie hieß Alice, hatte sich gerade von dem Mann mit der Sonnenbrille getrennt und teilte sich die Wohnung mit einem Zebra. Sein Handy klingelte, auf dem Display stand »Chamois«. Er meldete sich. »Ja?«

»Hallo, Sie, Sie, Sie ... sind nicht in der Agentur?«

Xavier schaute auf die Uhr. Seine kleine James-Stewart-Szene hatte definitiv länger gedauert als gedacht.

Ehe er zu seinem Praktikanten aufgebrochen war, hatte er zu Hause noch schnell geduscht, sich rasiert und die Haare gemacht. An den Briefkästen hatte er außerdem sein Paket mit den beiden Bänden von Guillaume Le Gentils Memoiren eingesammelt.

Am Nachmittag war nicht viel los, und Xavier las weiter. Er war gerade an der Stelle angelangt, wo der Astronom Mauritius auf der Fregatte *La Sylphide* in Richtung der indischen Koromandelküste verließ, als die Tür aufging.

»Guten Tag«, sagte eine Stimme.

Xavier blickte von seinem Buch auf und entdeckte die braunhaarige Frau namens Alice. Sie stand vor ihm, genauso angezogen wie am Morgen mit ihrem schwarzen Rock und dem ebenso schwarzen Trägertop. Kurz überfiel ihn Panik: Hatte sie bemerkt, dass er sie mit dem Teleskop beobachtet hatte? Was tat sie hier? Wie war sie so plötzlich in sein Leben geplatzt?

»Ich wohne hier in der Gegend«, fing sie an. »Ich würde gerne meine Wohnung verkaufen. Könnten Sie sie schätzen?«

»Ja …«, antwortete Xavier tonlos.

»Ich heiße Alice Capitaine, ich wohne in der Rue de la Pentille 18. Wann können Sie kommen?«

Xavier drehte sich zu Chamois, der nickte.

»Jetzt gleich, wenn Sie möchten«, sagte er.

Und so liefen sie nebeneinander her durch die Straßen, in diesem verlegenen Schweigen, bei dem beide Seiten darauf warten, dass ein erster, meist sehr banaler Satz ausgesprochen wird. Xavier beobachtete sie aus dem Augenwinkel. Sie hatte ein hübsches Profil, der elegante Rücken ihrer Nase badete in der Sonne, genau wie ihre braunen Haare. Er bemerkte die Leberflecke an ihrem Hals, deren Anordnung dem Sternbild des Großen Wagens ähnelte. »Wohnen Sie schon lange hier im Viertel?«

»Ja, ich bin hier geboren, dann bin ich fortgegangen und wiedergekommen.«

»Und nun wollen Sie wieder fort?«

»Vielleicht, vielleicht auch nicht«, meinte sie nachdenklich. »Ich könnte auch hier wohnen bleiben, nur in einer anderen Straße. Ich bin schon oft an Ihrer Agentur vorbeigelaufen, und Sie wissen ja, wie das ist, irgendwann traut man sich auch rein«, ergänzte sie lächelnd.

»Warum ich?«

»Ihr Büro war das nächstgelegene von den Suchergebnissen im Internet.«

»Natürlich …«

Sie hielten an einer roten Ampel, und Xavier betrachtete den Cafétisch, wo er neben dem Mann mit der Sonnenbrille gesessen hatte – nun war er von zwei Touristen belegt, die mit den Koffern zu ihren Füßen wahrscheinlich gerade den Weg zu ihrem Airbnb auf dem Smartphone suchten. Alice beachtete das Café gar nicht. Sie tippte den Code ein, und die Eingangstür öffnete sich mit einem Klacken. »Die Wohnung ist ungefähr sechzig Quadratmeter groß, vielleicht fünfundsechzig, das weiß ich nicht mehr genau, und ich habe einen Balkon, von dem aus man in der Ferne den Montmartre sieht.« Beinahe hätte Xavier erstaunt erwidert, dass der Balkon, auf dem er sie beobachtete, nach Süden hinausging, also keineswegs auf den Montmartre. Sie bestiegen einen alten Aufzug, und Alice drückte auf die Zahl 5. Beide schwiegen in diesen zwei mal zwei Metern, und während der Aufzug die Stockwerke erklomm, bemerkte Xavier einen Duft an Alice, den er als Zitronenverbene identifizierte. Im fünften Stock gab es zwei Türen – die rechte gehörte dem Menschen mit den Blumen auf dem Balkon. Alice holte ihren Schlüsselbund heraus und sperrte die linke Tür auf. »Bitte, kommen Sie rein«, sagte sie, und Xavier betrat eine dunkle Diele mit gedämpftem Licht. An den Wänden hingen metallisch blaue Schmetterlinge in kleinen Rahmen. Alice ging in Richtung Wohnzimmer, und Xavier folgte ihr stumm. In dem großen Raum, den er von seiner Terrasse aus sah, entdeckte er ein Sofa aus dem neunzehnten Jahrhundert mit abgerundeten Formen und tiefbraunem Mahagoniholz, außerdem weitere Möbel in einem gekonnten Mix aus Alt und Neu sowie mehrere Stehlampen, um das Fehlen einer Deckenleuchte in der Mitte des Raums auszugleichen. Ein ausladender runder Glastisch war übersät mit Werkzeug, Stoff und mindestens zwanzig kleinen und großen Fläschchen; dieser Teil des Zimmers fungierte wohl als eine Art Werkstatt, in der überaus feine und präzise Dinge angefertigt wurden. Als Xavier sich umdrehte, machte sein Herz einen Satz. Das Zebra. Imposant erhob es sich zwischen Wand und Tür. Es war wirklich da, mit seinem nach links gewandten Kopf, seinem gestreiften, glänzenden Fell – und vor allem war es völlig reglos.

»Tut mir leid«, sagte Alice lächelnd. »Ich bin Tierpräparatorin.«

Xavier trat näher. Das Maul des Tiers wirkte unglaublich lebensecht, fast erwartete man, dass die Nüstern gleich erbeben würden, bevor es den Kopf schüttelte.

»Ein Auftrag von einem Kunden«, fuhr Alice fort. »Dieses Zebra wurde vor über hundert Jahren präpariert. Ich soll es restaurieren, weil es allmählich kaputtgeht. Deshalb musste ich es mit hierher nehmen. Normalerweise arbeite ich im Naturkundemuseum. Soll ich Sie herumführen?«

Xavier nickte. »Ich messe zuerst das Wohnzimmer aus.« Er holte ein Lasermessgerät aus der Tasche. Dann stellte er sich neben das Zebra und richtete den Strahl auf die Wand, ehe er den Vorgang von der Tür zum Fenster wiederholte.

»Die Küche.« Alice schwang eine Tür auf.

»Sie haben sich keine offene Küche bauen lassen«, merkte Xavier an.

»Nein, das Konzept vom Geschirrspüler im Wohnzimmer habe ich noch nie begriffen, muss ich gestehen«, witzelte Alice.

Sie gingen durch einen Flur.

»Mein Schlafzimmer.« Alice öffnete eine weitere Tür, und Xavier sah ein helles Zimmer mit einem Messingbett, das ebenso glänzte wie Guillaume Le Gentils Teleskop.

An der Wand hingen Museumsplakate von Ausstellungen, die bereits mehrere Jahre zurücklagen. Daneben stand ein großer Schrank aus lichtem, von den Jahren patiniertem Holz, wahrscheinlich für Alice' Kleider.

»Hell«, kommentierte Xavier, ehe er vor einem Plakat mit einem Gemälde von zwei flauschigen Füchsen in einer beinahe abstrakten Landschaft anhielt. Der Name des Malers prangte groß darunter: Yamaguchi Kayō. »Wie schön.«

»Ja«, erwiderte Alice. »Ein sehr bekannter japanischer Künstler. Er hat sein ganzes Leben lang nur Tiere gemalt.«

Sie verließen das Schlafzimmer. Hinter der nächsten Tür befand sich das typische Mädchenzimmer einer ungefähr Zehnjährigen. »Das Zimmer meiner Tochter«, sagte Alice.

»Wie alt?«

»Elf.«

»Genauso alt wie mein Sohn«, meinte Xavier lächelnd.

»Wie heißt er?«, fragte Alice.

»Olivier. Und Ihre Tochter?«

»Esther.«

»Esthers Zimmer ist fast so groß wie das Ihre«, stellte Xavier fest, während sein Blick über ein hohes Regal wanderte, das mit den verschiedensten Dingen angefüllt war, von Miniparfümfläschchen bis hin zu Sammelfiguren von Mangaheldinnen. In der Mitte, auf einem Holzfuß mit goldenem Spieß, steckte ein ausgestopfter Fliegender Fisch, dessen durchscheinende Flügel weit ausgebreitet waren.

»Das ist ihr größter Schatz.«

»Haben Sie den gemacht?«

Alice nickte. »Vor ein paar Jahren haben wir ein Märchen gelesen, in dem die Protagonistin Fliegende Fische sieht, da ließ das ›Maman, ich will einen Fliegenden Fisch‹ nicht lange auf sich warten«, erzählte sie.

Das Badezimmer hatte eine gute Größe und ein kleines Fenster neben der ebenerdigen Dusche, das auf die Stadt hinausging.

»Ich zeige Ihnen noch den anderen Balkon«, meinte Alice, als sie die Tür wieder schloss.

Sie stiegen ein paar Stufen hinauf zu einem winzigen, mit Regalen vollgestellten Zimmer, von dem ein Balkon mit Blick auf die Dächer der Stadt und Sacré-Cœur in der Ferne abging.

»Außergewöhnlich«, bemerkte Xavier, während er die Aussicht im Nachmittagslicht bewunderte. »Von hier aus kann man bestimmt großartige Sonnenuntergänge beobachten.«

Alice lächelte. »Ja, die sind nicht schlecht. Esthers Favoriten hängen rechts neben dem Fenster.« Xavier drehte sich zur Wand, an der Fotos des immer gleichen Panoramas hingen, aber einmal war der Himmel orange, dann wieder rosa oder glutrot. »Wir knipsen sie mit dem Handy, und manche drucke ich anschließend aus.«

Xavier nickte. »Ihre Wohnung hat jede Menge Charme«, sagte er, ehe er auch das Sonnenuntergangszimmer mit dem Laser vermaß. »Sie ist zwischen fünfundsechzig und siebenundsechzig Quadratmeter groß, für genauere Angaben müsste ich alles exakt abmessen. Es gibt einen Aufzug, Einkaufsmöglichkeiten in der Nähe, das Viertel ist nett. Dieses Jahr liegen wir ungefähr bei neuntausend Euro pro Quadratmeter. Wenn wir mit fünfundsechzig Quadratmetern rechnen, kommen wir auf einen Wert von fünfhundertfünfundachtzigtausend Euro.«

Nun nickte Alice. »Vielen Dank.«

»Wenn Sie sie zum Verkauf anbieten wollen, würde mein Assistent vorbeikommen und Fotos machen, ich kümmere mich um den Rest.«

Stille trat ein, und sie drehte sich zum Fenster. »Entweder ich finde eine Wohnung mit Terrasse hier in der Nähe, oder ich ziehe weg ... Sehr weit weg vielleicht, ich habe ein Jobangebot im Ausland.«

»Sehr weit weg?«

»Washington.«

»Das ist wirklich weit. Und Ihre Tochter?«

»Die kommt mit, wir haben schon darüber gesprochen.«

Xavier wagte nicht nachzuhaken, was in diesem Fall aus dem Vater werden würde. »Ich habe eine Frage«, sagte er stattdessen, und Alice wandte sich ihm zu. »Kann man bei Ihnen im Museum auch die Präparationswerkstätten besichtigen? Davon wäre mein Sohn bestimmt begeistert, und ich bin immer auf der Suche nach besonderen Dingen, die ich mit ihm unternehmen kann. Ich habe ihn nur jedes zweite Wochenende«, fügte er hinzu, wie um sich zu rechtfertigen.

»Verstehe«, antwortete Alice. »Normalerweise kann man die Werkstätten nicht besichtigen, außer man kennt jemanden, der dort arbeitet.« Sie schwieg kurz, ehe sie fortfuhr: »Kommen Sie dieses Wochenende, da ist Esther auch da. Im Moment arbeite ich auch samstags, ein Dudu ist dringend fällig.«

»Sie wollen ... jemanden ausschimpfen?«, fragte Xavier.

»Was? Ach so, nein, Dudu ist ein anderer Name für den Dodo, den ausgestorbenen Vogel, ich bilde gerade einen nach«, erklärte Alice lachend.

Auf dem Rückweg zur Agentur fiel Xavier auf, dass er sehr viel langsamer lief als sonst. Dass die Straßen und Boulevards irgendwie verschwommen wirkten, als würde er sie durch eine dieser matten Glasscheiben betrachten, die manchmal in die Türen alter Wohnungen eingelassen waren und durch die man Umrisse erhaschte, die Größe eines Zimmers und die Möbel darin erahnte. Alice und ihre Wohnung. Einfach nur Alice. Alice. Er hatte das Gefühl, sie schon einmal irgendwo gesehen zu haben. Klar, durch Guillaume Le Gentils Teleskop, alles andere war sicher nur ein seltsamer Schlenker seines Gehirns, trotzdem schien ihm noch irgendetwas anderes dahinterzustecken, das er sich nicht erklären konnte. Als würde er sie bereits kennen, als hätte er sie schon einmal getroffen. Hatten sie vielleicht dieselbe Grund- oder Gesamtschule besucht, entsprang dieses Gefühl dem Nebel der in Vergessenheit geratenen Kindheit? Aber nein, er hatte nie eine Klassenkameradin namens Alice Capitaine gehabt. In seinem Bekanntenkreis hatte es bisher nicht einmal eine Alice gegeben.

Guillaume Le Gentil steckte die Mattglasscheibe ans obere Ende seines Teleskops, damit er – wie jede Woche – seine astronomischen Messungen durchführen konnte. Die Umgebung verschwand, und ein verschwommenes Bild tauchte auf, in dem er den Schatten des Großmasts der *La Sylphide* und die Gestalten einiger Matrosen erkannte. Seit vier Wochen segelte er nun mit einem neuen Schiff in Richtung Indien, und von Anfang an hatte der Monsunwind ihr Fortkommen behindert. Bereits am Tag der Abreise überkam ihn beim Anblick der entschwindenden Küste der Isle de France eine seltsame Vorahnung: Womöglich würden sich die Dinge nicht so entwickeln wie geplant. Schon bevor das Schiff endlich auslief, war es ein ums andere Mal zu wochenlangen Verzögerungen gekommen. Die Situation in Pondichéry war ungeklärt, manche behaupteten, die französische Enklave sei bereits den Engländern in die Hände gefallen, andere, die Eroberung stünde kurz bevor, und wieder andere, die Engländer würden die Franzosen niemals aus Pondichéry vertreiben. Le Gentil zog es mit aller Macht zur Venus, deren Transit am 6. Juni bevorstand. Die Zeit drängte, denn er musste an Ort und Stelle noch seine Teleskope positionieren und eine Art Lochkamera bauen, damit sich der Planet, wenn er an der hellen Sonnenscheibe vorüberzog, als kleiner kugelförmiger Schatten auf einer weißen Wand abzeichnete. In wie vielen Nächten hatte er von diesen beiden Kreisen geträumt, dem großen Lichtkreis und dem kleinen schwarzen!

Guillaume drehte an den Rädchen, bis er für seine Mattglasscheibe die perfekte Position gefunden hatte. Er zog zwei Schrauben fest, damit die Position erhalten blieb, nahm die Scheibe dann wieder heraus und steckte sie zu den zehn anderen in einen großen, gut gepolsterten Transportkasten. Darin befand sich auch der wichtigste Filter, der rußgeschwärzt war und damit der einzige, durch den man in die Sonne blicken konnte, ohne sich die Netzhaut zu verbrennen. Er holte ihn vorsichtig aus seiner gamsledernen Hülle, setzte sich an Deck auf die Holzplanken und hielt ihn vors rechte Auge, während er das linke zukniff. Es wurde dunkel. Guillaume hob den Kopf zur Sonne, die sich weiß und scharf umrissen vom Himmel absetzte wie der Vollmond in einer sternenklaren Nacht. »Hortense«, flüsterte er unhörbar, »kannst du mir sagen, was ich hier suche, mitten im Indischen Ozean?«

Eine Windbö peitschte Gischtfetzen über die Reling in sein Gesicht, sodass er Feuchtigkeit und Salz auf den Lippen schmeckte.

»Ist alles zu Ihrer Zufriedenheit, hochgeschätzter Herr Hof-Emissär?«

Guillaume nahm die schwarze Linse vom Auge und sah den Schiffskapitän vor sich aufragen. »Herr Hof-Emissär«, wieder ein neuer Titel, mit dem man ihn auf diesem Schiff traktierte! Guillaume stand auf und fragte: »Kann es sein, dass wir langsamer segeln?«

Der Kapitän strich sich ungehalten über die Perücke.

»Ich kann es Ihnen nicht verhehlen«, knurrte er verstimmt. »Der Monsun ist stärker als vorhergesehen, und wenn sich daran nichts ändert …«

»Wenn sich daran nichts ändert?«, wiederholte Guillaume.

»Dann werde ich meine Fregatte und meine Mannschaft keinerlei Risiken aussetzen«, beendete der Kapitän den Satz. »In diesem Fall werden wir nicht länger die Koromandelküste ansteuern, sondern umkehren und zur Isle de France zurücksegeln. Doch noch ist nicht alles verloren. Das Wetter kann noch umschlagen und der Monsun abflauen, hochgeschätzter Herr Hof-Emissär, das kann man immer mal erleben!«

»Ich kann es eben nicht noch mal erleben«, seufzte Guillaume. »Für mich gibt es nur diesen einen Venustransit. Der nächste findet erst in acht Jahren statt.«

Und danach würden sogar über hundert Jahre vergehen.

Xavier würfelte die Paprikaschoten mit dem Porzellanmesser, das er letzte Woche gekauft hatte, dann zerkleinerte er die Basilikumblätter und rieb das Stück Parmesan aus dem italienischen Feinkostladen. Ihn erwartete eine einsame Mahlzeit, wie er schon so viele erlebt hatte. Während die Spaghetti sich geduldeten, bis das Wasser siedete, sprach man auf France Info wieder über die kürzliche Wahl von François Hollande und sein »Ich als Präsident der Republik«, das er beim Fernsehduell innerhalb von drei Minuten und einundzwanzig Sekunden fünfzehnmal hintereinander wiederholt hatte, um zu beschreiben, was er alles umsetzen würde, sollte er gewählt werden. Die Journalistinnen und Journalisten benannten dieses Stilmittel genau – Anapher – und zerpflückten es genüsslich, um einzuschätzen, womit in den folgenden sechs Monaten zu rechnen war. Xavier schaltete das Radio aus.

Am späten Nachmittag hatte er in seiner Datenbank nach Wohnungen gesucht, die er Alice Capitaine zeigen könnte – sie hatte signalisiert, dass sie auch über den Preis hinausgehen würde, den sie für ihre bekäme. Die Achtzig-Quadratmeter-Wohnung mit Blick auf den Innenhof war weit über ihrem Budget, zwei andere könnten ihr vielleicht gefallen, auch wenn sie weder eine Terrasse hatten noch einen echten Balkon auf die Stadt hinaus, zumindest nichts Vergleichbares mit dem Sonnenuntergangsbalkon oder Xaviers Terrasse. Es war wirklich ärgerlich. Xavier warf die Nudeln in das heiße Wasser, und sie verteilten sich wie Mikadostäbchen, ehe er sie mit einem Holzkochlöffel in Richtung Topfboden stupste. Sieben Minuten warten. Er trug Geschirr und Besteck hinaus auf den Terrassentisch direkt neben dem Teleskop. Bei Alice brannte Licht, aber sie hatte die Vorhänge zugezogen, deshalb war nichts zu erkennen gewesen, als er das Fernrohr vor einer halben Stunde auf die Glastür gerichtet hatte. Warum wollte sie diese reizende Wohnung verkaufen, die perfekt zu ihr und ihrer Tochter zu passen schien? Manchmal trennten Menschen sich von einer Immobilie, weil dort zu viele Erinnerungen wohnten – die Vergangenheit staut sich an, quillt irgendwann in die Gegenwart über, und am Ende weiß man nicht mehr ein noch aus, eine Entscheidung muss her, und die ist oft radikal. Man muss neu anfangen, Knall auf Fall, so wie diese Hummer, die im Kampf eine ihrer Scheren abwerfen, um flüchten und sich retten zu können. Bis die Schere nachgewachsen ist, dauert es lange, aber sie wächst nach. Der Timer klingelte wie ein Glöckchen. Xavier kippte die Nudeln in ein Sieb, beförderte sie zurück in den Topf, um sie ein wenig trocknen zu lassen, ehe er sie zusammen mit der Mischung aus Paprika, Basilikum, Parmesan und Olivenöl auf dem Teller anrichtete. Das Rezept war schon nicht schlecht, aber irgendetwas fehlte – eine weitere Zutat, die ihm den letzten Schliff verlieh.

War Alice geschieden, verheiratet? Sie hatte keinen

Mann in ihrem Leben erwähnt. Normalerweise fand man doch immer eine Möglichkeit anzubringen, dass man sein Dasein mit jemandem teilte, und sei es nur, um etwaige Annäherungsversuche oder Missverständnisse zu verhindern. Sie nicht. Xavier hatte ihren Namen gegoogelt und ein Interview mit ihr gefunden, dass sie einem auf Natur und Tiere spezialisierten Magazin in ihrer Werkstatt im Naturkundemuseum gegeben hatte. Zum Artikel gehörte auch ein Foto. Darauf sah man sie von weitem, inmitten von Kolleginnen und Kollegen. Alle trugen einen weißen Kittel und standen an Tischen voller Fläschchen und Werkzeuge, deren Nutzen Xavier nicht kannte. Auf Alice' Arbeitstisch thronte ein sehr merkwürdiger kleiner Nager, der als »Großer Pferdespringer« bezeichnet wurde und wie eine Kreuzung zwischen Maus, Känguru und Kaninchen wirkte. Seine Pose hätte auch direkt aus einem Zeichentrickfilm von Walt Disney stammen können, und er schien in die Kamera zu lächeln. Noch war er nicht fertig, deshalb bedeckten dünne goldene Nadeln seinen Körper wie Schmuck. Im Interview schilderte Alice ihren Beruf sehr charmant und bescheiden. Sie sprach von der Schönheit der Tiere, die die Taxidermie für die Ewigkeit zu erhalten versuche. Dieses Vorgehen sei nicht etwa egoistisch, im Gegenteil: Es schaffe Zugänglichkeit, damit die Menschheit begreife, dass sie sich mit der Natur und all den verschiedenen Lebewesen ringsum denselben fragilen und unbedingt schützenswerten Planeten teile. Keins der Tiere habe man gejagt, sie alle hätten in Reservaten auf der ganzen Welt gelebt, die nach dem Washingtoner Artenschutzübereinkommen geführt würden, und seien eines natürlichen Todes gestorben.

Xavier hatte versucht, das Foto mit Alice darauf zu vergrößern, aber auf der Website war nur ein kleines Format verfügbar gewesen. Anschließend hatte er »Ursprung des Namens Capitaine« in die Suchmaschine getippt und war auf einer Seite zur Ahnenforschung gelandet, die die Häufigkeit aller Namen in Frankreich und ihre regionale Verteilung erfasste, für einen Zeitraum von über einem Jahrhundert. Dort erfuhr er, dass seit 1890 im ganzen Land nur dreitausendzweihundertvierundsechzig Personen mit dem Familiennamen Capitaine geboren worden waren, verteilt auf achtundachtzig Départements. Die höchste Capitaine-Konzentration fand man am Westzipfel der Bretagne, hauptsächlich im Finistère und im Morbihan. Das erinnerte Xavier an den Hafen von Lorient, von dem aus Guillaume Le Gentil zu seinem Venustransit am 6. Juni 1761 aufgebrochen war. Er räumte den Tisch ab, stellte das Geschirr in die Spülmaschine und schaltete sie ein. *Reisen in den indischen Meeren* erwartete ihn auf dem Nachttisch. Ehe er das Buch aufschlug und sich wieder zu Guillaume und seiner unglückseligen Fahrt zum ersten Transit gesellte, schenkte er sich noch einen Whisky ein – Bowmore, ohne Eis – und genoss den torfigen Duft. Als Bruno noch da gewesen war, hatten sie eine Flasche davon in der Agentur gehabt und nach einem lukrativen Abschluss miteinander angestoßen. Jetzt war Bruno weit weg in der Dordogne in seinem Bed and Breakfast Gut Turteltaube. Er musste ihn mal wieder anrufen. Die Zeit verflog. Xavier trank einen Schluck und legte sich vollständig angezogen aufs Bett, um weiterzulesen.

Der Monsun hatte eingesetzt, die *La Sylphide* schaffte es vor dem Transit der Venus auf keinen Fall mehr bis nach

Indien. Der Kapitän der Fregatte hatte soeben beschlossen kehrtzumachen.

Meine Liebste,
ich bin außer mir, denn unsere Fregatte hat kehrtgemacht und steuert nun wieder die Isle de France an. Der Wind hat aufgefrischt, und der Wellengang ist so hoch, dass die Schreibfeder beinahe vom Papier abgleitet. Ich werde den Venustransit nicht von Pondichéry aus sehen können, dem besten Beobachtungsposten für dieses Phänomen. Ich befinde mich immer noch auf hoher See, zwei Tage vor dem Transit! Der Aufbau einer Lochkamera und die optische Projektion des Ereignisses auf eine Wand sind hier nicht möglich. Ich werde also das fünfzehn Fuß lange Teleskop aufstellen und es an einem 1,20 Meter langen Tannenholzbalken befestigen, den ich vorausschauend in meinem Schiffsgepäck mitgenommen habe.

Aber ich spüre, dass mein Ziel mir entgleitet, und so bete ich Gott an.

Ich bete auch dich an.

Meine Liebe, meine Venus. Mein unvergänglicher Leitstern.

Dein dich liebender

Guillaume

Ein warmer Wind blies über das schwankende Deck, und Guillaume Le Gentil beobachtete die Männer dabei, wie sie sich an Backbord auf dem Achterkastell mit Tauwerk an einem Mast zu schaffen machten. Sie versuchten, das große Teleskop festzubinden, dessen drei Röhren er selbst, auf Knien liegend, zusammengesteckt hatte. Die Seeleute interessierten sich zwar nicht im Geringsten für die astronomischen Messungen, doch die Ereignisse der letzten Tage drückten auch auf ihre Stimmung: Der Emissär des Königs war ihr Passagier, und der Erfolg seiner Mission für die *La Sylphide* und ihre Besatzung deshalb eine Ehrensache. Doch nun verlief alles ganz und gar nicht nach Plan. Ein dicker Glatzkopf, der sich, wie man Guillaume versichert hatte, mit Tauen und Knoten am besten auskannte, war mit größter Konzentration bei der Sache. Er zog an seinen Tauen, den dicken und den dünnen, und schlang sie mit der Geschicklichkeit eines Zauberkünstlers ineinander, wobei seine breiten Finger wieselflink durch die Luft wirbelten. Nach kurzer Zeit hatte er das Teleskop gekonnt am Mast festgebunden, und der Kapitän gab Befehl zum Beidrehen, damit das Schiff in eine möglichst ruhige Lage kam, ausgerichtet an der Sonnenachse, die der Astronom angezeigt hatte. Ein Matrose schleppte einen Holzsessel herbei, den er mit lautem Poltern dicht vor dem Okular des Teleskops abstellte.

»Kommen Sie bitte einmal her und setzen Sie sich, Herr Hof-Emissär«, bat er Le Gentil, damit er den Sessel an genau die richtige Stelle rücken und die Höhe abmessen konnte.

Der Angesprochene setzte sich und legte das rechte Auge ans Okular. »So ist es gut.«

Ein Mann mit einer Lederschürze über dem nackten Oberkörper kniete sich neben den Stuhl und holte aus einem Lederbeutel mehrere gewaltige Eisennägel und einen Eisenhammer, den der Astronom nur mit Mühe hätte hochheben können. Er machte sich daran, den Sessel an den Planken festzunageln, damit er nicht mehr verrutschen konnte. Mit jedem Hammerschlag bohrten sich die Nägel tiefer in die Stuhlbeine und fixierten sie auf dem Schiffsdeck. Schweißüberströmt stand der Mann schließlich auf und sagte: »So wird es halten, Monsieur.«

Guillaume bedankte sich. Vier Männer stabilisierten mit erhobenen Armen das große Teleskop, so gut dies auf dem stampfenden Schiff möglich war, während Guillaume sich bemühte, durch die eingerußte Glasscheibe, die er auf die Röhre gesteckt hatte, einen Blick auf die Sonne zu erhaschen. Kaum hatte er das helle Rund endlich im Visier, da verschwand es schon wieder.

Er wandte sich ungehalten an die Matrosen und verlangte: »Bindet mich fest!«

Der Seilermeister kam verwundert näher. »Wie meinen Sie das, Monsieur?«

»Bindet mich am Teleskop fest! Ich kann es in diesem Wind nicht halten, es ist zu schwer!«

Der Mann trat einen Schritt zurück und dachte über die Forderung nach.

»Wie viel wiegen Sie?«

»Hundertfünfzig Pfund, glaube ich«, antwortete Guillaume.

»Das Gewicht eines kleinen Kalbs«, sagte der Mann ernsthaft und runzelte die Stirn. »Nehmen Sie eine Haltung ein, in der Sie länger sitzen können, und bewegen Sie sich dann nicht mehr.«

Guillaume beugte sich zum Okular vor. »So geht es.«

Er spürte, wie eine Schlinge über seinen Kopf zischte, sich eine zweite um seinen Körper legte und eine dritte seine Arme umschlang. Der Seiler fesselte ihn mit mustergültiger Gründlichkeit und in erstaunlichem Tempo an das Teleskop, bis er in einem Wirrwarr aus harten, gespannten Tauen saß. Ein gutes Dutzend Seeleute standen neugierig um den festgezurrten Astronomen herum. Einer von ihnen hielt ihm die Taschenuhr vors Gesicht, die Le Gentil ihm anvertraut hatte. Der Astronom warf immer wieder ungeduldige Blicke darauf und murmelte: »Gleich müsste die Venus Kontakt haben.« Um ihn herum herrschte gespanntes Schweigen.

»Die Uhr geht nach«, rief er nach ein paar Minuten ungeduldig, »und bei diesem Seegang kann ich die Sonne nicht im Blick behalten! So geht das einfach nicht.« Er seufzte tief. »Bindet mich los, wir machen es anders.«

Wieder wirbelten die breiten Pranken des Seilers um seinen gefesselten Körper, und kurz darauf war er frei. Das große Teleskop bekam einen Stoß ab und neigte sich so stark, dass es fast umgestürzt wäre. Die Matrosen konnten es gerade noch auffangen.

»Haben Sie Sanduhren an Bord?«, fragte Le Gentil den Kapitän.

»Ich habe vier«, antwortete der Offizier und befahl dem Schiffsjungen, sie postwendend zu holen.

»Ich werde ein anderes Teleskop nehmen«, erklärte der Astronom. »Wir werden einen Tisch aufstellen, und ein Matrose wird auf mein Zeichen hin die Sanduhren umdrehen.«

»Tisch!«, befahl ein Offizier, und ein Mannschaftsmitglied lief eilig unter Deck. Guillaume zog sein Messingteleskop auseinander. Er war zu spät, um das Instrument noch an Deck zu befestigen, die Männer würden es mit den Händen abstützen müssen. Der schwerste Matrose wurde aufgefordert, sich auf den Tisch mit den Sanduhren zu setzen. Diesmal gelang es Le Gentil, die Sonne ins Visier zu bekommen, und für einige Sekunden sah er auch die kleine schwarze Kugel, die sich von der Seite vor die helle Scheibe schob. Dann schwenkte das Teleskop plötzlich nach rechts.

»Sanduhr!«, schrie er, und der junge Mann, der zur Zeitmessung abgestellt war, drehte die erste Uhr um.

Eine gute Stunde lang drehte der Matrose auf Guillaumes Zuruf eine Sanduhr nach der anderen um, als führte er einen Bechertrick vor. Mal bekam Guillaume das Zentralgestirn in den Fokus, mal verschwand es aus seinem Blickfeld. Hin und wieder verlor er nur die kleine schwarze Kugel aus den Augen, selbst wenn er sie kurz vorher noch gesehen hatte.

Dann frischte der Wind auf, die Wolken schoben sich vor die Sonne. Guillaume ließ sich zurücksinken, und niemand sagte mehr ein Wort. Stumm standen die Seeleute um ihn herum. Einer brachte dem Astronomen seinen Dreispitz, denn ein feiner Nieselregen hatte eingesetzt. Le Gentil ließ den Blick über die versammelte Besatzung schweifen und bekam erst kein Wort heraus. Dann holte er tief Luft.

»Meine Herren, ich danke Ihnen für Ihre Hilfe und Ihre Ermutigung«, sagte er mit tonloser Stimme. »Meine Mission ist fehlgeschlagen.«

Er stand auf und ging in seine Kajüte, wo er sich einschloss. Als er drei Stunden später immer noch nicht wieder aufgetaucht und auch nicht zum Essen erschienen war, klopfte es an seiner Tür. Der Kapitän trat ein und stellte wortlos eine Flasche Whisky und einen silbernen Becher auf den Tisch.

»Das ist etwas für schöne Augenblicke, aber auch für traurige. Manchmal hilft es«, sagte er trocken. »Gute Nacht, hochgeschätzter Herr Hof-Emissär.«

Xavier setzte sich auf die Terrasse eines Cafés im Viertel und bestellte einen Cocktail, den er seit zwanzig Jahren nicht mehr getrunken hatte: eine Bloody Mary – Tomatensaft, Wodka und Tabasco mit einer Prise Selleriesalz würden diesen Besichtigungsnachmittag beschließen, der alles andere als normal gewesen war. Morgens vor dem Spiegel seines Badezimmerschranks hatte er sich zweimal rasiert und sogar ein paar zu lange Haarsträhnen mit der Papierschere geschnitten, anschließend ein weißes Hemd mit Manschettenknöpfen herausgeholt, die er nur selten trug, sein Jackett mit der Fusselbürste und seine schwarzen Oxford-Schuhe mit einem Lappen bearbeitet. Dabei hatte er an Bruno gedacht, der sich, wäre er hier gewesen, ganz sicher über ihn lustig gemacht hätte: »Wo willst du hin, Kumpel? Bist du mit 'ner Prinzessin verabredet? Verkaufst du das Schloss Chambord? Wie heißt sie?« Aber Bruno war nicht mehr hier, und Xavier musste zugeben, dass er ihn vermisste. Es war witziger zugegangen in der Agentur, als Bruno noch ausrief: »Was war das denn für ein Knallkopf?«, wenn ein anstrengender Kunde gerade zur Tür hinaus war, oder quer durch den Raum brüllte, ob jemand daran gedacht habe, nach dem Vornamen und vor allem der Handynummer der hübschen Postbotin zu fragen. Bruno lebte gerade den Traum eines neuen Lebens in der Dordogne, verbrachte schöne Tage mit seiner Familie voller Pläne für ihr Bed and Breakfast und diskutierte mit seiner Frau Charlotte über die Farbe der Tapete in einem zukünftigen Gästezimmer oder über die Einrichtung eines Steingartens im Landschaftspark. Ja, Bruno hatte die richtige Wahl getroffen: Er hatte die Stadt mit ihren sich laut ihm wie Ungeziefer vermehrenden Autos hinter sich gelassen. Wahrscheinlich war für ihn jetzt jeder Tag wie diese Werbespots der Achtziger, in denen Vater und Mutter morgens zusammen mit den Kindern am Frühstückstisch saßen, im Garten eines sonnenbeschienenen Hauses, und laut lachend warmen Kakao und heißen Kaffee genossen. Für gewöhnlich preisten diese Filmchen Versicherungen oder eine Malzkaffeemarke an. Aber vor allem präsentierten sie innerhalb von zwanzig Sekunden schonungslos ein Glück von erstaunlicher Schlichtheit, das Xavier nie für erreichbar gehalten hatte. Doch Bruno, da war er sich sicher, hatte es geschafft, dieses Ideal zu verwirklichen.

Alice Capitaine war mit einem langen beigefarbenen Kleid und einer hellen Sonnenbrille in der Agentur erschienen. Xavier hatte drei Wohnungen im Viertel ausgewählt, die alle fußläufig voneinander entfernt lagen. Klar, keine davon bot einen Balkon mit Blick auf die Stadt, dafür gingen sie zum Innenhof beziehungsweise in einem Fall sogar zu einem kleinen Garten hinaus. Durch diese Besichtigungen konnte Alice selbst einen Eindruck vom aktuellen Immobilienangebot in ihrer Preiskategorie gewinnen. Die erste Wohnung hatte ihr von der Aufteilung her gefallen – große Räume und ein Zimmer für ihre Tochter, außerdem eine

Küche am Ende des Flurs –, aber die Lage im Erdgeschoss mochte sie nicht. Die zweite Wohnung mit dem großen Balkon zum Garten hinaus war zu klein, auch wenn der Balkon und der Blick auf die Bäume an diesem schönen Tag definitiv etwas für sich hatten. Die dritte, wieder ohne Balkon, auf den man sich für einen Tee oder Whisky stellen könnte, war komplett kernsaniert, mit schönen Materialien. Alles war be- und durchdacht worden, vom begehbaren Kleiderschrank bis hin zum Badezimmer. Allerdings hatte diese Wohnung eine offene Küche, und Alice wollte auf keinen Fall »die Spülmaschine drei Meter neben der Louis-seize-Kommode stehen haben«, wie sie es ausdrückte. Xavier wies darauf hin, dass man die Küche für einen angemessenen Preis abreißen und wieder in ihr Ursprungszimmer versetzen könne, das aktuell als »kleines Büro« präsentiert wurde.

»Eigentlich hätte ich gern die erste Wohnung, aber nicht im Erdgeschoss, mit dem Balkon der zweiten und dem Kleiderschrank der dritten«, meinte Alice, als sie wieder durch die Straßen liefen. »Tut mir leid«, fügte sie lächelnd hinzu, »Sie begegnen bestimmt andauernd Leuten wie mir.«

»Nein«, erwiderte Xavier, »Leuten wie Ihnen begegne ich sonst nie … Also, die meisten formulieren ihre Wünsche nicht so präzise«, schob er hinterher, da ihm seine erste, spontane Antwort ein wenig zu ungestüm erschien.

»Im Grunde ist meine Wunschwohnung eine Chimäre, wie wir sie in der Taxidermie manchmal machen.« Xavier drehte sich mit fragendem Blick zu ihr. »Manchmal wollen Kunden ein Tier, das es nie gegeben hat, also erschaffen wir ein Kaninchen mit Flügeln oder einen Schwan mit Fuchskörper. Mir gefällt das nicht sonderlich«, fügte sie hinzu, »das sind egoistische Projektionen. Launen.«

Xavier wechselte das Thema. »Was ist eigentlich mit Ihrem Zebra?«

»Dem geht's gut, ich bin fertig damit, es kann wieder nach Hause zurück.«

»Zu seinem Besitzer?«

»Genau, zu Luigi Nessi di Lugano, einem Italiener, wirklich einzigartiger Mann, sein Alter kann ich nur schwer schätzen, achtzig, vielleicht mehr, vielleicht weniger. Wissenschaft und Expeditionen begeistern ihn, er hat eine unglaubliche Bibliothek und ist einer der gebildetsten Menschen, die ich je kennengelernt habe. Ich nenne ihn immer den letzten Mann der Renaissance, das hört er sehr gern.«

»Was hat er beruflich gemacht?«, fragte Xavier.

»Das hat er mir nie verraten«, antwortete Alice, »aber seine finanziellen Mittel scheinen unbegrenzt zu sein. Er wohnt in einem Stadtpalais mit fünf Stockwerken und einem kleinen Park mitten im Marais. Ein solches Anwesen kostet bestimmt …«

Xavier beendete ihren Satz: »Zwischen sechs und acht Millionen Euro.«

»Weit entfernt von dem, was wir suchen«, schloss Alice mit melancholischer Miene.

»Sie treffen sicher viele außergewöhnliche Leute in Ihrem Beruf«, fing Xavier wieder an.

»Sie doch auch!«

Er schnitt eine Grimasse. »Weitaus weniger als Sie, schätze ich.«

Schweigend liefen sie weiter. Als sie an einem Café vorbeikamen, hätte Xavier Alice beinahe gefragt, ob sie sich nicht auf die Terrasse setzen und etwas trinken wollten, traute sich dann aber doch nicht. Da war etwas. Noch etwas anderes als ihr Charme. Dieses eigenartige Déjà-vu-Gefühl, aber es in einem banalen Satz zu benennen – »Es kommt mir vor, als wären wir uns schon einmal begegnet« –, würde garantiert zu nichts führen, schlimmer noch, am Ende verstand sie es als plumpe Anmache.

»Washington«, meinte er stattdessen, »denken Sie ernsthaft darüber nach?«

»Ja, ich muss schon in weniger als einem Monat Bescheid sagen. Manchmal gibt es solche Momente im Leben, da muss man eine Entscheidung treffen, die die nächsten zwanzig Jahre verändern könnte. Das ist nicht einfach.«

Xavier begnügte sich mit einem: »Mhm.«

Sie erreichten die Kreuzung in der Nähe des Cafés, wo er sie mit dem sonnenbebrillten Mann beobachtet hatte – diesmal war Xaviers Tisch von Touristen aus einem asiatischen Land belegt, die lächelnd den Boulevard und die Vorübergehenden betrachteten. Wahrscheinlich waren sie gerade erst angekommen und genossen es, nach zwölf Stunden Flug endlich in Paris zu sein.

»Ich muss hier lang«, meinte Alice. »Danke, dass Sie mir die drei Wohnungen gezeigt haben. Wenn Sie noch etwas anderes reinkriegen, melden Sie sich gerne.«

Xavier nickte. »Das mache ich.«

»Und kommen Sie am Samstag ins Museum, ich sage dem Sicherheitspersonal Bescheid.«

Sie hatten sich die Hand gegeben, und Xavier hatte ihr bis zur Tür ihres Wohnhauses hinterhergesehen.

Jetzt schüttelte er Tabasco in seinen Cocktail und nahm einen Schluck. Zum ersten Mal seit Langem war er grundlos glücklich. In seinem Kopf keimte eine Idee. Eine leicht verrückte Idee, aber vielleicht lag darin die Würze des Lebens. Eigentlich war die Wohnung, die Alice suchte, eine exakte Beschreibung der seinen.

Als Guillaume Le Gentil aufwachte, brauchte er ein paar Sekunden, um zu begreifen, dass es kein Traum war, dass er wirklich und wahrhaftig den Durchgang der Venus vor der Sonne verpasst hatte. Die Whiskyflasche war halb leer, aber sein Kopf schmerzte nicht. Helles Sonnenlicht flutete durch die Jutevorhänge vor dem Bullauge, und das Schiff schien in der leichten Dünung zu dümpeln. Er stand auf, kleidete sich an und ging an Deck, ohne seine weiße Lockenperücke aufzusetzen. Grelles Licht blendete ihn, die Sonne strahlte vom wolkenlos blauen Himmel. Er trat an die Reling und blickte aufs Meer hinaus; in der Ferne tollten Delfine durch die Fluten, deren biegsame Leiber wie in einem einstudierten Tanz aus dem Wasser schnellten und akrobatische Luftsprünge vollführten.

»Konnten Sie schlafen, hochgeschätzter Herr Hof-Emissär?«

Guillaume drehte sich zu dem Kapitän um, der von hinten an ihn herangetreten war.

»Ja, ich konnte schlafen, Herr Kapitän, Ihre Medizin hat geholfen. Haben wir Anker geworfen?«

»Nur um ein wenig zu fischen, unser Schiffskoch hat einen Schwarm Schwertfische entdeckt, und wir wollen sie vom Vorderdeck aus harpunieren.«

Guillaume nickte.

»Ich möchte schwimmen«, sagte er, »ist es möglich, vom Schiff aus ins Meer zu gelangen?«

»Sie können schwimmen, Herr Hof-Emissär?« Die Bitte schien den Kapitän sehr zu befremden.

»Ja, ein Freund hat es mir auf der Isle de France beigebracht.«

»Ich hätte nicht geglaubt, ein Wissenschaftler, selbst ein Astronom …«, begann der Kapitän stockend.

»… könnte schwimmen«, vollendete Guillaume den Satz. »Aber wie es sich trifft, kann ich es.«

»Sind Sie sicher?«

»Dass ich schwimmen will?«

»Nein, Monsieur, dass Sie schwimmen können.«

Guillaume nickte.

Der Kapitän fasste einen Entschluss. »Dann werde ich befehlen, dass man Ihnen ein Reep über die Bordwand wirft.« Er wandte sich um. »Fallreep herunterlassen!«, rief er mit lauter Stimme, und der Schiffsjunge verschwand unter Deck.

Guillaume legte auf der Brücke seine Kleider ab und behielt nur die langen, eng anliegenden Unterbeinkleider aus weißer Baumwolle an, die ihm bis zu den Waden reichten. Er hob erst ein Bein über die Reling, dann das andere, und kletterte langsam an dem dicken Tau, das mit Knoten durchsetzt war, an der Schiffswand herunter. Mehrere Matrosen, darunter der Schiffsjunge, sahen ihm neugierig zu. Das Meer war spiegelglatt, und als er den letzten Knoten erreicht hatte, ließ er das Seil los und warf sich ins blaue Wasser. Das unergründliche Azur umschloss seinen Körper, und er glitt elegant durch die zart gekräuselten Wellen, die vom Schiffsrumpf ausgingen. Der Kapitän stellte sich mit gekreuzten Armen zu seinen Männern und folgte seinem Passagier mit den Blicken.

»Alles in Ordnung, Herr Hof-Emissär?«, rief er dem Schwimmer zu.

»Alles in bester Ordnung, meine Herren!«, rief dieser zurück und fragte sich, ob nicht alle deshalb so verblüfft waren, weil ein Mitglied der Akademie der Wissenschaften schwimmen konnte – und sie nicht. Er fühlte sich im Wasser immer sicherer und staunte selbst darüber. Inzwischen war er fünfzig Meter vom Schiff entfernt. Dieses Bad im Meer war genau das, was er nach dem katastrophalen gestrigen Tag brauchte. Er hob den Blick zur Sonne und sah in Gedanken die kleine schwarze Kugel, die sich durch sie hindurchgeschoben hatte. Eine so lange Reise, nur um am Ende eines der erstaunlichsten und seltensten astronomischen Phänomene zu verpassen! Viel zu wenig hatte er von dem Himmelsschauspiel im Teleskop eingefangen, er hatte die Position einfach nicht lange genug halten können.

Er tauchte mit dem Kopf unter und hob ihn dann langsam wieder aus dem Meer. Wasser, die Quelle des Lebens. Überall Wasser, in allen Himmelsrichtungen, so weit das Auge reichte, als wären sämtliche Kontinente über Nacht von der Flut verschlungen worden wie einst Atlantis. Landkarten waren nutzlos geworden, weil es keine Küsten, kein Festland und keine Ländergrenzen mehr gab. Es gab nur noch ein Schiff, eine Sonne, die Venus, die in acht Jahren wieder an der Sonne vorbeiziehen würde, und einen Mann inmitten des Indischen Ozeans: ihn, Guillaume Le Gentil de La Galaisière. Für ihn als ehemaligen Priesteramtskandidaten bedeutete Wasser noch mehr, es war ein Medium der Annäherung an Gott, weit wirkungsvoller als eine Partitur von Bach. Es war das Wasser von Johannes dem Täufer, das Christus über die Stirn geflossen war, es war das Wasser in den Weihwasserbecken der Kirchen. Die ersten Christen hatten Christus durch ein Fischsymbol dargestellt. Ein undefinierbarer, aber sehr schlüssiger Gedanke nahm in Guillaumes Kopf Gestalt an, er bekam ihn noch nicht zu fassen; es war, wie wenn einem ein Name auf der Zunge liegt, der mit dem Bewusstsein noch nicht greifbar ist. Dieses Bad im Meer war nicht bloß ein Bad. Es war ein Augenblick der Verschmelzung mit der Schönheit der Welt, denn um ihn her existierte nur Schönheit. Der azurblaue Himmel würde sich am Abend verdunkeln und mit Sternen füllen, die Milchstraße würde sichtbar werden, die Sonne sinken und der Mond aufgehen, und morgen würde alles von Neuem beginnen und am Tag darauf ebenso. So war es schon immer gewesen, seit dem Anbeginn der Welt, seit unermesslichen Zeiten. »Die Zeit«, flüsterte Guillaume und stieß sich mit kräftigen Schwimmzügen vorwärts, »das Leben«, ein weiterer Zug. »Ich bewege mich mitten durch die Zeit und das Leben. Ich bin in der Mitte des Universums. Ich schwebe.«

Die Delfine waren näher an die seltsame Kreatur mit den vier Gliedmaßen herangeschwommen, und bald war Guillaume von großen hellgrauen Fischen umringt, die ihm ihre lächelnden Schnauzen entgegenstreckten. Vom Schiff aus schrien ihm ein paar Matrosen Sätze zu, die er nicht verstand, und der Kapitän hatte offenbar sein Fernrohr auseinandergezogen. Guillaume lächelte dem Delfin, der ihm am nächsten war und ihn mit seinen kleinen, lachenden Augen fixierte, fröhlich zu, woraufhin dieser die längliche, mit spitzen Zähnen besetzte Schnauze öffnete und eine Art Pfeifen ausstieß. Die anderen schwammen im Kreis um ihn herum, als hielten sie ihn für einen neuen Spielkameraden. Dann tauchte einer der Delfine unter, und kurz darauf spürte Guillaume, wie er von einer unsichtbaren Kraft hochgehoben wurde, die sehr darauf achtete, ihn nicht zu verletzen. Und auf einmal schwamm er nicht mehr im Wasser, sondern saß rittlings auf einem Delfinrücken und konnte sich nur aufrecht halten, indem er sich mit beiden Händen an dessen Rückenflosse festklammerte. Der Delfin stieß ein keckerndes Gelächter aus und jagte davon, gefolgt von seinen Gefährten, und es sah aus, als würde ihm der Streich, den er dem Schwimmer spielte, großen Spaß machen.

Die Besatzung der *La Sylphide*, die immer noch an Deck stand, starrte entgeistert auf das Spektakel: Da ritt der Abgesandte des Königs von Frankreich auf einem Delfin, der immer schneller wurde und mittlerweile die Geschwindigkeit eines Windhundes in vollem Lauf erreicht hatte. Guillaume hielt sich weiter unverdrossen an der Rückenflosse fest und spürte am Wind, der ihm ins Gesicht peitschte, mit welchem Tempo sein Reittier durch die Wellen jagte.

Und hier, rittlings auf einem Delfin, mitten im Indischen Ozean, verstand er, was er an genau diesem Punkt seiner Existenz zu tun hatte. Die Entscheidung drängte sich mit Macht auf und präsentierte sich ihm so glasklar wie das Wasser, durch das er glitt. Ja, natürlich, das war es! Die Zukunft lag offen vor ihm. Selbst Hortense würde einverstanden sein.

Der Delfin drosselte seine Geschwindigkeit immer stärker, bis zunächst Guillaumes Oberschenkel und dann sein ganzer Körper ins Wasser eintauchten. Die vier Delfine postierten sich vor ihm, alle in einer Reihe, und öffneten die Schnauzen, als würden sie auf seine Ansprache warten.

»Meine Freunde«, verkündete Guillaume, »ich habe verstanden, wohin der Weg führt. Der Weg meines Lebens, der, den Gott mir zeigt, und der, den die Sterne mir weisen.«

Die Delfine nickten bestätigend und antworteten mit mehrstimmigen Zwitscherlauten.

»Hört mir gut zu, was ich euch jetzt sage: Ich bleibe! Ich werde hier, im Indischen Ozean, acht Jahre lang auf den nächsten Venustransit warten. Ich reise nicht nach Frankreich zurück, ich habe in acht Jahren eine Verabredung. Ich werde hier warten und dann zur Stelle sein!«

Die vier Delfine tauchten in die blaue Flut, drehten sich unter Wasser einmal um die eigene Achse, durchbrachen wie Raketen mit der Schnauze voran die Meeresoberfläche und schossen fast zehn Meter in die Höhe. Guillaume betrachtete fasziniert die vier tonnenschweren Leiber, die sich wie schwerelos in die Luft erhoben und Katzen an Geschmeidigkeit in nichts nachstanden. Die Tiere drehten eine flinke Pirouette und ließen sich dann kopfüber in ihr nasses Element zurückfallen. Um Guillaume herum spritzte das Wasser auf vier Seiten in die Höhe.

»Ja, ich bleibe!«, rief der Astronom und hieb mit der flachen Hand aufs Wasser.

»Mein Entschluss steht fest«, verkündete Guillaume kurz darauf noch einmal, als er den letzten Meter am Fallreep hinaufgeklettert war und tropfend an Deck stand. »Ich werde hier acht Jahre auf den nächsten Venustransit warten.«

Das leise Klingeln einer SMS ließ Xavier aufschrecken. Eben hatte er noch tief und fest geschlafen und war durch einen sonderbaren Traum gewandelt, in dem zwei Füchse ihn durch einen Wald begleiteten, auf eine nackte Frau zu, die sich in Zeitlupe immer weiter entfernte, je näher er ihr kam. Jetzt drehte er sich um und starrte ungläubig auf seinen Quarzwecker: 4:15 Uhr. Wer könnte ihn um diese Zeit erreichen wollen? Sein eben noch schlaffer Kopf fuhr ruckartig vom Kissen hoch bei dem Gedanken, dass vielleicht etwas mit Olivier sein könnte, etwas Schlimmes, dass Céline mit ihm im Krankenhaus war, im Rettungswagen oder Gott weiß wo. Fluchend tastete er nach seiner Lesebrille, ohne die er auf dem Display seines Smartphones inzwischen nichts mehr entziffern konnte. Er knipste die Nachttischlampe an, blinzelte ein paarmal und entsperrte den Bildschirm, von dem ihm ein Absender und eine Nachricht entgegenstrahlten.

Bruno Bricard: »Charlotte schläft mit dem Gärtner!«

Es dauerte ein paar Sekunden, bis Xavier die Information verdaut und die hartnäckige Panik abgeschüttelt hatte. Es ging nicht um sie, weder um ihn noch um seine Exfrau noch um seinen Sohn. Aber bei Bruno, seinem Freund und Exgeschäftspartner, sah offenbar doch nicht alles so rosig aus im neuen, süßen Leben auf Gut Turteltaube in der Dordogne. Vor allem, wenn er ihm mitten in der Nacht schrieb, obwohl sie sich seit gut einem Monat nicht mehr persönlich gesprochen, sondern mit netten Ermunterungen auf Instagram begnügt hatten. Xavier griff nach der Wasserflasche neben dem Bett und setzte sich auf. »Telefonieren?«, tippte er. »Ja«, antwortete Bruno. Xavier trank einen Schluck, holte tief Luft und tippte auf Brunos Nummer. Es klingelte einmal, dann hob sein Freund ab.

»Charlotte schläft mit dem Gärtner«, war sein erster Satz, in einem zugleich trübsinnigen und verärgerten Ton.

»Ja, das hast du geschrieben«, erwiderte Xavier, »ich habe deine Nachricht gelesen, aber bist du dir da auch wirklich sicher, Bruno, oder ist es bloß ein Verdacht?«

»Sie hat es mir gerade gebeichtet!«, schrie Bruno.

Xavier bemühte sich, gelassen zu klingen, um seinen Freund so vielleicht zu beruhigen. »Okay, das ist ziemlich sicher.«

»Jap, das ist ziemlich sicher«, wiederholte Bruno mit sarkastischer Stimme, die ein bisschen an Jack Nicholsons abgehackte Sprechweise in *Shining* erinnerte. »Und ich bezahle diesen Typen auch noch – dafür, dass er Bäume pflanzt und Hecken trimmt, nicht, dass er meine Frau vögelt!«

Xavier wusste nicht, was er sagen sollte. Er versuchte es mit einem: »Ja, ich schätze mal, das steht nicht in seinem Arbeitsvertrag.«

»Da schätzt du ganz richtig«, entgegnete Bruno.

Dann schwiegen sie lange. »Und wie sieht dieser Gärtner aus?«, fragte Xavier schließlich vorsichtig.

Bruno explodierte. »Wie ein junger Gérard Depardieu,

haargenau so, als hätte man ihn geklont, wie Depardieu in *Die letzte Metro*, nur dass er die letzte Metro mit meiner Frau nimmt!«

»Hast du getrunken, Bruno?«, wagte Xavier sich vor.

»Keinen Tropfen«, war die nüchterne Antwort, »aber vielleicht fange ich gleich damit an. Ich bin in die Scheune geflüchtet, um allein zu sein und im Heu zu schlafen. Hier steht eine Flasche Schnaps im Regal, die wahrscheinlich noch aus der Zeit stammt, als de Gaulle nach London geflohen ist.«

Darauf fiel Xavier nichts mehr ein, die späte Stunde und das plötzliche Erwachen waren nicht gerade förderlich für seine Konzentration. »Was sagt Charlotte dazu?«, fragte er irgendwann und stemmte sich ein Stück höher.

»Dass sie mit ihm schläft, seit drei Monaten. Das sagt sie dazu.«

»Aber ... was ist ihre Verteidigung?«

Am anderen Ende der Leitung war ein Lachen zu hören, dann erzählte Bruno, wie er an einem stürmischen Nachmittag zu Ikea gefahren war, um Möbel für das neue Gästezimmer zu besorgen – Turteltaubennest Nr. 4. Charlotte war in die Weinberge gegangen, zu einem Gemüsegarten, den der Gärtner für sie anlegte, und dort hatten die beiden auch Schutz vor dem heftigen Gewitter gesucht, während Bruno mit seinen Ikea-Kartons an einer Mautstelle mit Signalstörung feststeckte. Der Mann, der aussah wie ein junger Gérard Depardieu, hatte Charlotte erst seinen Mantel aufgehalten, damit sie nicht klatschnass wurde, und anschließend in der Hütte unweit des Gemüsegartens ein Feuer entzündet. Davor hatten sie sich tief in die Augen gesehen, ehe einer der beiden den ersten Schritt machte.

»Und während ich an meiner Mautstelle stand, haben sie lustvoll vor dem Kamin rumgeturnt!«, krächzte Bruno.

»Wissen deine Töchter Bescheid?«

»Nein. Charlotte sagt gar nichts mehr seit unserem Streit, und ich bin zum Schlafen in die Scheune gegangen – angeblich, um das neue Bioangebot auszutesten, wo man auf dem Heuboden übernachtet und am nächsten Morgen ein kleines Landfrühstück serviert bekommt, Bauernschinken und weichgekochte Eier von unseren eigenen Hühnern.«

Xavier wagte die finale Frage: »Bereut sie es?«

Lange Stille. »Nein, Xavier, sie sagt, sie konnte nicht widerstehen, ist das zu fassen? Sie konnte nicht widerstehen.«

»Wie in *Lady Chatterleys Liebhaber*«, rutschte es Xavier heraus, und sofort bereute er die Erwähnung dieses Buchs.

»Danke für die Literaturtipps, die sind gerade enorm hilfreich«, erwiderte Bruno.

»Tut mir leid.«

»Vergiss es.« Bruno seufzte tief. »Nachdem wir jetzt durch sind mit meinen pittoresken Dorfabenteuern, was gibt's bei dir Neues?«

Xavier räusperte sich. »Bei mir? Ich ... ich beobachte jeden Tag eine Frau drei Straßen weiter mit einem Teleskop aus dem achtzehnten Jahrhundert und glaube, dass ich mich allmählich in sie verliebe. Als deine Nachricht gekommen ist, habe ich gerade von ihr geträumt.«

Wieder Stille. »Okay, rühr dich nicht vom Fleck, ich mache jetzt diesen Schnaps auf.« Xavier hörte, wie das Handy unsanft irgendwo abgelegt wurde und ein Korken quietschte. Dann nahm Bruno das Telefon wieder auf und rief mit einem genüsslichen Schmatzen: »Ah, das tut gut!«

»Hast du aus der Flasche getrunken?«

»Na, ich hatte nicht die Zeit, mir ein Glas aus der Küche zu holen, stell dir vor. Also, ich fasse mal zusammen: Ich lasse mir nach zwanzig Jahren Ehe und zwei Kindern meine Frau vom hiesigen Gärtner klauen, und du beobachtest eine durchs Teleskop und phantasierst von ihr. Xavier, wir waren doch mal ausgeglichen, intelligent, haben Abschlüsse gemacht, eigentlich sollte unser Leben halbwegs normal sein, oder?«

»Ja, das waren wir, das sind wir bestimmt immer noch. Und ich habe sie nicht nur beobachtet, ich habe sie auch getroffen.«

»Ach ja?!«, rief Bruno. »Und wie läuft's? Seid ihr auf einer Wellenlänge?«

»Es läuft ganz gut«, meinte Xavier vorsichtig. »Ich glaube, ich werde ihr anbieten, dass wir unsere Wohnungen tauschen.«

Schon wieder Stille.

»Alles klar, die ganze Welt ist verrückt. Ich trinke jetzt diese Flasche leer und melde mich später wieder. Gute Nacht.« Damit legte Bruno auf.

Xavier lag reglos in seinem Bett. Nein, heute Abend war er seinem Freund eindeutig keine Hilfe gewesen. Er schloss die Augen, schlug sie jedoch beim Klingeln der nächsten SMS wieder auf. »Ich habe Bruno in einem Wutanfall erzählt, dass ich mit dem Gärtner schlafe, weil er mich seit zwei Wochen wahnsinnig macht mit seinen misstrauischen Fragen. Bestimmt hat er dich schon angerufen. Der Hornochse hat mir geglaubt und lässt sich nicht mehr davon abbringen!«

Charlotte.

Xavier seufzte. Was sollte er schon ändern an diesem Streit, der direkt aus einem Boulevardstück stammen könnte, sich aber statt auf einer Theaterbühne in den schroffen Bergen der Dordogne abspielte? Es war spät – oder früh, je nachdem, wie man die Stellung der Uhrzeiger um diese Zeit betrachten wollte. Er verzichtete auf eine Antwort und angelte sich *Reisen in den indischen Meeren* vom Fußboden.

Der kleine Friedhof lag an der Flanke eines Hügels. Guillaume Le Gentil stieß das schmiedeeiserne Tor auf, das leise quietschte. Die Trockensteinmauern waren von Efeu überwuchert, und Sukkulenten hatten sich auf den verwahrlosten Gräbern mit ihren brüchigen, verwitterten Grabsteinen angesiedelt, denen der Regen und die Zeit zugesetzt hatten. Er entdeckte das neue Grab sofort und ging auf die frisch umgegrabene Erde zu, über der auf einem Holzkreuz der Name stand, den er suchte: Toussaint.

Guillaume stellte sich davor und nahm einen tiefen Atemzug. Dann kniete er nieder und schloss die Augen zum Gebet. Als er nach dem unglücklichen Verlauf seiner Seereise, der ihn daran gehindert hatte, den Venustransit korrekt zu vermessen, zur Isle de France und in die Residenz des Gouverneurs zurückgekehrt war, hatte einer seiner ersten Sätze gelautet: Ich möchte meinen Freund Toussaint treffen, ich hätte nicht gedacht, dass ich ihn jemals wiedersehe. Doch die Herren, die im Dienst der französischen Verwaltungsbehörden standen und ihn in seine Gemächer begleiteten, hatte sich in verlegenes Schweigen gehüllt. »Sie werden ihn nicht wiedersehen, Monsieur«, hatte endlich einer erwidert, und Guillaume war wie angewurzelt stehen geblieben.

»Du bist der Astronom«, sagte eine weibliche Stimme, und Guillaume fuhr herum. Am Eingang zum Friedhof stand eine Frau mit ebenso brauner Haut wie Toussaint und musterte ihn aufmerksam. Sie hielt ein Dutzend frisch geschnittene Flamingoblumen in den Armen, aus deren roten Blüten weiße, fast wächsern wirkende Stempel ragten. Als sie näher kam, stand Guillaume auf.

»Das bin ich«, antwortete er.

Die Frau nickte und sah auf die frische Erde des Grabs. »Du bist der einzige Weiße, der das Grab meines Mannes besucht.« Sie hob den Blick und sah ihm freimütig in die Augen: »Du bist ein guter Mensch, Guillaume.« Sie legte ihm die Hand auf den Arm.

»Toussaint war auch ein guter Mensch«, antwortete Guillaume.

»Ja, das war er«, bestätigte die Frau und wandte das Gesicht ab, um ihre Tränen zu verbergen. »Eines Tages werdet ihr beide euch im Paradies wiedersehen … zusammen mit den Dodos.«

»Er hat dir von den Dodos erzählt?«, fragte Guillaume leise. Sie nickte und unterdrückte mühsam ein Schluchzen. Guillaume nahm sie in die Arme.

Toussaints Freunde hatten Guillaume erzählt, dass der Verstorbene sich beim Beaufsichtigen der Zuckerrohrernte auf einer der Plantagen an einer Sichel verletzt hatte. Die Wunde hatte sich infiziert, und er hatte Fieber bekommen. Am achten Tag hatte der entkräftete Toussaint für immer die Augen geschlossen.

Ein metallisch blau schillernder Schmetterling setzte sich auf das Holzkreuz, legte die Flügel aneinander und schien die Besucher interessiert zu beobachten.

»Wie ist dein Vorname?«, fragte Guillaume und löste seine Umarmung. Das Duzen hatte sich wie von allein ergeben, ohne dass einer der beiden sich Gedanken über die Angemessenheit einer solchen Anrede gemacht hätte.

»Aimée«, antwortete die Frau und tupfte sich die Augen.

»Habt ihr Kinder?«

»Zwei ... Bitte segne meine Blumen.«

Sie streckte ihm den Strauß Paradiesblumen entgegen.

»Ich bin aber doch kein Priester«, wandte Guillaume ein.

»Du bist beinahe ein Priester«, entgegnete sie. »Toussaint nannte dich den ›Priester der Sterne‹.«

Guillaume zögerte einen Moment, dann hob er die Hand und schlug über den tiefroten Blumen das Kreuz. »Im Namen des Vaters, des Sohnes und des Heiligen Geistes, diese Blumen seien gesegnet für das reine Herz eines Mannes, der in Dein Reich eingegangen ist. Amen.«

Aimée legte die Blumen auf das Grab, und sie blieben eine Zeit lang schweigend nebeneinander stehen.

»Was willst du auf unserer Insel?«, fragte Aimée.

»Ich habe den ersten Venusdurchgang vor der Sonne verpasst, ich will hier acht Jahre bleiben und auf den nächsten warten. Ich will erst deine Insel kartografieren, und danach die Inseln Bourbon* und Madagaskar, ich werde astronomische Aufzeichnungen machen, werde die Winde und die Strömungen beobachten und die Ergebnisse dann zu Papier bringen. Vielleicht reise ich bis nach Manila und sehe mir von dort aus die Venus an, wenn Pondichéry in acht Jahren immer noch nicht zugänglich ist. Das wäre auch ein guter Beobachtungsposten.«

* Heute die Insel Réunion

»Du willst acht Jahre auf den Inseln im Indischen Ozean verbringen?«, fragte Aimée. »Das ist lange.«

»Ja, das ist lange«, bestätigte Guillaume.

»So lang sind acht Jahre auch wieder nicht«, schränkte Aimée ein, »denn schließlich verbringe ich hier mein ganzes Leben.« Sie schwieg. »Du hängst an deinem Stern, der Venus.«

»Ja, ich glaube schon, obwohl ich nicht recht weiß, warum sie mir so wichtig ist.«

»Wovon wirst du in diesen acht Jahren leben?«

»Ich habe ein bescheidenes Vermögen, und ich habe einen Wohltäter, den Herzog von La Vrillière, der mir helfen kann.«

»Du hast keine Frau?«

»Doch«, erwiderte Guillaume leise, »sie erwartet mich. Das hat mir der Hüter der Dodos vorausgesagt.«

Aimée lächelte. »Ich muss los.«

»Wohin gehst du?«, fragte Guillaume. »Falls ich dich besuchen möchte.«

»Ich wohne in dem Haus mit dem roten Dach, hinter dem großen grünen Baum«, antwortete Aimée und deutete zum hinteren Ende des Friedhofs. »Toussaint hat mir erzählt, dass man mit deiner Maschine den Mond sehen kann, so als würde man darauf herumlaufen.«

Guillaume lachte. »Du kannst gern einmal abends zu mir kommen und dir das ansehen.«

Sie schüttelte den Kopf. »Es ist mir nicht erlaubt, die Residenz des Gouverneurs zu betreten. Toussaint durfte es, weil das zu seiner Aufgabe gehörte, ich nicht.«

Der Astronom überlegte. »Gut, dann komme ich an einem der nächsten Abende mit dem Fernrohr zu dir und deinen Kindern, und wir gehen auf dem Mond spazieren.«

Aimée nickte. »Auf Wiedersehen, Guillaume.«

»Auf Wiedersehen, Aimée.«

Er blieb noch ein paar Minuten vor dem Grab stehen. Der blaue Schmetterling hatte sich nicht bewegt. Er flog erst weg, als Guillaume das schmiedeeiserne Friedhofstor hinter sich zuzog.

Noch am selben Abend hob der Astronom, als er allein auf der breiten Galerie stand, ein scharfes Messer und ritzte ein Kreuz in sein Teleskop – ein Kreuz für ein Jahr in den Breiten des Indischen Ozeans. Jahre später sollte es einen Abend geben, an dem nach unzähligen Nächten acht Kreuze in die Messingröhre geritzt waren.

Das ist ein Dodo«, erklärte Alice. »Er ist fast fertig.« Olivier näherte sich dem beinahe einen Meter großen Vogel auf dem Holzkasten. Ein regloses Federtier aus dem Märchen, dessen kleine gelbe Augen ihn anstarrten. »Sie sind Ende des siebzehnten oder Anfang des achtzehnten Jahrhunderts ausgestorben, also vor sehr langer Zeit, deshalb rekonstruieren wir einen anhand seines Skeletts.« Olivier wanderte langsam um den Körper des Vogels herum, berührte sein Gefieder. Alice wandte sich zu Xavier um, der ihr zulächelte. Esther, Alice' Tochter, stand vor dem Dodo, die Arme verschränkt, und ließ Olivier nicht aus den Augen.

Vater und Sohn hatten sich an dem von Alice genannten Eingang des Museums eingefunden – nicht dem Haupteingang, wo Besucherinnen und Besucher ihre Tickets für die Große Galerie der Evolution erstanden, sondern einer schweren Tür mit unbeschrifteter Gegensprechanlage. Xavier hatte geklingelt, und eine Männerstimme hatte geantwortet. Als Xavier sagte, dass sie Alice Capitaine besuchen wollten, bat die Stimme sie hinein. Mit einem Summen öffnete sich die Tür. Xavier und Olivier fanden sich in einem Hof voll rostiger Metallgestelle wieder, in denen man tierische Formen erkennen konnte: Warzenschwein, Großkatze oder Vögel. Man hätte das Ganze so, wie es war, als Installation in einen der total sterilen Säle bringen können, die in modernen Kunstgalerien so angesagt waren. Fehlte nur noch ein Titel: *Animalia 3*, und fertig wäre der Lack. Ein Künstler könnte eine lange, hochtrabende Rede über sein Konzept halten, das die ätherischen Formen der Tiere mit dem Rost und den Gefahren für unseren Planeten verband.

Unter einem Vordach schwang eine Tür auf, und ein Mann mit Pferdeschwanz kam auf sie zu. »Xavier und Olivier? Ich heiße Pierre. Alice ist in der Werkstatt, bitte folgen Sie mir.« Zu dritt wanderten sie durch unzählige schummrige Gänge mit deckenhohen Regalen, in denen sich Muscheln, Einmachgläser mit Reptilien in Formaldehyd, Schaukästen mit Insekten und ausgestopfte, teilweise ziemlich gerupfte Vögel stapelten. »Das stammt alles aus unserem Lager«, erklärte Pierre, »wir versuchen schon seit Jahren auszumisten, aber es nimmt einfach kein Ende.« Olivier ließ den Blick über die Bretter wandern, die sich unter den Kuriositäten bogen. Alles war staubig und schien seit Ewigkeiten nicht mehr vom Fleck bewegt worden zu sein. »Moment, ich zeige dir eine echte Rarität«, meinte Pierre zu ihm und hielt an, um auf eine kleine Bibliotheksleiter mit Rollen zu steigen und ein Formaldehydglas herunterzuholen. »Du hast doch keine Angst vor Schlangen, oder?« Olivier schüttelte den Kopf. »Schau mal, die wurde zur Zeit Napoleons gefangen, 1812.« Olivier und Xavier beugten sich vor, um die Schlange zu betrachten, die einer Kreuzotter ähnelte.

»Aber … die hat ja drei Köpfe!«, wunderte sich Olivier.

»Genau«, erwiderte Pierre, »nur deshalb haben wir sie

behalten. So was sieht man nicht allzu häufig, was?«, fügte er hinzu, während er das Glas wieder aufs Regal stellte. »Wir sollten einen schönen Platz für sie im Museum finden, aber es ist einfach zu voll«, klagte er. Sie liefen weiter durch die Flure, die einem wahren Labyrinth glichen. Manche Wände zierten alte wissenschaftliche Schaubilder über Flora und Fauna, von anderen blätterte die Farbe ab. Schließlich erreichten sie eine Panzertür, und Pierre tippte einen Code ein. Die Tür öffnete sich mit einem Klacken. »Willkommen in der Werkstatt!« Der Raum war riesig und komplett in Weiß gestrichen. Das Licht schien grell. Hier gab es keine Wand, die sich schälte, kein Glasgefäß, das staubig war. Werkbänke standen zu beiden Seiten verteilt, und an jeder waren Präparatorinnen und Präparatoren zugange, mal sitzend, mal stehend. Mit einem Pinsel in der Hand oder riesigen Lupen vor den Augen gingen sie sorgfältig und in andächtiger Stille ihrer minutiösen Arbeit nach. Auf manchen Tischen befand sich nur ein einziges Tier, auf anderen mehrere. Die meisten waren mit Nadeln gespickt, und ringsherum drängten sich Phiolen, Fläschchen, Werkzeuge, Pinzetten, Wattebäusche, Pfrieme ... Olivier schaute sich fasziniert an diesem Geheimort um, wo man den schönsten und seltensten Tieren des Planeten ein neues, unbewegliches Leben verlieh. Er trat zu einem Mann, der unschlüssig eine riesige schwarze Fledermaus begutachtete. Er hatte sie auf einem Sockel befestigt und besserte gerade mit der Spitze seines Pinsels ihre kleine Schnauze aus. Anscheinend benutzte er einen farblosen Lack, denn nach jedem Pinselstrich wirkte die Schnauze plötzlich feucht und lebendig. Am anderen Ende des Raums winkte Alice, und sie steuerten auf sie zu.

Sie saß auf einem Bürostuhl aus schwarzem Leder, trug einen weißen Kittel und rollte um einen gigantischen Vogel auf einem Holzkasten herum. Das Mädchen auf dem Stuhl neben ihr war bei Xaviers und Oliviers Ankunft aufgestanden. Sie hatte lange braune Haare, blasse Haut und die dunklen Augen ihrer Mutter. Alice wollte gerade zum Sprechen ansetzen, doch ihre Tochter kam ihr zuvor. »Ich heiße Esther«, sagte sie an Olivier gewandt. »Willkommen im Museum, wir arbeiten an einem Dodo.«

Olivier nickte. »Ich heiße Olivier«, fing er an, »und …«

»Und ich bin Xavier, Oliviers Vater«, ergänzte Xavier. »Hallo, Esther, und hallo, Alice.« Er drehte sich zur Präparatorin.

»Hallo, Xavier«, erwiderte Alice lächelnd, »ich hoffe, Sie finden es in unserer Werkstatt nicht zu unheimlich.«

»Nein, nein«, rief Olivier, »hier ist es super …« Und er bewegte sich auf den mächtigen Vogel zu, bis er direkt vor seinen gelben Augen stand, dann lief er langsam in Richtung Rücken und strich mit der Fingerspitze über das Federkleid.

»Ich mag ja Bernards Fledermaus total gern«, meinte Esther.

»Ja, die hab ich auch gesehen«, erwiderte Olivier.

»Gucken wir sie uns noch mal an, sie ist gleich fertig.« Damit zog Esther Olivier zum Tisch mit dem Flattertier.

Der Präparator namens Bernard schaute die beiden an. »Na, was haltet ihr davon?«

Xavier lächelte Alice zu. »Danke«, sagte er. »Sie bereiten meinem Sohn einen Nachmittag, den er, glaube ich, so schnell nicht mehr vergessen wird.«

»Er hat keine Angst, das ist schon mal was«, meinte Alice. »Vor ein paar Monaten hat Esther einen Schulfreund mitgebracht, den hat das alles hier in Furcht und Schrecken versetzt. Seitdem haben sie nichts mehr unternommen. Dabei war sie ein bisschen verliebt in ihn, fürchte ich«, fügte sie mit einem zerknirschten Schmunzeln hinzu. Sie stand auf und schob ihren Stuhl mit der Spitze ihrer Stiefelette weg. »Gefällt er Ihnen? Ich arbeite seit Monaten an diesem Tier, langsam träume ich sogar nachts davon.«

»Der Dodo, der ausgestorbene Vogel«, murmelte Xavier. »Er sieht wunderschön aus, fast lebendig.«

»Dann habe ich mein Ziel erreicht. Aber er ist noch nicht fertig, ich muss noch die Farbe von ein paar Federn korrigieren und ihn ein bisschen schminken, Schnabel, Augen ...«

»Schminken?«

»Ja, das ist immer der letzte Schritt, das macht Bernard mit seiner Fledermaus auch gerade. Die ist übrigens ein echter Vampir – eine sehr große Fledermausart aus Südamerika, die Vieh angreift.«

Xavier betrachtete Alice, die unter ihrem weißen Kittel wieder ganz in Schwarz gekleidet war, wie beim letzten Mal, diese so weibliche und so einzigartige Frau neben einem seit Ludwig XIV. ausgestorbenen Vogel. Am liebsten hätte er ihr gesagt, wie schön er sie fand, doch das wagte er nicht. Stattdessen begnügte er sich mit einem: »Woher stammen all diese Tiere?«

»Aus Reservaten«, antwortete sie. »Keines wurde gejagt, sie sind alle eines natürlichen Todes gestorben, jung oder alt. Sie werden uns gemeldet, oder aber wir fragen ein Exemplar an, und irgendwann kommt man dann auf uns zurück. Alles ist strengstens geregelt nach dem Washingtoner Artenschutzübereinkommen.« Allein bei der Erwähnung der Stadt musste Xavier wieder daran denken, dass Alice die Fortsetzung ihres Lebens in der Hauptstadt der USA schreiben könnte. »Möchten Sie einen Kaffee? Ich glaube, unsere Kinder sind beschäftigt«, fügte sie mit einem Blick auf Esther und Olivier hinzu, die nebeneinander auf zwei Stühlen saßen, während Bernard ihnen einen Adler mit ausgebreiteten Schwingen zeigte.

Schweigend tranken Alice und Xavier ihren Kaffee aus Pappbechern. »Sie haben einen sehr besonderen Beruf«, bemerkte Xavier.

»Und einen sehr alten«, ergänzte Alice.

»Ist er Ihre Berufung?«

»Auf eine gewisse Art und Weise, ja. Mein Onkel hat als Verkäufer bei Deyrolle gearbeitet, dem berühmten Laden für Tierpräparate in der Rue du Bac. Als ich klein war, habe ich dort ganze Nachmittage verbracht. Ich hatte meine Lieblingstiere: den Löwen, den Tiger, den rosa Wellensittich und den Kiwi, ich habe mir Namen für sie ausgedacht, Geschichten, mich mit ihnen unterhalten«, erzählte sie nachdenklich.

»So wie Esther sich bestimmt mit ihrem Fliegenden Fisch unterhält?«

Alice lächelte. »Das macht sie wirklich, ich höre sie durch die Wand.« Sie deutete auf die Kinder. »Zeigen wir Ihrem Sohn die Halle mit den großen Tieren. Esther, Olivier, kommt her!«

Die beiden sprangen auf und bedankten sich bei Bernard, bevor sie sich zu ihnen gesellten. Alice griff nach einem Schlüsselbund und öffnete eine Tür, dann durchquerten sie einen Windfang und einen Hof bis zu einer Halle mit eiffelturmähnlichen Stahlträgern und einem gewaltigen Blechdach. Alice tippte einen Code ein, und die schwere Doppeltür klackte und zischte. Flackernd leuchtete eine Neonröhre nach der anderen auf, und Olivier staunte mit offenem Mund. Zu beiden Seiten des gewaltigen Gangs standen Tiere, so weit das Auge reichte: fünf Giraffen, vier Elefanten, ein Nashorn, Löwen, Tiger, Gorillas. Ein Hai schwebte neben einem kleinen Pottwal in der Luft, ein Kamel und ein Dromedar schienen Seite an Seite auf ihren Karawanenführer zu warten, während ein aufgerichteter Eisbär nach dem nächsten Polarlicht Ausschau hielt. Das unbewegte Schauspiel war völlig unwirklich. Olivier folgte Esther, die ihm als Beinahe-Insiderin jedes Tier vorstellte und es genoss, zu zeigen, dass das, was für andere außergewöhnlich anmutete, für sie ganz alltäglich war.

»Faszinierend«, bemerkte Xavier, während die Kinder sich entfernten, ohne sie zu beachten. »Eine Arche Noah.«

Alice nickte. »Genau! So nennen wir diesen Ort auch. Ein wahrer Schatz, es gibt kaum umfangreichere Sammlungen auf der Welt.« Langsam liefen sie durch den Gang. Und einen Moment lang kam es Xavier vor, als würden sie durch das Schiff einer Kirche auf den Altar zuschreiten für ihre Hochzeit, unter den Augen der Gemeinde, die nur aus überdimensionalen Tieren bestand. »Es freut mich, dass es Ihrem Sohn hier gefällt. Sie sind geschieden, wenn ich das richtig verstanden habe?«

»Ja. Es ist nicht immer einfach.«

Alice nickte.

»Und Sie?«, fragte er vorsichtig zurück.

»Nein. Ich erziehe meine Tochter allein, weil sie ihren Vater nie kennengelernt hat. Er ist vor ihrer Geburt gestorben. Bei einem Tauchunfall auf Korsika. Ich bin auch gern getaucht, aber in diesem Sommer konnte ich nicht in die Tiefe, weil ich im sechsten Monat schwanger war, deshalb habe ich am Strand auf ihn gewartet. Er ist dort unten gestorben. Seitdem tauche ich nicht mehr«, sagte sie leise.

»Mein Beileid«, murmelte Xavier.

»Ich glaube, unsere Kinder haben uns abgehängt. Esther!« Das Mädchen tauchte mit Olivier im Schlepptau kurz hinter einem Bison auf, ehe es mit einem »Ich zeig ihm Archibald!« wieder verschwand. »So hat sie einen der Geier getauft«, erklärte Alice.

»Und Ihr Zebra?«

»Dem geht's bestimmt prima. Es ist wieder bei seinem Herrchen. Der hat mich in den nächsten Tagen zum Aperitif eingeladen, um es mal zu besuchen.«

Sie schwiegen eine Weile, und Xavier musterte fragend ein lächelndes Karibu, das ihn zu ermuntern schien. »Ich würde Ihnen gern noch eine Wohnung zeigen, ich glaube, die hat alles, was Sie suchen: Terrasse, separate Küche, zwei Schlafzimmer, großen Wohnbereich. Und sie liegt im Viertel, ganz in der Nähe von Ihnen.«

Er war in seiner Heimat, an einem Strand ganz in der Nähe von Coutances. Seine schwarzen Stiefel gruben sich in den Sand, als er die spärlich mit Strandhafer bewachsene Düne hinaufstieg, auf die der Seewind getrocknete Algen geweht hatte. Vom Dünenkamm aus sah er Toussaint, der vor einer Feuerstelle auf dem Sand saß. Sein Freund von der Isle de France war von gestapelten Blättern umgeben, die er eins nach dem anderen auf die rot glühenden Holzscheite legte, wonach sie sofort in Flammen aufgingen. Er trat näher und erkannte seine eigene Schrift: Was da brannte, waren die Briefe, die er an Hortense geschrieben hatte. Toussaint blickte auf und lächelte ihn an. Guillaume gab durch ein Nicken sein Einverständnis. Toussaint deutete auf eine dampfende Schale, die auf einem Baumstumpf stand und für ihn bestimmt schien. Er nahm sie in beide Hände und führte sie an die Lippen. Sofort erkannte er einen vertrauten Duft und Geschmack aus seiner Vergangenheit: Er trank eine Art Milch, aus Irisch Moos oder *Chondrus crispus* gewonnen, ein Rezept aus sehr alter Zeit, von den Vorfahren überliefert und mittlerweile fast vergessen. Algen wurden in heißer Milch mazeriert und anschließend herausgenommen, damit man die jodhaltige, sämige perlmuttfarbene Mixtur trinken konnte, die für ihre vielfältigen Heilkräfte bekannt war. Seine Großmutter hatte sie für ihn zubereitet, als er klein war, und seitdem hatte er diese Milch nie wieder getrunken. Er blickte aufs Meer hinaus und stellte überrascht fest, dass es auf eine Art blau und still war, wie er es von seiner heimatlichen Küste nicht kannte, auf eine Art, die für den Indischen Ozean charakteristisch war. Die Schüssel war aus seiner Hand verschwunden, und er stand nun unten auf dem Sandstrand. Er musste gegen die gleißende Sonne die Augen zukneifen, aber er konnte trotzdem in der Ferne die Gestalt eines kleinen Mädchens erahnen, das auf ihn zustrebte. Die Kleine konnte noch keine zehn sein, und nach einer Weile glaubte er die jüngste Tochter der Potiers zu erkennen, einer Familie, mit der seine Eltern befreundet waren. Das Mädchen kam immer näher und lachte ihn fröhlich an. Ja, es war Marie-Michelle Potier. Bei den wenigen Gelegenheiten, an denen er aus Paris angereist war, um ein paar Tage bei seiner Familie in der Normandie zu verbringen, war sie stets voller Freude auf ihn zugerannt, sobald er den Hof ihrer Eltern betreten hatte. Sie hatte sich gegen seine Beine geworfen oder ihn um die Taille gefasst und seinen Vornamen gerufen: »Guillaume! Guillaume!« Mehrere Male hatte er ihr in klaren, dunklen Sommernächten durch ein Fernrohr oder auch mit dem bloßen Auge die Sterne gezeigt und deren Namen genannt. Seither rezitierte sie vor dem Einschlafen nach ihren Abendgebeten wie ein Gedicht die Namen der Himmelskörper, die sie kannte. Zum letzten Mal hatte er sie kurz vor seiner Einschiffung auf der *Le Berryer* gesehen, als er nach Hause gekommen war, um sich von Freunden und Verwandten zu verabschieden. Das Mädchen hatte sich an ihn geschmiegt und ihn mit einem unterdrückten Schluchzen angefleht: »Geh nicht fort, Guillaume!«

Er war auf die Knie gegangen, um ihr in die Augen schauen zu können, und hatte ihr mit dem Daumen eine Träne von der Wange gewischt.

»Ich komme wieder«, hatte er ihr ins Ohr geflüstert, »und dann werde ich dir viele Geschichten erzählen!«

Marie-Michelle schob ihre kleine Hand in seine, und sie liefen zusammen auf das Meer zu. In der Ferne sprangen Delfine in die Luft, und als er zum Himmel aufblickte, sah er, dass er voller Planeten war – Venus und Jupiter waren ganz nahe gerückt, und sogar Saturn und seine Ringe konnten sie gut erkennen. Bei den ersten, zart gekräuselten Uferwellen sanken ihre Füße nicht ins Wasser ein, sondern blieben an der Oberfläche. Guillaumes schwarze Stiefel und Marie-Michelles kleine Schnürstiefeletten bewegten sich über das wässrige Element wie über die blau gegerbte Haut eines großen Tieres. Sie gingen auf dem Wasser, und die Planeten kamen immer näher.

Guillaume schlug die Augen auf. Auf den Anblick des Saturn und seiner Ringe folgte unvermittelt der seiner weißen Zimmerdecke. Er lag in seinen Räumen auf der Isle de France. Er besah sich seine rechte Hand, die eben noch die kleine Hand von Marie-Michelle gehalten hatte – sie war leer. Im Dunkeln schob er das Moskitonetz zur Seite, stand auf und ging auf die Galerie, um die warme Nachtluft einzuatmen. Der Himmel war schwarz wie Tinte und mit Sternen übersät. Guillaume stützte sich am Geländer ab und hatte gerade die müden Augen geschlossen, als ein Flügelschlag ihn aufschreckte. Ein schwarzer Vogel mit gelbem Schnabel war einen Meter von ihm entfernt auf der Brüstung gelandet und starrte ihn an. Er öffnete den Schnabel und krächzte durchdringend: »Venustransit!« Nach einer Weile wiederholte er noch einmal: »Venustransit!«, als traue er seiner eigenen Stimme nicht.

»Molière?«, fragte Guillaume verwirrt und trat einen Schritt auf den Vogel zu.

»Herr Astronom?«, rief eine Stimme aus dem dunklen Garten, und Guillaume nahm undeutlich eine Gestalt wahr.

»Kapitän Vauquois?«

»Derselbe«, antwortete die Stimme. »Ich bedaure sehr, zu so später Stunden stören zu müssen, aber ich wollte nichts unversucht lassen. Man hat mich erst am frühen Abend von Ihrer Anwesenheit in Kenntnis gesetzt, und die *Le Berryer* lichtet im Morgengrauen den Anker. Ich wollte Ihnen unbedingt noch meine Aufwartung machen.«

»Aber kommen Sie doch herauf!«, rief Guillaume nach unten.

Kaum eine Minute später öffnete er Louis de Vauquois die Tür, und die Männer begrüßten sich herzlich. Der Beo flatterte quer durchs Zimmer und setzte sich seinem Herrchen auf die Schulter.

»Treten Sie ein, Kapitän, ich freue mich sehr, Sie wiederzusehen«, sagte Guillaume. »Auf dem Tisch steht ein guter Wein aus Frankreich, in der Flasche ist noch genug für zwei Gläser.«

Sie setzten sich und tranken einen ersten Schluck.

»Was führt Sie auf die Isle de France, Herr Astronom?«, fragte der Offizier.

»Das ist eine lange Geschichte«, seufzte Guillaume,

»und ich glaube, sie wird noch länger werden.« Er lächelte vielsagend.

Der Kapitän betrachtete ihn prüfend. »Die Besatzung der *Le Berryer* lässt Sie grüßen, und ich erhebe das Glas auf Ihren guten Stern!« Er hob das Weinglas, Guillaume folgte seinem Beispiel, und sie stießen an.

»Die Terrasse«, sagte Xavier, während er die Glastür aufschob. Alice trat hinaus in die Sonne. Seit zwanzig Minuten besichtigten sie seine Wohnung. Er hatte sorgsam aufgeräumt, den Teppich mit dem Dyson, die Küche mit Branntweinessig und die Fliesen mit Glasreiniger gesäubert. Den ganzen Morgen über hatte er hin- und herüberlegt, ob er Alice gestehen sollte, dass die Wohnung ihm gehörte. Da er sich nicht entscheiden konnte, ob diese Beichte klug wäre, hatte er schließlich eine Zwanzig-Cent-Münze in die Luft geschnippt, wieder aufgefangen und auf seinen Handrücken geklatscht. »Zahl, ich sage ihr, dass ich hier wohne, Kopf, ich sage es ihr nicht.« Die Münze hatte die *Einzigartigen Formen der Kontinuität im Raum* von Umberto Boccioni gezeigt. Kopf.

Alice hatte ihn in der Agentur abgeholt, um sich diese Wohnung anzuschauen, die ihm zufolge in sehr vielen Punkten ihren Wünschen entsprach. »Die habe ich gar nicht in Ihrem Schaufenster gesehen«, merkte sie an.

»Nein, Monsieur Chamois konnte noch gar keine Bilder machen, ich habe sie eben erst reinbekommen.« Als Xavier die Adresse laut aussprach, hob Frédéric den Blick vom Computer und starrte ihn an. Früher am Morgen hatte sogar die Stimme – die inzwischen eine Männerstimme war – Xavier dazu ermuntert, Abstand zu gewinnen, loszulassen angesichts der Unwägbarkeiten des Lebens, gegen die man ohnehin nichts ausrichten konnte. Xavier hatte das Gewicht seines Körpers gespürt und sich auf seinen Atem konzentriert. Außerdem hatte er festgestellt, dass sein Herz beim Gedanken an Alice ein wenig schneller schlug. »Vertreiben Sie alle Gedanken an die Außenwelt sanft, aber entschlossen aus Ihrem Kopf«, hatte die Stimme gesagt.

Der beschleunigte Puls war nur noch weiter gestiegen, seit Xavier seine eigene Wohnungstür aufgesperrt und Alice den Vortritt gelassen hatte. Zuvor hatte er noch eine letzte Runde durch die Wohnung gedreht und den Bilderrahmen entfernt, der ihn mehrfach mit Olivier zusammen zeigte, in einer bunten Mischung elektronischer Fotos durch die Jahre hindurch. Der Eingangsbereich, das Schlafzimmer, das andere Schlafzimmer und die separate Küche gefielen Alice gut. Die Terrasse, der größte Trumpf der Wohnung, könnte sie nun endgültig zu einem »Ja, ich bin sehr interessiert« bewegen, das Xavier ein Feld bisher ungeahnter Möglichkeiten eröffnen würde: ihr seine Wohnung zu verkaufen und mit diesem Geld die ihre zu erwerben. Das Ganze war natürlich völlig verrückt und würde einige Erklärungen erfordern, trotzdem fühlte er sich in diesem Augenblick, seinem klopfenden Herzen zum Trotz, erstaunlich leicht. Endlich passierte etwas Interessantes und Unerwartetes in seinem Leben – und auch wenn er bei diesem Etwas nicht allein die Fäden zog, war er doch immerhin ein stiller Komplize.

»Der Ausblick ist großartig, derselbe wie von meinem kleinen Galeriezimmer aus, nur sehr viel freier«, bemerkte

Alice, ehe sie sich zu den Fensterläden umdrehte und dem Teleskop, das Xavier darangeschoben hatte. »Da steht ein Teleskop«, sagte sie.

»Ja«, erwiderte Xavier schlicht.

»Das sieht uralt aus. Glauben Sie, es funktioniert noch?«

Xavier räusperte sich. »Vermutlich.«

»Probieren wir es aus. Bestimmt kann man von hier aus meine Wohnung erkennen.«

Xavier bugsierte das Teleskop auf seinen Messingbeinen zurück an den Platz, den es für gewöhnlich belegte, seit er es aus dem Wandschrank der verkauften Wohnung geholt hatte. Alice beugte sich zum Okular und bewegte die Röhre, bis sie auf die Achse zu ihrem Zuhause stieß. »Da sind sie«, rief sie, »man erkennt sie sogar sehr gut.« Xavier fuhr sich durch die Haare. Was würde die Meditationsstimme ihm wohl diesmal raten? Alice stand auf seiner Terrasse und beobachtete ihre Wohnung, so wie er jeden Tag. »Monsieur Sorbier gießt seine Blumen«, sagte sie. »Das ist mein Nachbar.« Dann richtete sie sich wieder auf und betrachtete das in der Sonne glitzernde Teleskop näher. »Jemand hat acht Kreuze eingeritzt«, murmelte sie und strich über das zerkratzte Messing. Xavier verfolgte ihre schmale Hand mit den perfekt geschnittenen Fingernägeln, diese Hand, die mit präzisen Bewegungen und dünnen Nadeln Tieren ein zweites, unbewegliches Leben schenken konnte. »Wie viel kostet diese Wohnung?«, fragte Alice und wandte sich zu ihm um.

Xavier fühlte sich, als würde er sich mit einem Fallschirm aus der offenen Tür eines Flugzeugs stürzen. Bruno hatte einen solchen Jungfernsprung gewagt – und ein Video davon mitgebracht, bei dem Xavier vor Entsetzen erstarrt war. Darauf sah man Bruno und den Tandemmaster hinter ihm durchs Nichts schweben, mit bunten Anzügen und durchsichtigen Schutzbrillen. Bruno strahlte und jauchzte während des gesamten Clips. Im Gegensatz zu seinem Freund und Kollegen schoss Xavier jedoch nicht mit dreihundert Sachen über den Himmel, sondern stand auf seiner Dachterrasse vor Alice Capitaine. »Wie viel sie kostet?«, wiederholte er. »Da muss ich noch ein paar Parameter analysieren, aber ungefähr so viel wie Ihre. Auch wenn die beiden Wohnungen anders aufgeteilt sind, ist die Größe ähnlich, und für den Markt sind es vergleichbare Immobilien.« Kaum hatte er die Sätze beendet, bereute er seine Maklersprache, dieses geschliffene, höflich kalte Vokabular. Dabei war das, was er eigentlich ausdrücken wollte: Alice, ich finde Sie wunderschön, so verführerisch und unglaublich einzigartig, ja, ich bin gerade dabei, mich in Sie zu verlieben.

Alice wollte die beiden Schlafzimmer noch einmal sehen, dann die Küche und das Bad.

»Hier ist auch Platz für das nächste Zebra«, bemerkte Xavier, als sie ins Wohnzimmer zurückkehrten.

Alice lächelte. »Hat es Olivier im Museum gefallen?«

»Ja, er redet von nichts anderem.«

Sie kramte in ihrer Handtasche. »Bis zu seinem nächsten Besuch wollte Esther ihm ein Souvenir schenken. Sie hat das hier ausgewählt.« Sie zog eine kleine Papiertüte mit Henkeln aus Geschenkband hervor. »Ich verrate nicht, was es ist, so bleibt es eine Überraschung für Ihren Sohn.«

Xavier nahm das federleichte Päckchen gerührt entgegen. »Ich gebe es ihm nächstes Wochenende. Bitte danken Sie Esther ganz herzlich von uns beiden. Ich räume es kurz weg.« Er steuerte schon auf ein Regal zu, bremste sich aber abrupt. Wie sollte er etwas in einer Wohnung wegräumen, die ihm nicht gehörte? »Ich halte es einfach solange und nehme es mit in die Agentur«, berichtigte er sich selbstbewusst. Einen Moment lang schauten sie einander schweigend an, dann ergriff Xavier wieder das Wort. »Ich würde Ihnen auch gerne etwas schenken, aber leider habe ich nichts dabei.«

Alice schien schnell nachzudenken, ehe sie ihre schwarz schimmernden Augen auf ihn richtete. »Sie können mir Ihre Gesellschaft schenken.«

»Hm?«, machte Xavier.

»Luigi Nessi, mein belesener Italiener, der Zebrabesitzer, hat mich doch zum Aperitif eingeladen, um mir das Tier zurück in seiner natürlichen Umgebung zu zeigen. Er ist ein Gourmet mit einem erlesenen Weingeschmack, aber ... ich habe keine Lust, allein hinzugehen. Würden Sie mich begleiten?«

Der Wein war ein hervorragender Begleiter zu dem zarten, lauwarmen, mit aromatischen Kräutern leicht angebratenen Fleisch. Von dem Holzspan, der ihm als Spieß diente, riss er mit den Zähnen kleine Fleischstückchen ab und erkannte am Geschmack sofort die Große Fechterschnecke, die die Inselbewohner auch Lambi nannten. Sie wurde bis zu dreißig Zentimeter groß, und allein schon ihre Schale war ein wahres Wunderwerk der Natur: ein cremefarbenes, nach oben spitz zulaufendes kreiselförmiges Gehäuse, dessen runzeliger, mit abstehenden Zapfen besetzter Rücken sich, gefältelt wie zart geknittertes Pergament, zu den Seiten hin verbreiterte. Wenn man die Lambi umdrehte, schimmerte da eine porzellanglänzende Öffnung in einem so unerwarteten wie kräftigen Rosenrot, einer Farbe, die die Sanftheit der Seide und den Glanz von Emaille in sich vereinte.

Diese herrlichen Muscheln, die wie märchenhafte Fabelwesen wirkten, hatte Guillaume zuvor nur als große Weihrauchbehälter in Kathedralen gekannt. Dort waren die Gehäuse, die einem Kiefer mit Zahnreihen ähnelten, immer in Kupfer oder goldglänzendes Messing eingefasst. Sie standen auf Sockeln oder waren im Mittelschiff an den letzten Säulen befestigt, damit sich die Gläubigen vor dem Bekreuzigen mit geweihtem Wasser besprengen konnten. Es war ihm stets schwergefallen, in den großen Schalen etwas anderes als ein Kunstwerk zu sehen und sich zu vergegenwärtigen, dass sie aus den Tiefen des Meeres stammten, aus dem Reich der Riffe und Korallen, und einer Molluske von der Größe eines Hundes Platz geboten hatten. Weihrauchbehälter und Lambis stammten aus dem sagenhaften Indischen Ozean, und an dessen Küsten lebte er nun, er, Guillaume Le Gentil de La Galaisière, seit mittlerweile zwei Jahren, umgeben von tiefblauen Gewässern, gewissermaßen am Ende der Welt. Sechs weitere Jahre sollten folgen.

Mit den Messdaten, die er auf der Isle de France erhoben hatte, war er sehr zufrieden, denn sie ergaben allesamt deutliche Abweichungen von den Land- und Seekarten, die in der Schifffahrt verwendet wurden. Auch die Île Bourbon kartierte Guillaume, und auf dieser Vulkaninsel begann er in einer Phase des Leerlaufs zwischen Himmelsbeobachtungen und dem Warten auf den nächsten Venustransit mit dem Anlegen einer Muschelsammlung, zielbewusst und gründlich wie immer. Der zuvorkommende Gouverneur der Isle de France überließ ihm eine alte Enzyklopädie, in der ein Kapitel ausschließlich den Muscheln des Indischen Ozeans gewidmet war. Das Werk enthielt Illustrationen von Hunderten von Muscheln mit Bezeichnung und Herkunftsangabe. Bei einem einzigen Strandspaziergang fand Guillaume ein Mehrfaches der Exemplare, die in französischen Museen ausgestellt waren. Dem Pariser Museum eine möglichst vollständige Sammlung von Muscheln aus dieser abgelegenen Weltgegend mitzubringen, hielt er für eine interessante, eines Wissenschaftlers würdige Beschäftigung, mit der er seine acht Wartejahre auf sinnvolle Weise füllen konnte. Er beschloss, sich mit Hilfe der Verwalter des Gouverneurs acht große, tragbare Holztruhen anfertigen zu lassen. In jeder von ihnen hätten zwei lang ausgestreckte Männer Platz gehabt, und in jeder befanden sich sieben Reihen Schubladen, in Wabenzellen unterschiedlicher Größe unterteilt, in die, je nach Größe, eine oder mehrere Muscheln passten. Die beauftragten Schreiner hatten sich begeistert in die Arbeit gestürzt, denn sie bot eine willkommene Abwechslung zu ihrem täglichen Einerlei, dem Ausbessern von Tragbalken, Dielen und Gattern. Ein Kunstschmied hatte sich erboten, Riegel und Schlösser anzufertigen und Guillaume am Ende sieben Schlüssel ausgehändigt, die alle zusammen an einem Stahlring hingen. In jede Truhe passten zwischen achthundert und tausend Muscheln. Die neuen Gepäckstücke würden von nun an immer mit ihm reisen, so wie leere Schränke einen einsamen Reisenden begleiten, der nirgendwo eine Heimat und kein richtiges Ziel hat.

»Diese Lambi ist ausgesprochen schmackhaft, ich habe seit den prächtigen Langusten auf der Isle de France kein so zartes Fleisch mehr gegessen«, bemerkte Guillaume, nachdem er genüsslich seinen zweiten Spieß abgenagt hatte. Er saß am Strand, im Kreis mit Aldebert und fünf madegassischen Fischern, die sich im Jahr 1736 auf dem weißen Sand der Küste Madagaskars zu einer gemeinschaftlichen Mahlzeit trafen. Aldebert war ein dicker Glatzkopf von undefinierbarem Alter. Er stammte aus Frankreich und lebte schon lange auf der Insel, man wusste nicht allzu viel über ihn und noch weniger darüber, was ihn nach Madagaskar verschlagen hatte. Aber er stand immer noch in Diensten der französischen Krone und empfing Reisende, wenn sie vom königlichen Militärgouvernement geschickt wurden. Er sei ein entflohener Sträfling, der ohne großes Aufsehen von Seiner Majestät begnadigt worden sei, raunten die einen, andere hielten ihn für einen Adligen, einen Bauern, Seefahrer oder Soldaten. Jemand behauptete sogar, er sei der Sohn des Mannes mit der eisernen Maske. Niemand wusste wirklich, wer Aldebert war, aber der Gouverneur hatte ihn Guillaume als vertrauenswürdigen Begleiter beschrieben, der Reisende willkommen hieß und unterstützte, bevor er mit seiner Gänsefeder ein paar Zeilen als Empfehlungsschreiben hinwarf und den Siegelring, den er am Ringfinger trug, in das noch heiße rote Wachs drückte.

Guillaume hatte sich für das kommende Jahr vorgenommen, die Küste Madagaskars zu kartografieren, an der er neuerdings sein Quartier aufgeschlagen hatte. Er wollte Strömungen und Winde beobachten und natürlich seine Muschelsammlung vervollständigen. Bei ihrer ersten Begegnung hatte sich Aldebert mit nacktem Oberkörper, einer weiten Baumwollhose und braunen Lederstiefeln präsentiert. Sein Oberkörper und sogar der gewaltige Bauch waren von zahllosen Tätowierungen bedeckt, unter denen Guillaume nur eine Lilie und ein Kruzifix erkannte. Um Aldeberts Schultern ringelte sich ein unbekanntes Tier mit orangeroten, starren Augen, eine Art Kreuzung von Katze und Affe, mit weißgrauem Fell und einem endlos langen, schwarz-weiß geringelten Schwanz. Das sei ein Katta, verriet Aldebert, »von denen gibt es viele auf der Insel. Er war ganz klein, als ich ihn gefunden habe, und seitdem ist er wie eine Hauskatze, nur eben mit Händen.« Aldebert lebte allein in einem riesigen Haus am Meer, in dem er

Guillaume ein ganzes Stockwerk zur Lagerung seiner astronomischen Instrumente und Muscheltruhen anbot. Er war nicht sehr gesprächig, aber sein Schweigen wirkte eher zurückhaltend als mürrisch oder verschlagen. Im Laufe der Wochen war der dicke Mann zugänglicher geworden, wozu die Beobachtung eines roten Kometen durch das Teleskop viel beigetragen hatte. Guillaume Le Gentil war also tatsächlich ein echter Wissenschaftler, der durch seine Instrumente etwas sah, das kein Mensch mit bloßem Auge erkennen konnte, und nicht nur ein Abgesandter des Königs, der seine madegassischen Diener tagelang herumscheuchte, weil er am Strand leere Muschelschalen suchte, die er unter die Lupe nehmen wollte.

»Ich bin sehr froh, dass es dir schmeckt, Le Gentil«, sagte Aldebert und biss in seinen Spieß. Aus einem schmalen Fischerboot, das über dem blauen Meer zu schweben schien, winkte ihm jemand zu, und Aldebert legte die Hand wie ein hochgeklapptes Visier über die Augen.

»Willst du noch mehr Lambis essen?«, fragte er.

»Oh ja, sehr gern«, antwortete Guillaume. »Und ich möchte dich um einen Gefallen bitten, ich würde gern selbst einmal eine Lambi öffnen und zubereiten, wenn deine Freunde so gut wären, es mir zu zeigen.«

Guillaume hatte genau aufgepasst, wie sie vorgingen: Zuerst schlugen sie an einer bestimmten Stelle am Rücken der Schale mit einem Hammer ein Loch, in das fuhren sie mit der Messerklinge und schnitten den Fuß der Muschel ab. Dann holten sie das Innere mit einem anderen, gebogenen Messer heraus, entfernten die nicht essbaren Teile und zogen eine Art schwarzer Haut ab, unter der sich das schimmernde weiße Fleisch verbarg.

»Einverstanden.« Aldebert grinste.

Er rief einem der Fischer ein paar Worte zu, und dieser tauchte sofort mit angehaltenem Atem ins Wasser und holte zwei weitere Muscheln heraus.

»Du willst immer alles verstehen«, sagte Aldebert, während er Guillaume und sich Wein nachschenkte. »Wie die Sterne und das Meer und die Sonne funktionieren, und sogar, wie man Lambis knackt.«

»Ja, richtig, ich versuche, die Welt zu verstehen«, erwiderte Guillaume leise.

Aldebert nickte respektvoll. »Hast du die *Odyssee* von Homer gelesen?«, fragte er nach einer Weile. »Ich habe in meinem ganzen Leben nichts anderes von Bedeutung gelesen. Aber ich werde die Reise nicht zu Ende bringen, ich bin hiergeblieben. Du, Le Gentil, du wirst weiterreisen und eines Tages wie Odysseus nach Hause zurückkehren.«

Guillaume wusste nicht, was er darauf antworten sollte, und murmelte nur: »Wenn du meinst, Aldebert …«

Aldebert nickte und biss ein Stück Lambi ab, auf dem er lange nachdenklich herumkaute. »Hier auf der Insel existiert die Zeit nicht mehr, Le Gentil, sie perlt an mir ab. Ich weiß nicht mal, wie alt ich bin. Manchmal vergesse ich, welches Jahr wir haben, verstehst du?«

Guillaume starrte in die Ferne. »Ich glaube, ja … Ich bin jetzt seit zwei Jahren hier, und manchmal kommt es mir vor, als wäre ich erst letzte Woche von Bord gegangen, und dann wieder, als wäre es hundert Jahre her.«

»Siehst du, so ist das«, bestätigte Aldebert, »das ist die Magie der Indischen Meere, aber auch ihr Fluch.«

Der Fischer tauchte aus dem Meer auf, in jeder Hand eine riesige Lambi.

»Ein sehr schöner Fang!«, meinte Aldebert anerkennend. Er aß fertig und stand auf.

»Komm«, sagte er zu Guillaume und ging zu einem großen Holzbrett, das auf dem Sand lag; daneben balancierte auf vier großen Steinen ein schmiedeeiserner Grill, in dem rötliche Glut flackerte. Vier Männer saßen um ihn herum und aßen ebenfalls gegrillte Muscheln an langen Spießen. Der Fischer, der ins Meer getaucht war, kam tropfend und zufrieden lächelnd mit seinen beiden mehrere Pfund schweren Muscheln dazu. Die Männer wechselten ein paar Sätze auf Madegassisch, eine Sprache, die Guillaume nicht verstand und Aldebert meisterhaft beherrschte. Die Männer lachten, und Aldebert stimmte ein.

»Sie machen sich über mich lustig«, erklärte Aldebert auf Französisch, »sie sagen, dass ich zu dick zum Schwimmen und Lambisuchen bin und nicht mal weiß, wie man sie richtig zubereitet – was übrigens stimmt. Ich habe es nie gelernt. Sie sagen, dass der dünne Mann, also du, der überall Muscheln sucht und schwimmen kann, es vielleicht schafft.«

Die Lambis wurden nebeneinander auf das Brett gelegt. Guillaume und der Fischer knieten sich davor. Der Fischer machte vor, wie man mit dem Hammer das Loch in den oberen Teil der Muschelschale schlug und die Messerklinge einführte. Dann griff er nach dem anderen Messer und zog das weiche Innere heraus. Nach ihm war Guillaume an der Reihe. Er zielte mit dem Hammer zwischen die beiden Zapfen auf der Schale und führte einen vorsichtigen Schlag aus. Aldebert und die Madegassen standen im Kreis um das Brett herum. Es gelang Guillaume, ein Loch in die Schale zu schlagen, und er stach mit dem Messer hinein, fand den

Fuß der Muschel und nahm das andere Messer in die Hand, um das Fleisch herauszuziehen.

»Gute Arbeit«, lobte Aldebert, und die Männer im Kreis murmelten anerkennend. Der Fischer nahm das Messer wieder an sich und entfernte die ungenießbaren Stellen, bevor er die Muschel in zwei Teile schnitt. Danach reichte er das Messer an seinen lernwilligen Nachbarn weiter, der aufmerksam zugesehen hatte. Guillaume war dabei, die ungenießbaren Teile von der zweiten Muschel abzuschneiden, als seine Klinge auf etwas Hartes stieß. Er drehte das Muschelfleisch um, und es fiel auseinander. Die Zuschauer verstummten, dann setzte ein aufgeregtes Tuscheln ein.

»Le Gentil«, keuchte Aldebert, »und das bei deiner ersten Lambi ...!«

Ins Muschelfleisch eingebettet lag, nicht minder intensiv rosarot glänzend als das Innere der Schale, eine Perle. Eine schimmernde, kugelrunde Perle, so groß wie eine Murmel. Der Fischer stieß ein paar Sätze in seiner Sprache aus, und Aldebert übersetzte:

»Das ist die seltenste Perle der Welt. Sein Großvater hat einmal eine gefunden, er selbst hat in seinem ganzen Leben noch keine gesehen.«

Guillaume nahm die Perle zwischen Daumen und Zeigefinger und hielt sie dicht vor seine Augen. Er meinte, einen schillernden rosaroten Planeten vor sich zu haben, dessen Oberfläche im Licht changierte. Er reichte sie dem Fischer, der sie lange kopfschüttelnd betrachtete. Anschließend wanderte die Perle von Hand zu Hand und landete am Ende wieder bei Aldebert, der sie an Guillaume weitergab. Einer der Madegassen schaltete sich ein, Aldebert gab Antwort und wandte sich danach an den Astronomen.

»Er sagt, das ist ein Geschenk, das dir der Ozean gemacht hat. Du kannst sie für viel Geld verkaufen, aber du solltest sie für dich selbst behalten.«

Der Mann fügte noch ein paar Worte hinzu, und Aldebert ergänzte:

»Oder sie der Frau schenken, die du liebst.«

Guillaume konnte den Blick nicht von der perfekten rosaroten Kugel wenden.

»Sag ihm, ich werde seinem Rat folgen«, erwiderte er leise.

Xavier war in seine Wohnung zurückgekehrt für ein karges Mittagessen, das aus einer Tomate, ein paar gerösteten Scheiben Brot mit Olivenöl und einem Rest Käse bestehen würde. Er wollte auf der Terrasse essen, in der Sonne, die schon seit dem Morgen strahlte. Auch Chamois war zu Mittag essen gegangen und würde die Agentur nach seiner Rückkehr wieder aufschließen. Zum ersten Mal hatte eine junge Frau vor dem Schild auf der anderen Straßenseite auf den Praktikanten gewartet, und er hatte ihr von seinem Schreibtisch aus unauffällig zugewunken. Die Frau trug eine Brille und einen langen blonden Flechtzopf. Als Xaviers Blick auf sie gefallen war, hatte sie sich abgewandt. Chamois hat eine Freundin, hatte Xavier gedacht. Wenn er sie das nächste Mal draußen entdeckte, würde er sie nach ihrem Namen fragen – nicht aus unangebrachter Neugier, sondern um die Beziehung zu Frédéric zu pflegen, der von Natur aus nicht sehr redselig war. Was Bruno wohl gesagt hätte? »Hast du 'ne Süße?« Frédéric wäre rot geworden. »Wer ist die Kleine mit der Brille da drüben?«

Armer Bruno, was war wohl der Stand mit seinem Depardieu-Gärtner? Ich muss ihn noch mal anrufen, dachte Xavier, während er seine Tomate in Scheiben schnitt und mit Olivenöl beträufelte. Dann legte er die heißen Brotscheiben dazu und zwei Stückchen Parmesan, die aus dem italienischen Feinkostladen stammten – Parmesan wurde bald so teuer, dass er sich dem Goldkurs anglich. Xavier ging auf die Terrasse. Die Sonne schien so hell, dass er bereute, seine Sonnenbrille in der Agentur gelassen zu haben. Das frische Basilikumblatt auf der Tomate war perfekt, das Brot leicht knusprig, der Parmesan gab dem Ganzen eine salzige Note. Alles war still. Xavier streckte die Hand nach Guillaumes Teleskop aus und berührte das glühend heiße Messing. Wahrscheinlich war es nicht besonders gut für das Instrument, es in der Mittagshitze braten zu lassen. Er zog es zu seinem Tisch im Schatten heran. Als er aufgegessen hatte, schenkte er sich ein Glas eisgekühltes Mineralwasser ein, trank es und rutschte dann mit seinem Stuhl vor das Fernrohr.

Zuerst visierte er Alice' Balkontür an. Nichts zu sehen. Bestimmt war sie im Museum und ihre Tochter in der Schule. Das Geschenktütchen, das sie ihm von Esther für Olivier mitgegeben hatte, befand sich in der Agentur, er würde es ihm am Wochenende überreichen. Überhaupt konnte Xavier seit der Besichtigung seiner eigenen Wohnung nur noch an Alice denken. Ihr Gesicht, ihre Gestalt tauchten in den unerwartetsten Momenten vor ihm auf. Und der Eindruck, dass irgendetwas an ihr vertraut war, hatte nicht nachgelassen, nur, was war es? Er bewegte die Teleskopröhre zwei Häuser nach links und entdeckte eine Dachterrasse, die ihm zuvor noch nie aufgefallen war und auf der gerade ein kleines Team um ein Model herumwuselte. Die junge Frau nahm halb hochmütige, halb schmollende Posen ein, während ein zusammengekrümmter Mann neben ihr einen großen weißen Reflektor hielt.

Der Fotograf lief um sein Motiv herum, den Blick auf sein Display geheftet. Ein Stück weiter schienen eine Stylistin und ihre Assistentin sich nicht für das nächste Outfit entscheiden zu können. Als der Fotograf seinen Ringelreigen beendete, eilte eine Visagistin herbei und pinselte los, während ein junger Mann dem Model einen Becher Wasser reichte.

Xavier bewegte das Teleskop ein Stück nach rechts, und der Sichtkreis stoppte bei einem quadratischen Fenster hoch oben im fünften Stock. An der Scheibe klebte von innen ein weißes Blatt Papier, wahrscheinlich Druckerpapier, auf dem mit schwarzem Filzstift ein Satz stand. Xavier drehte am Okular, um ihn zu entziffern: *Please help me,* gefolgt von einer Handynummer, die mit 06 begann. Atemlos starrte er das Fenster noch ein paar Sekunden lang an. Das weiße Blatt Papier blieb reglos. Helfen Sie mir. Bitte helfen Sie mir – auf Englisch, dieser inzwischen internationalen Sprache. Er zog einen Kugelschreiber aus seinem Jackett und notierte sich die Telefonnummer auf der Papierserviette vom Mittagessen. Gerade als er die letzte Ziffer geschrieben hatte, verschwand das Blatt Papier urplötzlich aus dem Fenster und ließ ihn verdattert zurück. Er schaute noch einmal hin. Nichts mehr. Keine Bewegung hinter der Scheibe. Kein Umriss. Nichts.

Please help me.

Er ließ die Teleskopröhre los und saß einen Moment lang ganz still. Ein Witz? Ein Streich? Eine Challenge aus dem Internet?

Oder nicht?

Er schenkte sich noch ein Glas Mineralwasser ein und betrachtete die Ziffern, die er beinahe blind auf die Serviette gekritzelt hatte. Die Lust auf eine Zigarette überfiel ihn blitzartig, nur um genauso schnell wieder zu vergehen. Was würde die verschwundene Frauenstimme ihm raten? Lassen Sie Ihre Gedanken in den Hintergrund treten und konzentrieren Sie sich auf Ihren Atem? Nur war der gerade eher Mangelware. Xavier war sehr unfreiwillig Zeuge einer Sache geworden, an der eindeutig etwas faul war. Er holte sein Handy aus der Tasche und zögerte kurz, ehe er langsam die Nummer eintippte. Nach der letzten Ziffer hielt er noch einmal inne, dann drückte er auf den grünen Hörer.

Es klingelte einmal, zweimal, danach wurde abgehoben. »Ja?«, fragte eine Stimme – eine tiefe, kühle Männerstimme.

»Hallo«, antwortete Xavier und verstummte wieder.

»Wer spricht da?«, fragte die tiefe Männerstimme.

Wo sollte er nur anfangen? Xavier holte tief Luft und sagte: »Ich … bin auf einer Terrasse, in Paris, und ich habe an einem Fenster gegenüber ein Blatt Papier gesehen, auf dem *Please help me* stand und Ihre Telefonnummer.«

Schweigen am anderen Ende der Leitung, dann fing der Mann an, schwer zu atmen, als bekäme er plötzlich keine Luft mehr. »Wo sind Sie?«, stieß er flüsternd hervor.

»Zu Hause«, antwortete Xavier matt, während ihn ein Schauder überlief.

»Was ist los, Monsieur le Général?«, fragte eine neue Stimme.

»Wir haben Nummer 4 gefunden«, antwortete die tiefe Männerstimme.

»Nummer 4 ist lokalisiert!«, wiederholte die andere

Stimme, und plötzlich schien rund um Xaviers Gesprächspartner ein Tumult zu entstehen.

»Wer sind Sie?«, fragte er, nachdem er mühsam geschluckt hatte.

»Diese Frage wollte ich Ihnen auch eben stellen«, erwiderte die Stimme, »aber ich bekomme schon die Antwort ... Glauben Sie an Frankreich, Monsieur Lemercier?«

»Sie kennen meinen Namen?«

»Ja, Ihre Handynummer wird angezeigt. Sie sind zu Hause, Monsieur Lemercier?«

»Ja«, hauchte Xavier.

»Ich frage Sie noch einmal: Glauben Sie an Frankreich?«

»Ja, das tue ich.«

»Das werden Sie gleich unter Beweis stellen können, indem Sie uns helfen. Rühren Sie sich nicht vom Fleck.«

»In Ordnung. Für mein Haus braucht man einen Code und ...«

Doch der Mann hörte Xavier nicht mehr zu, er lief umher, inmitten von anderen Männern, die Befehle riefen, ehe die Verbindung unterbrochen wurde.

Keine fünfundzwanzig Minuten später – in denen Xavier auf dem Sofa gesessen hatte, ohne sich auch nur den geringsten Reim auf die Ereignisse machen zu können – klingelte es an der Wohnungstür. Er stand auf und öffnete einem Mann um die fünfzig mit kurzen braunen Haaren in einem grauen Anzug. Als Xavier den Kopf zur Seite neigte, entdeckte er noch ein gutes Dutzend weiterer Männer dahinter.

»Monsieur Lemercier, ich bin Général Delieue.«

Er schüttelte ihm die Hand. »Xavier Lemercier, kommen Sie rein.«

Die Männer betraten das Wohnzimmer und strömten sofort in Richtung Terrasse, angeführt von ihrem Kommandeur. »Wir haben nur wenig Zeit«, sagte er zu Xavier. »Erklären Sie mir alles, aber bitte so schnell wie möglich.«

Xavier holte tief Luft und deutete auf das Teleskop. »Mein Teleskop, eine echte Antiquität, die einmal einem berühmten Astronomen gehört hat, manchmal beobachte ich mit meinem Sohn die Sterne, oder die Stadt, wenn mir langweilig ist. Es ist auf das fragliche Fenster gerichtet, schauen Sie selbst.«

Der Kommandeur nickte einem Mann zu, der ans Fernrohr trat. »Rue Mascarine«, verkündete er.

Ein anderer Mann postierte sich neben ihm und holte ein Tablet mit einem 3D-Plan des Viertels heraus, sehr viel detaillierter als das, was Xavier von Google Earth kannte. »Hausnummer drei, fünfter Stock.«

Ein dritter, mehrgewichtigerer Mann kam auf den Kommandeur zu. »Unser Team ist am Einsatzort.«

»Geben Sie ihnen die Position des Gebäudes durch«, befahl Général Delieue, und der Mann entfernte sich wieder. »Monsieur Lemercier, wir werden für eine sehr begrenzte Zeit eine Einsatzleitstelle in Ihrer Wohnung einrichten.«

Einer der Männer packte Funkgeräte aus und stellte sie auf den Terrassentisch, ein anderer steckte einen Laptop an einer Steckdose an, die zuvor von einer Lampe belegt gewesen war, und stülpte sich einen Kopfhörer über, während der Rest halblaut in seine Handys sprach und auf und ab tigerte. Xavier beobachtete, wie sie sich sein Zuhause zu eigen machten, als würden sie den Grundriss kennen. Dann fiel sein Blick wieder auf den kuriosen Kommandeur mit dem ausdruckslosen Gesicht und dem grauen Anzug.

»Sind Sie vom Militär? Geheimdienst?« Général Delieue neigte den Kopf und deutete ein Lächeln an. »Stimmt, dumme Frage«, gab Xavier zu.

Der Kommandeur stand reglos da, den Blick unverwandt auf das Gebäude der Stadt gerichtet, das sie beschäftigte. »Ich schulde Ihnen eine Erklärung«, sagte er plötzlich. »Der Terrorismus ist eine Krankheit dieser Epoche. Einer unserer verdeckten Ermittler wurde enttarnt, wir haben seine Spur vor drei Wochen verloren. Sie haben sie wiedergefunden.« Er drehte sich zu Xavier. »Danke.«

Das Funkgerät auf dem Tisch rauschte. »Général Delieue von Leiter des Spezialeinsatzkommandos, kommen.«

Der Angesprochene griff nach dem Apparat. »Hier Général Delieue, kommen.«

»Die Einheit rückt jetzt in die oberen Stockwerke vor, zwei Männer sind auf dem Dach.«

»Verstanden.« Delieue holte eine Süßholzstange aus der Tasche und steckte sie sich wie eine Zigarette zwischen die Zähne. Die Ruhe dieses Mannes war beeindruckend. Xavier wusste nicht mehr, was er sagen oder tun sollte, fast wollte er sich dafür entschuldigen, dass er hier wohnte. Einer der Männer reichte dem Kommandeur ein digitales Fernglas, das dieser sich vor die Augen hielt. Die kleine Süßholzstange drehte sich zwischen seinen Zähnen hin und her. »Sie können durch Ihr Teleskop schauen, Monsieur Lemercier.« Xavier setzte sich auf seinen Stuhl und presste das Auge ans Okular. »Ich sehe Ihre Männer«, sagte Général Delieue ins Funkgerät. »Ich befinde mich auf zwölf Uhr in westlicher Richtung.«

»Verstanden«, erwiderte die Stimme. »Der Zugriff erfolgt auf Ihr Kommando.«

Durch die Linse des Teleskops beobachtete Xavier das Zinkdach des Gebäudes, auf dem gerade Männer in Schwarz mit Gewehr und Sturmhaube aufgetaucht waren. Sie näherten sich den Schornsteinen und prüften ihre Stabilität, ehe sie je ein Stahlseil zückten und um die Ziegelsteine schlangen. Die beiden kommunizierten über Handbewegungen und antworteten mit Kopfnicken. Sie befestigten die Stahlseile mit Karabinern an ihren Anzügen und machten mehrere Schritte rückwärts, um sich an der Dachkante zu postieren. Einer der beiden hob den Arm und reckte den behandschuhten Daumen. Dann griffen sie nach ihren Waffen. Und erstarrten. Xavier hielt den Atem an. Er warf einen Blick auf Général Delieue, dessen Gesicht unbewegt blieb, auch wenn er auf seiner Süßholzstange herumkaute. »Zugriff«, kommandierte er. Die beiden Männer ließen sich rückwärts ins Leere fallen. Auf Höhe des fünften Stocks katapultierte sie das Stahlseil mit Füßen und Gewehr voraus zu je einem Fenster. Die Scheiben zerbarsten, und ihre Körper glitten hindurch. Im Inneren der Wohnung blitzte es mehrfach. Danach nichts mehr. Die Stille kam Xavier endlos vor, bis plötzlich das Funkgerät rauschte.

»Operation abgeschlossen. Die Zielperson ist am Leben. Ich wiederhole: Die Zielperson ist am Leben. In schlechtem Zustand, aber am Leben. Der Feind hat versucht, die Zielperson während des Zugriffs zu töten ... Keiner meiner Männer wurde verletzt. Aber es gibt vier Todesopfer zu beklagen. Die Bewohner der Wohnung. Fordere einen Zivilschutzhubschrauber EC145 Dragon an, um die verletzte Zielperson zu transportieren.«

»Danke, meine Herren, gute Arbeit«, bemerkte Général

Delieue. Er biss ein letztes Mal in die Süßholzstange, ehe er sie zurück in die Tasche steckte und sich zu Xavier umwandte, der noch immer auf seinem Stuhl saß. Jetzt stand er auf.

»Wie viele Attentate vereiteln Sie?«

»Viele, aber alle können wir nicht vereiteln«, bedauerte der Kommandeur. »Sie haben mir einen großen Dienst erwiesen, Monsieur Lemercier, mir und ganz Frankreich. Falls ich mich irgendwann revanchieren kann, merken Sie sich meine Handynummer.« Xavier nickte. Alle Männer standen im Wohnzimmer bereit, die Lampe hing wieder am Strom, die Funkgeräte waren zurück in den Koffern verstaut. »Abmarsch, meine Herren!«, befahl Général Delieue, woraufhin der Vorderste die Tür öffnete. An Xavier gewandt, sagte der Kommandeur: »Sie dürfen über das reden, was hier geschehen ist, aber es wäre mir trotzdem lieber, wenn Sie es für sich behielten.«

»Sie können auf mich zählen, Monsieur le Général. Selbst wenn ich eines Tages meine Memoiren schreiben sollte, werde ich kein Wort darüber verlieren, was ich heute gesehen habe.«

Der Kommandeur nickte und verließ die Wohnung als Letzter. Draußen drehte er sich noch einmal um. »Wie hieß der berühmte Astronom, dem früher Ihr Teleskop gehört hat?«

»Guillaume Le Gentil.«

Hortense,
meine über alles geliebte Frau, ich schreibe Dir vom Monsun gebeutelt, der Wind heult, und die Spitze meiner Schreibfeder ist meine einzige Verbindung zu Dir. Übrigens stelle ich seit einigen Wochen meine Tinte selbst her. Ich leere die Tintentaschen der Sepien, die ich fange, und lasse sie in der Sonne trocknen. Durch dieses Verfahren entsteht ein kleiner, sehr harter schwarzer Stein, den ich später wieder in ein paar Tropfen Quellwasser auflöse.

Seit fünf Jahren lebe ich nun schon in den Meeren Indiens, und meine Muscheln folgen mir wie ein seltsamer Geleitzug über die blaue See. Ich glaube, dass ich mich mit den hiesigen Küsten allmählich sogar besser auskenne als die Fische. Ich habe mehr Mondfinsternisse und Kometen gesehen als irgendein anderer Untertan Seiner Majestät. Ich notiere tausend Einzelheiten über die Völker, denen ich begegne, über ihre Sitten und Gebräuche, ihre Gewohnheiten und ihre Religion, und ich glaube fast, dass ich mich von einem Astronomen in einen Forscher verwandelt habe – vielleicht sogar in einen Abenteurer. Ich höre nichts mehr vom Herzog von La Vrillière, dem ich mehrfach geschrieben habe, und lebe von den Goldtalern, die er mir bisher zukommen ließ, aber sie gehen zur Neige, und so treibe ich ein wenig Handel. Es gibt hier kostbare Hölzer, die sehr viel wert sind, und ich habe mich mit zwei Kaufleuten zusammengeschlossen. Wir machen gemeinsam Geschäfte, die die Akademie missbilligen würde, aber irgendwie muss ich mein Dasein fristen, selbst wenn mein Tagesbedarf nicht groß ist. Ich ernähre mich hauptsächlich von Fischen, die ich selbst fange oder von Einheimischen bekomme.

Es ist ein sehr eigentümlicher Reiseverlauf, durch den Paris und seine Kutschen wie Phantasiegebilde aus einer fremden Zivilisation erscheinen, die vielleicht nur im Traum existiert. Ein ungewöhnlicher Mann namens Aldebert, von dem ich dir schon erzählt habe, ist in Madagaskar zu meinem Vertrauten geworden. Er sagt, dass in den wasserumspülten Weltgegenden, in denen ich mich gerade aufhalte, die Zeit anders vergeht. Und er hat recht. Hier ist nichts so wie auf französischem Boden: Die Bauern und Fischer meiner heimatlichen Normandie und die gelehrten Herren an der Akademie der Wissenschaften erscheinen mir wie schöne, leuchtende Schatten, die ich einst in einem anderen Leben kannte. Nur du bleibst meine Sonne.

Hier treffen Nachrichten nur sehr spärlich ein, und ich weiß immer noch nicht, wann ich nach Pondichéry aufbrechen kann, um dort am 3. Juni 1769 meinen zweiten und letzten Venustransit zu erleben – den letzten, weil bis zum nächsten über ein Jahrhundert vergehen wird. Über den Krieg zwischen Frankreich und England in unserer indischen Handelsniederlassung höre ich Widersprüchliches. Ich denke deshalb an Manila als Beobachtungsort. Oder ich reise von Manila aus nach Pondichéry. Dabei müsste ich durch den östlichen Teil des Indischen Ozeans zum Chinesischen Meer fahren, aber ich habe keinen königlichen Geleitbrief, der mir den Aufenthalt auf spanischem Territorium ermöglichen würde. Ich habe den Eindruck, dass manche meiner Briefe Frankreich nicht erreichen.

Ich wollte dir auch von einer wunderbaren Lichterscheinung auf dem Meer berichten. Nachts beginnt das Wasser an der Oberfläche manchmal geheimnisvoll zu leuchten. Die See wird zunächst im Kielwasser des Schiffs auf einmal hell und zeichnet eine Art glänzendes Dreieck. Es ist ein starkes, tiefes Licht, das so schnell verschwindet, wie es gekommen ist. Wir sehen es aber auch auf den niedrigen Wellenkämmen. Ich glaube zu verstehen, dass es sich um Algen oder winzige Lebewesen handelt, die nicht größer sind als ein Nadelkopf und bei der geringsten Bewegung im Wasser phosphoreszieren. Ich habe ausgeschöpftes Wasser unter dem Mikroskop betrachtet, aber ich erkenne nichts.

Ich wünschte, du wärst an meiner Seite, ich würde so gern meinen Arm um deine Taille legen, dein Haar an meiner Haut spüren und deinen Kopf an meiner Schulter, und wir würden im warmen, salzigen Abendwind unter dem Sternenzelt auf das leuchtende Meer hinausblicken. Ich wünschte, ich könnte ein wenig Wasser aus diesem magischen Meer schöpfen und für dich in ein Fläschchen füllen, es im Dunkel unseres Schlafzimmers schütteln, damit es wie eine flüssige Kerze auf dem Nachttisch neben unserem Bett leuchtet. Es wäre der Zeuge unseres ewigen Bundes.

Nun bin ich doch recht müde, Hortense, meine Liebste. Ich fühle, dass meine Feder vom Papier gleitet. Ich will dich auf die Lider küssen und meinen Kopf einen Augenblick lang gegen deine Brust sinken lassen, um deinen Herzschlag zu hören.

Guillaume

Teurer Kollege und Herzog,

wir haben lange nichts mehr von Ihrem Schützling Le Gentil gehört, haben Sie vielleicht ein Schreiben von ihm erhalten?

César François Cassini,
Direktor des Königlichen Observatoriums Paris

Teurer Kollege,

die Bezeichnung ›Kollege‹ schmeichelt mir mehr, als Sie ahnen. Ich bin nichts als ein Herzog, der sich leidenschaftlich für die Himmelskunde interessiert, aber ich lasse mir die Anrede in unserer Korrespondenz gern gefallen. Von Monsieur Le Gentil habe ich vor einem Jahr einen Brief erhalten, in dem er mich um zusätzliche Geldmittel bat. Gemäß diesem Schreiben hat er den Beschluss gefasst, den nächsten Venustransit in acht Jahren abzuwarten und sich in der Zwischenzeit dem Studium der Inseln und ihrer Fauna und Flora zu widmen und die dortigen Meeresregionen für den König genauer zu kartografieren.

Der Herzog von La Vrillière

Teurer Kollege und Herzog,

seit unserem letzten Briefwechsel sind zwei Jahre vergangen, und auf meinen Brief an Monsieur Le Gentil habe ich keine Antwort erhalten. Er sei auf dem Weg nach Manila, hat man mir berichtet, andere wiederum nennen die Île de Bourbon als sein Ziel.

César François Cassini,
Direktor des Königlichen Observatoriums Paris

Teurer Kollege,

ich kann mit keinen Neuigkeiten von Monsieur Le Gentil aufwarten und weiß nicht, ob er noch am Leben ist. Ein Brief von ihm wurde mir vorige Woche überbracht, und Sie können sich wohl meine Gemütsbewegung vorstellen, aber das Schreiben war zwei Jahre alt und kam aus Madagaskar. Möglicherweise sind Briefe, die er uns schicken wollte, bei Schiffsunglücken verloren gegangen. Es beunruhigt mich sehr, dass ich nichts mehr von ihm gelesen habe.

Der Herzog von La Vrillière

Und Sie, was lesen Sie?«

»Ich bin gerade vertieft in *Reisen in den indischen Meeren* von Guillaume Le Gentil, ein Buch aus dem achtzehnten Jahrhundert.«

Luigi Nessi ließ sein Spießchen in der Luft schweben, schwieg einen Moment lang und schob sich dann demonstrativ die Brille auf die Nasenspitze, um Xavier aufmerksamer zu mustern. »Ist das Ihr Ernst, junger Mann? Dieses Werk und seinen Autor kennt niemand mehr, außer mir, aber ich bin ein alter Büchernarr aus einer anderen Zeit. Wer liest heutzutage noch Le Gentil und weiß um seine Geschichte?«

»Ich«, antwortete Xavier beinahe zerknirscht. »Aber ich bin noch nicht am Ende angelangt, bitte verraten Sie nichts, Monsieur«, fügte er lächelnd hinzu.

Luigi Nessi umgab eine antiquierte Eleganz mit seinem grauen Dreiteiler, dem weißen Spitzbart und der Taschenuhr, deren goldene Kette nonchalant aus der Weste lugte. Er war sehr alt, und Parkinson im Anfangsstadium ließ seine rechte Hand leicht zittern, doch die haselnussbraunen Augen hinter der dicken Hornbrille waren noch immer durchdringend.

Xavier und Alice hatten sich um Punkt achtzehn Uhr vor

der Eingangstür des Stadtpalais getroffen, das in der Nähe der Rue des Blancs-Manteaux im Marais lag. Sie waren fast gleichzeitig angekommen, Xavier nur eine Minute nach Alice, aber so konnte er sie gut beobachten, als er auf sie zulief, während sie vor der Villa etwas auf ihrem Handy nachsah.

»Sie sind pünktlich auf die Minute.« Sie lächelte.

»Eine Berufskrankheit«, erwiderte Xavier entschuldigend.

»Wollen wir?« Alice klingelte an einer Gegensprechanlage mit Kamera.

Eine kurze Stille, dann: »Ja?«

»Alice Capitaine und Xavier Lemercier«, antwortete sie, und die Tür öffnete sich klackend auf einen kleinen Hof mit einer mächtigen Platane in der Mitte, die schon zur Zeit der Monarchie gepflanzt worden sein musste, so dick und knorrig war ihr Stamm.

Über einer von Sphingen bewachten Freitreppe schwang eine Glastür auf, und ein hochgewachsener Mann um die fünfzig mit schwarzen, zurückgegelten Haaren kam auf sie zu und begrüßte sie respektvoll: »Monsieur erwartet Sie im Wintergarten, bitte folgen Sie mir.«

Alice und Xavier schauten sich an und wechselten ein verschwörerisches Lächeln, ehe sie sich vom Butler durch einen großen und sehr hohen Saal führen ließen. Die schwarz-weißen Marmorfliesen verliehen ihm das Aussehen eines gigantischen Schachbretts, dessen ebenso überdimensionierte Figuren aus Jade oder Lapislazuli bis zur nächsten Partie weggeräumt worden waren. Kostbare Möbel, Sitzgelegenheiten im Stil Louis-quinze und ein ausladendes Kabinett aus Ebenholz und Schildpatt waren sorgfältig angeordnet. Anschließend durchquerten sie eine Bibliothek mit Mahagoniregalen, die bis zur Decke reichten, und einer von den Jahren polierten Holzleiter auf Rollen, mit der man an die oberen Bretter gelangte. Die Bücher, zumeist antik und in Leder mit Goldprägungen gebunden, bedeckten die Wände zu Hunderten. Ein gewaltiger Globus, den man nach Belieben drehen konnte, ruhte auf einem Eisensockel neben einem ausgestopften Känguru, das gut zwei Meter maß und ironisch all das vor seiner unbeweglichen Schnauze versammelte menschliche Wissen zu belächeln schien.

Der Butler lief schweigend weiter in einen großen Wintergarten, durch dessen gewölbte Glasdecke die Sonne hereinfiel. Hier wuchs so viel, dass man Stunden gebraucht hätte, um alles aufzuzählen. Xavier bemerkte eine riesige Flamingoblume, während Alice sich für einige fleischfressende Pflanzen interessierte, deren schwere, spitz zulaufende Kannen in der Luft hingen. Hinter einem Hibiskus mit zartlila Blüten entdeckten sie schließlich das Zebra, und daneben, auf einen Gehstock gestützt, den Herrn des Hauses: Luigi Nessi di Lugano. Der Butler verschwand auf leisen Sohlen.

»Meine liebe Alice mit den Zauberhänden, vielen Dank, dass Sie den Weg auf sich genommen haben«, begrüßte der Italiener sie und küsste ihr feierlich die Hand.

»Luigi, Sie leben hier wie ein Fürst, haben Sie vielen Dank für die Einladung«, erwiderte Alice. »Das ist Xavier Lemercier.«

»Sehr erfreut, Monsieur Lemercier, herzlich willkommen.« Luigi drückte ihm die Hand. »Der Aperitif wird im Garten serviert, aber einstweilen: Hier ist Ihr Schützling in seiner natürlichen Umgebung.« Mit seinem Gehstock deutete er auf das Zebra.

Alice näherte sich dem Tier langsam und strich durch die kurze, kammartige Mähne, berührte das linke Ohr und ließ die Hand zur glänzenden Schnauze hinabwandern. »Es passt prächtig in diesen Wintergarten«, sagte sie.

Nun trat auch Xavier näher und betrachtete die Augen des Tiers, die so lebendig wirkten, als würde es gleich blinzeln. Er dachte daran zurück, wie er es zum ersten Mal gesehen hatte: von weitem durch das Teleskop, im Rahmen einer anonymen Balkontür. Inzwischen war die Balkontür längst nicht mehr anonym, und er stand neben der Frau, die dahinter lebte, um das Zebra in einem märchenhaften und verblüffenden Pariser Stadtpalais aus dem siebzehnten Jahrhundert wiederzutreffen. Was für eine Entwicklung in so kurzer Zeit. Und die unerwartete Einladung, Alice an diesen Ort zu begleiten, ließ ihn darauf hoffen, dass vielleicht doch noch irgendetwas zwischen ihnen entstehen könnte. Ihre Kinder schienen sich immerhin so gern zu mögen, dass Esther Olivier ein – noch geheimes – Geschenk gemacht hatte. Ohne die Zukunft schon allzu sehr in Worte oder sogar Bilder fassen zu wollen, war Xaviers Herz so leicht wie lange nicht mehr.

»Haben Sie entschieden, es hierhin zu stellen, Luigi?«

»Aber nein«, erwiderte der Italiener, »an diesem Platz steht es seit jeher. Wir befinden uns in der Pariser Residenz meines Großvaters, er hat das Zebra 1886 hierhergeführt.«

»Geführt … Meinen Sie etwa lebendig?«, fragte Xavier.

»Aber ja! Hier, sehen Sie, das ist er.« Luigi deutete auf einen kleinen Bilderrahmen mit einem Schwarz-Weiß-Foto an der Wand. Alice und Xavier traten näher und erblickten einen Mann um die sechzig, ebenso elegant wie ihr Gastgeber, aber mit Schnurrbart und ein paar Kilo mehr auf den Rippen, neben einem Zebra. Beide schauten stolz in die Kamera. »Mein Großvater war passionierter Jäger. Gehen wir in den Garten«, fügte er hinzu und zog sie mit sich, indem er sich Alice' Arm bemächtigte. »Er hatte die Gelegenheit, etwas zu unternehmen, was man heute wohl ›Safari‹ nennen würde. Davon hat er mehrere Trophäen mitgebracht, die inzwischen verboten wären, und das ist auch gut so, aber vor allem das Zebra. Es war noch ganz klein, als er es fand, und hatte ein gebrochenes Bein. Also las mein Großvater es auf und ließ es vor Ort behandeln, aber das Humpeln blieb, was seine Überlebenschancen in der Savanne deutlich verschlechterte. Peu à peu fasste Alberto, mein Großvater, Zuneigung zu dem Tier, deshalb beschloss er am Ende, es mit nach Paris zu nehmen und im Garten seines Stadtpalais zu halten. Er taufte es Anatole. Als er mit dem Zebra zurückkehrte, war es kaum größer als ein Windhund, und es wuchs hier auf, in diesem Garten«, erzählte Luigi, während sie eine Steintreppe zu einem Park hinunterstiegen, den Xavier auf achthundert Quadratmeter schätzte. »Zu seinen Lebzeiten spazierte das Zebra hier herum, nahm an Empfängen und Sommerfesten teil – davon gibt es sogar Fotos im Familienalbum. Als es schließlich starb, war Alberto so untröstlich, dass er einen Tierpräparator bat, seine Schönheit für immer zu bewahren, und es in den Wintergarten stellte. Und Sie, meine liebe Alice, haben ihm eine zweite Jugend verliehen. Nehmen Sie Platz, meine Freunde«, forderte der Italiener sie auf, als sie eine Zeltkuppel aus gelbem Stoff erreichten, unter der ein geschmackvoll gedeckter Tisch mit Kristallgläsern, Eiskübeln und drei Stühlen stand. Xavier hatte fast das Gefühl, im Paradies zu sein. Zumindest sah es dort bestimmt so ähnlich aus. Sie setzten sich, und der Butler tauchte wieder auf, um ihnen zwei Platten mit gegrillten Hummerspießen darzureichen und wahlweise Campari Spritz, Chevalier-Montrachet oder Roederer Cristal anzubieten. Alice wählte den Weißwein, Xavier schloss sich an, und Luigi nickte. »Eine sehr gute Wahl.« Er lächelte schelmisch. »Und im Übrigen die einzig richtige, die anderen beiden waren nur Köder. Der Chevalier-Montrachet ist der beste Weißwein der Welt«, fügte er hinzu, während der Butler ihre Gläser mit einer blassgoldenen Flüssigkeit füllte, die in der Sonne schimmerte. Sie prosteten einander zu, ehe sie den trockenen Weißwein aus der Bourgogne mit der so seltenen und geschätzten mineralischen Note genossen. In der warmen Frühlingsluft unterhielten sie sich über den Dodo, den Alice gerade fertiggestellt hatte, und sie zeigte Fotos davon auf ihrem Smartphone, ehe sie auf die Immobilienpreise zu sprechen kamen.

»Ich ziehe vielleicht um«, erzählte Alice. »Xavier hat mir eine Wohnung gezeigt, an der ich sehr interessiert bin.«

Bei der Erwähnung von Xaviers Beruf bemerkte Luigi, dass seine Tochter, die in Mailand lebte, eine Zweitwohnung in Paris suche, falls Xavier also etwas Passendes einfalle … Schließlich landeten sie bei ihren aktuellen Lektüren. Luigi, der Reiseberichte liebte, las gerade ein Werk über ein eher unerwartetes Sujet: eine Quantentheorie über Parallelwelten. Laut dieser existierten unzählige einander wie Spiegelbilder ähnelnde Universen, die sich jedoch in Einzelheiten unterschieden – solche Variationen, die von den Todesumständen über die Berufswahl bis hin zu einer anderen Frau reichen konnten, waren das Ergebnis unserer Lebensentscheidungen. Die Poesie der Quantenmöglichkeiten, die uns zu Hunderten Klonen unserer selbst vervielfachte und jeweils völlig unterschiedliche Pfade nehmen ließ, faszinierte alle drei. Ebenfalls im Bereich des Absonderlichen, aber gefärbt von der Romantik des neunzehnten Jahrhunderts, tummelte sich Alice, die Edgar Allan Poe noch einmal las, außerdem eine sehr seltene Abhandlung über Lemuren, die sie auf eBay entdeckt hatte, verfasst im achtzehnten Jahrhundert von einem gewissen Aldebert d'Arcourt, den niemand kannte. Schließlich war Xavier an der Reihe und nannte zu Luigis großem Erstaunen das Werk des königlichen Astronomen.

»Guillaume Le Gentil de La Galaisière …«, wiederholte der Italiener. »Es ist lange her, seit ich diesen Namen zuletzt ausgesprochen habe. Ich hatte die Erstausgabe der *Reisen in den indischen Meeren* – ich habe mich davon getrennt, als ich meine Bibliothek verkauft habe.«

»In welchem Jahr war das noch gleich, Luigi?«, fragte Alice.

»2003, im November und Dezember, zwei volle Kataloge bei Sotheby's, eintausendsiebenhundert Werke. Ich habe nur die behalten, in denen ich noch regelmäßig blättere. Was soll man machen, meine Töchter sind nicht bibliophil, da gebe ich meine Schätze lieber an andere leidenschaftliche Sammler weiter. Aber um auf Le Gentil zurückzukommen …« Er wandte sich wieder an Xavier. »Was für ein Zufall, dass Sie ihn erwähnen, denn ich habe erst letzte Woche an ihn gedacht.« Er schwieg kurz, und

Xavier musterte ihn fragend. »In einer Wissenschaftszeitschrift, die ich abonniert habe, stand etwas über den Transit der Venus.«

»Den damaligen?«, fragte Xavier.

»Aber nein, den aktuellen! Den letzten für über ein Jahrhundert. Der in zwölf Tagen stattfindet, am 6. Juni, ich habe mir sogar einen Wecker gestellt« – er tätschelte seine Westentasche –, »damit ich ihn im Internet verfolgen kann. Von Paris aus sieht man nur das Ende, aber das sollte gut erkennbar sein.«

»In zwölf Tagen zieht die Venus vor der Sonne vorbei?«, hakte Xavier ungläubig nach.

»Ja«, bestätigte Luigi, »bei Sonnenaufgang für eine Stunde. Der nächste Transit ist erst 2117. Sie lesen Guillaume Le Gentils Buch also zum perfekten Zeitpunkt«, fügte er lächelnd hinzu. »Eine Frage noch …« Der Italiener nahm einen Schluck Weißwein. »Wie sind Sie auf den guten Guillaume gestoßen? Sind Sie ein begeisterter Himmelsforscher?«

»Oh nein«, antwortete Xavier, »ich bin kein großer Sternenkenner, ich interessiere mich eher für Kulturgeschichte und Architektur.«

»Warum lesen Sie dann Le Gentil? Mögen Sie vielleicht gern Reiseberichte?«

»Seinen ja, aber das liegt vor allem an einem sehr unerwarteten Fund.« Xavier trank einen Schluck Montrachet. »Ich habe nämlich Guillaume Le Gentils Teleskop entdeckt, ganz hinten im Wandschrank einer kürzlich verkauften Wohnung. Niemand hat Anspruch darauf erhoben, also habe ich es behalten und auf meine Terrasse gestellt …«

Er brach ab. Der Italiener verschwamm für den Bruchteil einer Sekunde vor seinen Augen, und das Licht erschien ihm plötzlich sehr viel greller. Alice hatte ihm langsam den Kopf zugewandt, er spürte ihren Blick auf seiner Wange. Ein stummer Blick, ebenso starr wie der der prächtigen Tiere, die durch ihre Hände gingen.

»Das muss eines dieser Messingteleskope auf einem Dreibein sein, in das der Name des Astronomen eingraviert wurde«, meinte Luigi.

»Ja, genau«, murmelte Xavier.

»Wie herrlich! Dann können Sie den Venustransit mit seinem Teleskop beobachten, Sie werden Guillaume Le Gentil rächen – aber ich verrate Ihnen nicht, wie die Geschichte ausgeht.« Der Italiener prostete Xavier zu.

»Nein, bitte nicht«, hauchte Xavier kaum hörbar. Alice hatte sich nicht bewegt, und er wagte es nicht, ihrem Blick zu begegnen.

»Er ist perfekt«, flüsterte Luigi ihr ins Ohr, als er sie zur Eingangstür begleitete. Alice sah ihn mit fragender Miene an. »Ihr Verlobter«, ergänzte er und deutete auf Xavier, der vor ihnen lief. »Kultiviert, gebildet, außerdem liest er Le Gentil, er ist perfekt, vertrauen Sie mir.«

»Luigi …«, erwiderte sie mit einem desillusionierten Lächeln. »Danke für diesen schönen Abend, bitte bleiben Sie genau so, wie Sie sind, Maestro.«

Sie legte ihm die Hand auf den Arm. Xavier trat heran, um sich ebenfalls zu bedanken, und kurz darauf standen die beiden nebeneinander auf dem Bürgersteig, und die Tür schloss sich mit einem Klacken. Sie schwiegen eine Weile, dann hob Alice den Kopf, und sie schauten sich an.

»Es ist Ihre Wohnung«, sagte sie leise, »Sie haben mir Ihre Wohnung gezeigt, ich habe Sie zu mir eingeladen, man sieht meine Fenster von Ihrer Terrasse aus, Sie haben dort ein altes Teleskop. Beobachten Sie mich?« Xavier fand nicht die Kraft, ihr zu antworten. »Ich weiß überhaupt nicht mehr, wer Sie sind. Sie machen mir auf einmal Angst. Lassen wir es dabei bewenden.« Damit drehte sie sich um und ging.

Xavier war wie versteinert. Wie konnte man so schnell vom Himmel in die Hölle geraten? Wegen eines Satzes, eines Wortes: »Teleskop«. Hätte er nicht über das Teleskop geredet, würde Alice ihn noch immer anlächeln, und sie würden Seite an Seite durch die Straßen schlendern und über das prächtige Stadtpalais des Italieners plaudern und die erstaunliche Geschichte des Zebras Anatole. Alles wäre anders. Luigi Nessi hatte recht gehabt mit seiner Quantentheorie: Es musste irgendwo ein Universum geben, in dem Xavier der Frage nach seinem plötzlichen Interesse für die *Reisen in den indischen Meeren* gewieft ausgewichen war. Tja, vielleicht existierte dieses Universum, aber es war nicht das seine.

Er hatte Alice verloren. Er hatte alles verloren.

Werter Kollege und Herzog,

es sind nun sieben Jahre vergangen, seit Monsieur Le Gentil zu seiner Reise aufgebrochen ist, und mehrere Mitglieder der Akademie schlagen vor, seinen Sitz an einen anderen zu vergeben. Gewisse Teile seiner Familie wünschen, dass sein Ableben durch einen Totenschein beurkundet wird, damit sie sein Erbe antreten können, auch wenn kein Leichnam aufzufinden ist. Es ist eine schwierige Situation.

Wir haben jede Spur von unserem Kollegen verloren.

César François Cassini,
Direktor des Königlichen Observatoriums Paris

Werter Kollege,

ich weiß nicht, was ich Ihnen antworten soll. Mag sein, dass Monsieur Le Gentil am Leben ist und eines Tages nach Frankreich zurückkehrt, mag sein, dass er bei Gott ist – allein die Zukunft wird es zeigen.

Der Herzog von La Vrillière

Werter Kollege,

im Morgengrauen erhielt ich mit der Postkutsche eine auffällig geformte Muschel, die sehr sorgfältig verpackt war. Offenbar ist der Begleitbrief abhandengekommen. Wer anderer als Monsieur Le Gentil hätte mir diese Kuriosität zukommen lassen? Ich sehe in ihr einen Beweis dafür, dass er noch lebt, und werde die Muschel in der Kirche dem heiligen Guillaume zu Füßen legen und Gebete für Monsieur Le Gentil sprechen.

Der Herzog von La Vrillière

Werter Kollege,

wie lange haben wir schon nicht mehr korrespondiert! Ein Bekannter, den ich für vertrauenswürdig halte, ein recht unternehmender Kaufmann, der für uns in unseren indischen Handelsniederlassungen tätig ist, hat mir von einem weißhäutigen Mann berichtet, der in Indien lebt, Französisch spricht und übers Meer aus Manila gekommen ist. Er wohnt in den Ruinen der französischen Residenz in Pondichéry und wird von einer Leibgarde aus ihm ergebenen bewaffneten Hindus beschützt.

Mein Bekannter sagt, er habe diese Person von den Gartenanlagen aus gesehen. Sie stand auf der Loggia, trug einen blauen Gehrock mit Goldknöpfen und hatte sehr langes Haar, das ihr bis auf den Rücken fiel. Mein Bekannter wurde am Ende jedoch von der Leibwache vertrieben.

Ob es sich wohl um Monsieur Le Gentil handeln könnte?

Der Herzog von La Vrillière

Seit drei Tagen ächzte die Stadt unter der flirrenden Hitze, und Guillaume erwachte wie ausgedörrt unter dem Baldachin des breiten Betts, das ihm der Gouverneur überlassen hatte. Das Moskitonetz riss immer weiter ein – bei seiner Ankunft war der Riss nur so lang wie eine Messerklinge gewesen, nun flatterte ein metergroßer Fetzen wie ein gutmütiger Geist, wenn der Wind abends ein wenig auffrischte. Guillaume stemmte sich auf dem Kopfkissen in die Höhe und kniff ein paarmal die Augen zu, als hätte er zu lange in die Sonne gesehen. Er befand sich nicht mehr auf einer der Inseln im Indischen Meer, sondern wirklich und wahrhaftig in Indien, und das sogar schon seit fast einem Jahr.

Die Übergangszeit in Manila war sehr anstrengend gewesen. Zwar lag der Ort für Himmelsbeobachtungen günstig, und der Astronom war leidlich komfortabel untergebracht, doch die Spanier, die die Stadt besetzt hielten, hatten den Brief, der sein Kommen ankündigte, nie erhalten. Sicher, er trug immer noch das von Ludwig XV. signierte Beglaubigungsschreiben bei sich, aber das nützte ihm nicht viel, im Grunde schadete es ihm eher. Die Iberer hatten ihn von Anfang an mit einigem Argwohn betrachtet. Sie hatten seine acht Muscheltruhen geöffnet und jede einzelne

Schublade inspiziert. Der Zollinspektor, ein dicker Mann mit Schnurrbart, wackelte die ganze Zeit misstrauisch mit dem Kopf, als vermutete er, dass hinter dieser Ansammlung von Meerestieren etwas viel Verdächtigeres stecke. Die Zöllner untersuchten die Schubladen ausgiebig auf doppelte Böden. Le Gentils astronomische Geräte hielten sie für eine spezielle Sorte Schusswaffen, die man nach Belieben auseinander- und zusammenbauen konnte, um damit die abscheulichsten Verbrechen zu begehen. Guillaume konnte sich noch so sehr rechtfertigen und wortreich erläutern, dass er die nächste Venuspassage beobachten wollte – die Spanier glaubten ihm kein Wort. Als sein Dolmetscher, ein schmächtiger Alter namens Pedro, dem sein Schnurrbart rechts und links bis zum Kinn hinunterhing, ihm mitteilte, dass er die Garde auf der Stelle zu besagter Venus führen solle, begriff Guillaume, dass er sich in einer üblen Lage befand. Er musste mehrere Stunden in der Hafenkommandantur schmoren, wo er noch einmal seine Geschichte vorbrachte: Er sei ein Astronom und Abgesandter des Königs von Frankreich, mit dem Auftrag, 1761 den Durchgang der Venus vor der Sonne zu beobachten und die Entfernung zwischen Erde und Sonne zu berechnen. Pedro übersetzte in seinem vagen Französisch die Antwort des Zollkommandanten: »Er sagt, wenn Sie 1761 etwas beobachten wollten, haben Sie sieben Jahre später in dieser Gegend nichts mehr zu suchen.«

»Antworten Sie ihm, dass ich den ersten Durchgang verpasst habe und auf den nächsten warte, der im kommenden Jahr stattfindet.«

Seine Erwiderung löste beim spanischen Militär große Erheiterung aus, worauf ein Schwall von Flüchen folgte, die Pedro mit einem trockenen »Das kann ich nicht übersetzen« kommentierte.

Erst am späten Nachmittag erschien ein Stellvertreter des französischen Gesandten und sorgte für Guillaumes Freilassung. Es war alles ein Missverständnis gewesen. Die Spanier, erzählte er, waren sehr nervös, weil am Vorabend wichtige Geheimdokumente der Kriegsmarine gestohlen worden waren und das Gerücht umging, ein französischer Spion habe sie an sich gebracht.

Nach seiner Freilassung hatte sich Guillaume ein Quartier in der Stadt genommen, sich von kräftigen Trägern die acht Muscheltruhen bringen lassen und sich wie gewohnt an seine astronomischen Beobachtungen gemacht. Zusätzlich schrieb er auf, was er auf seiner siebenjährigen Irrfahrt vom Alltagsleben der Inselbewohner, ihrer Religion und ihren Sitten und Gebräuchen mitbekommen hatte. Das alles ergab inzwischen ein dickes Bündel Manuskriptseiten, ergänzt durch Karten, Diagramme und Zeichnungen der Tempel und Götterstatuen, die er unterwegs gesehen hatte. Er hatte seinem Werk den vorläufigen Titel *Reisen in den indischen Meeren* gegeben.

An Manila als Ort hatte er schöne Erinnerungen. Die erste betraf seine Begegnung mit Don Esteban Roxas y Melo, Domherr der Kathedrale von Manila, einem aus Lima stammenden Peruaner und Amateurastronomen, mit dem er sich endlich nach Herzenslust auf Französisch über wissenschaftliche Themen unterhalten konnte. Padre Melo hatte angenommen, dass Le Gentil nach seinem ersten Misserfolg nach Frankreich zurückgekehrt und Jahre später erneut in den Indischen Ozean gereist war, und konnte anfangs kaum glauben, dass er sich praktisch nicht von der

Stelle gerührt hatte. »Die Zeit vergeht hier anders«, lautete Guillaumes knapper Kommentar.

»Ich will Ihnen das gern glauben, aber acht Jahre sind dennoch eine lange Zeit«, erwiderte Padre Melo und konnte sich gar nicht beruhigen. Doch die beiden Freunde mussten bald wieder Abschied nehmen. Der Domherr hatte beschlossen, den Venustransit von Manila aus zu beobachten, Le Gentil blieb bei seinem ursprünglichen Ziel Pondichéry, der Handelsstation in Indien, die endlich von den Engländern befreit war.

Die zweite Erinnerung betraf die Jagd nach einer Riesenmuschel, zu der ihn der Kirchenmann begleitet hatte. Die Fischer hatten auf dem Grund der Bucht ein gigantisches Exemplar gefunden, ähnlich groß wie die Muscheln an Kirchentüren, und das ganze Boot brach in Jubel aus. Die Muschel mit Seilen an Bord zu hieven, erwies sich als ein hartes Stück Arbeit, an dem sich der Astronom zum Entsetzen von Padre Melo aktiv beteiligte.

»Sie haben in der Tat einiges von der Lebensweise der Wilden übernommen«, bemerkte der Domherr, als Guillaume mit nacktem Oberkörper vor ihm stand, nachdem er die Fischer tatkräftig unterstützt hatte und von ihnen mit herzhaften Schlägen auf den Rücken belohnt worden war.

»Sehen Sie, und ich glaube, es gibt gar keine Wilden«, antwortete Guillaume. »Es gibt lediglich Männer, die eine andere Einstellung zur Natur haben.« Er setzte sich auf eine Taurolle. »Schauen Sie sich diesen tätowierten Matrosen an, der uns den Rücken zukehrt.« Er zeigte auf einen Mann, der zwei einander zugewandte rote Drachen auf dem Rücken trug, die vom Nacken bis zur Hüfte reichten.

»Dieser Mann weiß genauso viel über die Tiefen des Meeres wie wir über die Sterne. Unser Wissensstand ist gleich, jeder kennt sich in seiner Domäne aus. Ich würde sogar behaupten, dass seine Kenntnisse möglicherweise wichtiger sind als unsere, denn er kann uns Nahrung beschaffen, während unsere Beobachtungen keinen Menschen vor Hunger bewahren.«

»Die Wissenschaft ist Nahrung für den Geist«, widersprach Padre Melo.

»Das ist wohl wahr«, gestand Guillaume ihm zu, »aber warten Sie, bis Sie das gebratene Muschelfleisch gekostet haben, vielleicht ändern Sie dann Ihre Meinung.«

Im Hafen hatten die Fischer mit einem langen Säbel die riesige Muschel aus der Schale gestochert und Guillaume als Dank für seine Hilfe auf dem Boot einen beachtlichen Teil davon abgegeben. Schaulustige liefen um das beeindruckende Weichtier herum, und Guillaume bedauerte, dass er es nicht in einer seiner Truhen mitnehmen konnte. Die Fischer zündeten am Quai ein Feuer an und legten ein Eisengitter darüber, auf dem bald Muschelstücke brutzelten. Zum Essen spießten sie die Teile mit dem Messer auf. Auch Guillaume holte das Messer hervor, das er sich auf der Isle de France hatte schmieden lassen, und gab die Hälfte seines Anteils an den Domherrn weiter.

»Ist das nicht ausgesprochen köstlich? Ich esse zum ersten Mal eine Riesenmuschel.«

Padre Melo kaute mit argwöhnischer Miene auf einem kleinen Stück herum und schwieg. Das zarte, jodhaltige Grillfleisch erinnerte Guillaume an die schmackhafte Lambi von Madagaskar. Instinktiv tastete er nach seiner Westentasche: Die rosarote Perle war noch da. Und daneben das Stückchen Sternenstaub, das er auf der *Le Berryer* aufgehoben hatte.

Als er endlich mit sieben Jahren Verspätung an der Koromandelküste Festland betreten hatte, war Guillaume Le Gentil am Quai mit dem Stiefelabsatz ein paarmal ungläubig aufgestampft: Nein, es war kein Traum, er war wirklich angekommen, das Klacken der schwarzen Ledersohle auf dem harten Boden bewies es. Es hatte sieben Jahre und einen Krieg gebraucht, bis sich endlich Pondichéry vor ihm ausbreitete. Was er sah, bedrückte ihn allerdings sehr: Die Stadt lag zur Hälfte in Trümmern. Erbitterte Kämpfe zwischen Engländern, Franzosen und Gruppen miteinander verfeindeter Bewohner hatten einen großen Teil des berühmten indischen Handelspostens in Schutt und Asche gelegt. Von Manila aus hatte Guillaume an den neuen Gouverneur von Pondichéry geschrieben und ihm sein Kommen angekündigt. Die Antwort präsentierte sich in Gestalt eines jungen Inders, der eine lilienförmige Brosche im Knopfloch seiner weißen Leinenjacke trug.

»Ich gehe seit einer Woche jeden Tag an den Hafen, um zu sehen, ob Ihr Schiff anlegt. Willkommen in Indien, Monsieur Le Gentil de La Galaisière«, begrüßte er den Reisenden.

Guillaume erwiderte den Gruß und bat ihn auf der Stelle: »Nennen Sie mich Guillaume.«

Als Erstes suchten sie Träger für die acht Muscheltruhen, die wie Sarkophage auf einen Wagen geladen wurden, während der junge Inder, der auf den Namen Shakri hörte, Guillaume zu einem offenen Eselskarren führte. Sie setzten sich hinein und fuhren durch halb zerstörte Straßenzüge. Manche der Gebäude, die in satten Gewürzfarben gestrichen waren, standen noch aufrecht und leuchteten in der Sonne, während andere, wenige Meter entfernt, nur noch aus den Außenmauern bestanden oder von Ruß überzogen waren. Sie kamen an einer französischen Garnison vorbei, und die vertraute Fahne inmitten der schwarzen Ruinen wirkte in dieser Stadt, durch die Menschen in leuchtend bunten Gewändern liefen, wie ein fremdartiges Symbol aus einem anderen Leben. Die Farbe der Kleidung, die Männer wie Frauen trugen, aber auch deren Turbane und Schleier entlockten Guillaume während der gesamten Fahrt Rufe der Bewunderung. Es wimmelte von satten Rosa-, Violett- und Blautönen, und dazwischen strahlte das Safrangelb so sonnenhell, dass der Astronom hin und wieder wie geblendet die Augen schloss. Shakri zeigte auf einen ausladenden blassrosa Palast, der durch die Kämpfe sichtlich gelitten hatte. Das Bauwerk stand auf einer Anhöhe und beherrschte die Stadt.

»Sehen Sie, Guillaume, dort wird der Herr Gouverneur Sie einquartieren, das ist sein alter Palast.«

»Ein großartiger Beobachtungsposten«, freute sich der Astronom.

An jenem Abend empfing Gouverneur Jean Law de Lauriston ihn in seiner derzeitigen Residenz, und sie sprachen bei einem Hühnchen in Minzsauce über den Krieg. Der neue Gouverneur schien der regionalen Küche ebenso zugeneigt wie seinem königlichen Auftrag. Le Gentil könne nach Belieben über seinen ehemaligen Palast verfügen, erklärte er großzügig. Er werde ihm morgens und abends Träger mit Wasser und Speisen hinaufschicken. Weiterhin überließ er ihm Shakri als ortskundigen Führer sowie fünf Leibwächter, da die Stadt momentan kein sicheres Pflaster sei. Und zuletzt überreichte er ihm eine große doppelläufige Pistole nebst Kugeln und einem Beutelchen Schießpulver: »Die ist für Sie – laden Sie sie und bewahren Sie sie in Ihrer Nähe auf!«

Guillaume Le Gentil hob das Moskitonetz, und sein Blick fiel auf die Pistole, die immer griffbereit auf seinem Nachttisch lag, während er schlief. Seine Leibwächter lagerten auf ihren Polstern und schnarchten. Einer öffnete kurz ein Auge, wie eine träge Katze, und schloss es gleich wieder. Guillaume trat auf die Loggia, von deren Säulen zwei nur noch aus Stümpfen bestanden. Von der Brüstung aus überblickte man die ganze Stadt. Die Sonne stand im Zenit. In fünf Tagen würde der zweite und vorerst letzte Venustransit stattfinden.

Alles war bereit. Guillaume hatte sich in seinem halb verfallenen Quartier besser eingerichtet, als er es sich je hätte träumen lassen. Die gesamte untere Etage des Palasts wurde von seinen fünf Leibwächtern bewohnt, die dort ihre Mahlzeiten einnahmen, miteinander plauderten und gelegentlich zu ihrem Astronomen hochstiegen und sich in seiner Nähe auf die Bodenpolster setzten. Reglos und stumm, mit halb geschlossenen Augen, wachten sie über ihren Schutzbefohlenen. Guillaume hatte alles vorbereitet und als Erstes eine Lochkamera gebaut, sie in Fensternähe aufgestellt und mit schweren farbigen Seidenstoffen verhängt, damit das Tageslicht nur durch das winzige Loch des Kastens drang. Auf die weiße Zimmerwand, die auf sein Betreiben hin frisch gestrichen worden war, wurde die Sonne als Scheibe von etwa vierzig Zentimetern Durchmesser projiziert, als ein perfektes Lichtrund mit flackernden Rändern, über das nur gelegentlich fliegende Vögel als Schattenrisse huschten. Bald war es so weit. Die Venus würde das Zentralgestirn in Echtzeit wie eine schwarze Kugel durchqueren. Die Beobachtung würde mehrere Stunden in Anspruch nehmen, und Guillaume konnte in aller Ruhe zwischen seinen Teleskopen und der Wandprojektion hin und her gehen und die Messungen so gewissenhaft wie möglich vornehmen. Er hatte Notenpulte besorgen lassen, die neben seinen Instrumenten standen, damit er Schreibpapier, Tintenfässer und Federn darauf ablegen konnte und für seine astronomischen Beobachtungen gerüstet war. Unter den gleichmütigen Blicken seiner Wachen übte er, leichtfüßig wie ein Schlittschuhläufer zwischen den Positionen zu wechseln, bis er beinahe schwerelos über den Marmorboden glitt. Die Anordnung war perfekt: Waren seine Augen von der Beobachtung des Transits durch das Messingteleskop ermüdet, konnte er zur Wandprojektion gehen und von da aus weiter zu dem großen Margissier-Teleskop oder an das Okular des sieben Meter langen nautischen Teleskops.

Acht Jahre lang hatte er auf diesen Moment gewartet. Tausende von Muscheln gesammelt und inventarisiert, Tausende Fische gefangen, in den Gewässern vor der Isle de France ebenso wie im Chinesischen Meer. Er hatte Fische zubereitet, gebraten, gekocht, verspeist. Muscheln, von denen die Menschen in Frankreich allenfalls träumten, hatten ihm acht Jahre lang als Nahrung gedient. Hunderte Tintenfässer hatte er geleert und in Schriftzeichen und mathematische Formeln verwandelt. Viel Tinte war auch beim Zeichnen der Küstenlinien, die die unermesslichen blauen Ozeane säumten, aus seiner Gänsefeder geflossen. Acht Jahre unermüdlicher Arbeit und zähneknirschender Tatenlosigkeit würden morgen endlich ein Ende haben und belohnt werden. Der zweite Venustransit stand bevor, nach dem bis zum nächsten einhundertfünf Jahre vergehen würden.

Der Astronom wanderte immer noch ruhelos zwischen seinen Teleskopen und der Lochkamera hin und her, beobachtet von seinen schläfrigen Leibwächtern, die all seine Bewegungen verfolgten, als in der unteren Eingangshalle ein Glöckchen ertönte. Die Masseurin war gekommen. Dreimal pro Woche erschien sie und führte ein ungewöhnliches, aber sehr wohltuendes Ritual durch, zu dem ihm der Gouverneur geraten hatte. In Frankreich gab es nichts Vergleichbares, und er hielt es durchaus für möglich, dass eine solche Praxis als Verstoß gegen die guten Sitten verboten worden wäre. Doch die Massage der Inder hatte nichts Anstößiges an sich, ganz im Gegenteil, man musste sie als eine Art Philosophie der Entspannung und des Wohlbefindens betrachten. Es war nicht erlaubt, die Person, die einen massierte, zu berühren, und die Behandlung beschränkte sich auf ganz bestimmte Körperregionen. Der sanfte Hautkontakt verschaffte dem Geist eine Entspannung, die ähnlich nachhaltig war wie die Lockerung der Rücken- oder Beinmuskulatur durch gekonnte Knetbewegungen.

Als der Gouverneur die Massage zum ersten Mal erwähnt hatte, war Guillaume davon ausgegangen, dass es sich bei dieser ungewöhnlichen Methode um ein lokales Brauchtum handelte, wie es ihm auf seinen Reisen immer wieder begegnet war. So etwas am eigenen Leib auszuprobieren, gehörte zu den Pflichten, die er sich auferlegte, damit seine *Reisen in den indischen Meeren*, wenn sie denn eines Tages bei der Königlichen Druckerei veröffentlicht wurden, als verlässliches und seriöses Werk galten. Er hatte sich bei Shakri nach einer Masseurin erkundigt, die bereit wäre, in den Palast zu kommen. Als Erste stellte sich eine junge Frau vor, die sich als Shakris Cousine entpuppte. Doch sie hatte noch eine Cousine, die auch massieren konnte, und eine Freundin jener Cousine kannte wiederum eine andere Masseurin. So war er, noch bevor Letztere die Hände auf seinen Rücken legte und er mit dem seltsamen Wort »Massage« irgendwelche Empfindungen verbinden konnte, zu dem Schluss gekommen, dass die meisten Inderinnen Massage praktizierten. Möglicherweise massierten sich alle gegenseitig. In seinen Unterlagen notierte er knapp: »Das indische Volk massiert sich.«

Die junge Frau brachte einen großen Beutel mit verschiedenen bunten Seidenkissen mit, großen und kleinen. Guillaume wurde aufgefordert, Hemd, Hose und Strümpfe abzulegen und nur die Unterkleidung anzubehalten. Die Masseurin verteilte ihre Kissen auf einer Stoffmatte, die sie auf dem Boden ausgerollt hatte, und bat Guillaume, sich bäuchlings daraufzulegen. Zwei kleine Kissen lagen unter seinen Waden und seinen Händen, zwei andere unter den Knien und den Füßen, und das größte, flachste lag unter seinem Oberkörper. Es war eine sehr angenehme Position. Die Masseurin entzündete stark duftende Weihrauchbröckchen, die ganz anders rochen als der Weihrauch in den Kathedralen, und sagte in ihrer Sprache ein paar Worte, dann ließ sie eine lauwarme, aromatische Flüssigkeit aus einem Ölkännchen auf die Haut des Liegenden rinnen. Ihre Hände strichen mit regelmäßigen Bewegungen über seinen Rücken, wobei sie an manchen Stellen auf bestimmte Muskelpartien einen wohldosierten Druck ausübte. Es war ein Genuss. »Warum nur gibt es in Frankreich so etwas wie Massage nicht?«, überlegte Guillaume, während er nach und nach in eine Art wohlige Verzückung geriet, die sich ähnlich anfühlte wie bei seinen ersten Schwimmzügen vor der Isle de France. Waden, Nacken, Füße und

Hände, Schultern und Arme ... zwei Stunden lang wurde sein Körper massiert, und es kam ihm hinterher vor, als habe er zeitweise dabei das Bewusstsein verloren.

Statt sich mit einer einzigen Einführung in die erstaunliche Kunst der Massage zu begnügen und sich auf eine kurze Notiz über die Landessitten zu beschränken, beschloss Guillaume, die Erfahrung in ihrer ganzen Fülle auszukosten. Seither erschienen regelmäßig zwei bis drei Mal pro Woche Masseurinnen im Palast und kündigten sich in der Eingangshalle mit einem Glöckchen an.

Auch an diesem Tag tauchte die junge Frau in Begleitung eines Leibwächters im oberen Stockwerk auf und neigte leicht vor Guillaume den Kopf, was dieser ebenso beantwortete. Dann begann das Ritual der kleinen und großen Kissen, und Guillaume schlüpfte aus seinem Hemd. Wenn er sich das nächste Mal massieren ließ, würde die Venus bereits vor der Sonne vorbeigezogen sein.

Es ist sehr aufdringlich von mir, Sie zu behelligen, das ist mir bewusst. Ich dürfte eigentlich gar nicht hier sein und Sie stören, Luigi, bitte entschuldigen Sie.«

Nervös strich Alice sich durch die Haare. Sie saßen im Garten des Stadtpalais, an derselben Stelle wie vor fünf Tagen, als sie zum Aperitif zu Gast gewesen waren, um das Zebra in seinen ewigen Jagdgründen zu sehen. Nur dass sie diesmal zu zweit waren – einer fehlte, und der war der Grund für diesen Besuch. Luigi Nessi hatte Kaffee in einem schönen Vermeilservice herausbringen lassen, und sein Butler mit den gegelten Haaren füllte zwei in der Sonne funkelnde Tassen, ehe er wortlos wieder in Richtung Steintreppe verschwand. Alice wirkte sichtlich aufgebracht und starrte stumm auf ihre goldene Untertasse. Luigi lehnte sich auf seinem Stuhl zurück und musterte sie lange und wohlwollend, ehe sie den Blick hob.

»Alice mit den Zauberhänden, verraten Sie mir, was Sie so bedrückt. Sie haben mir eine überaus rätselhafte E-Mail geschickt, die mit den Worten endete: ›Ich brauche den Rat eines weisen Mannes, der schon viel erlebt hat, und mir fällt niemand anders ein als Sie, Luigi, der mir helfen könnte.‹ Zunächst einmal, *bellissima*, weiß ich nicht, ob ich besonders weise bin« – er lächelte verschwörerisch –, »aber ich habe schon viel erlebt, das stimmt, ich bin steinalt und habe so einiges gehört und gesehen. Ob ich gute Ratschläge gebe, kann ich nicht sagen, aber ich tue gerne meine Meinung kund, wenn man mich darum bittet.«

Alice schloss die Augen. »Ich weiß nicht, wo ich anfangen soll.«

»Mit einem Schluck von dem Kaffee, den ich extra aus Florenz bestellt habe«, meinte Luigi, und Alice' Mundwinkel hoben sich, ehe sie die Tasse an die Lippen führte. Luigi tat es ihr nach, heute mit der linken Hand, deren Ringfinger von einem dicken Reif mit rotem Stein geschmückt war – die rechte zitterte wie ein verletztes Tier auf seinem Oberschenkel. Er bemerkte ihren Blick. »Ich werde mir einen bleigefütterten Seidenhandschuh anfertigen lassen, damit diese vermaledeite Hand endlich Ruhe gibt, ich habe einen Schneider in Venedig gefunden, der so etwas herstellt.«

Alice schaute ihn an. »Sie sind mutig, Luigi.«

»Ich habe keine Wahl«, sagte er resigniert, »mein Parkinson wird schlimmer, sie geben mir noch ein Jahr, maximal zwei.« Sie schwiegen. »Wissen Sie, was sich in diesem Ring befindet?« Er hob die linke Hand. Alice schüttelte leicht den Kopf. »Gift. Das ist ein antikes Schmuckstück mit Geheimfach, so wie es die Borgia früher trugen. Eines Tages, bevor mich diese Krankheit endgültig zerstört, werde ich den Kopf des Rings öffnen und den Inhalt in mein Glas kippen«, erklärte er leise. »Alles wird nach einem Schlaganfall aussehen. Niemand wird es erfahren, nicht einmal meine Kinder. Nur Sie werden wissen, was ich getan habe.«

Alice musterte ihn stumm. »Luigi ... warum vertrauen Sie mir das alles an?«

Er lächelte milde. »Weil Sie mir gleich ein Geheimnis verraten, das Sie quält, also tue ich es Ihnen gleich. Damit sind wir quitt.«

Alice schloss die Augen. »Sie sind ein Engel«, murmelte sie.

»Ein sehr alter Engel. Und ich bin ganz Ohr.«

Alice holte tief Luft. »Xavier«, fing sie an.

»Der Mann, der Guillaume Le Gentil kennt.«

»Ja, genau der. Ich habe ihm vertraut, ich fand ihn rührend, aufmerksam, ich habe gedacht ... Er ist geschieden, er hat seinen Sohn jedes zweite Wochenende, ich habe meine Tochter und bin einsam. Ich habe gedacht, dass unsere Begegnung vielleicht kein Zufall war, dass wir an diesem Punkt unseres Lebens vielleicht beide eine große Liebe finden sollten. Unsere Wege waren bisher voller Hürden und Traurigkeit, und jetzt könnten wir ... Unsere Kinder schienen sich gut zu verstehen. Ich habe mich zu Xavier hingezogen gefühlt und ...«

»Und?«, hakte Luigi behutsam nach.

»Und es ist alles ganz anders. Und ich weiß nicht, mit wem ich darüber reden soll, ich habe keine engen Freunde, denen ich mich anvertrauen könnte. Am liebsten würde ich mit meiner Großmutter sprechen, aber sie ist nicht mehr da, meine Eltern haben sich vor einer Ewigkeit scheiden lassen, mein Vater wohnt in England, und ich habe ihm schon lange nichts mehr zu sagen, meine Mutter weilt nicht mehr unter uns, und was meine Schwester angeht, wir waren uns noch nie nahe, sie lebt in Deutschland.«

»Also war es einfacher, Luigi in Paris zu besuchen«, sagte der Italiener leise. »Was ist passiert?«

Alice seufzte. »Als Sie ihn gefragt haben, woher er diesen

Astronomen kennt, hat er erzählt, dass er dessen Teleskop gefunden hat, ein antikes Teleskop. Nun hatte er mir aber kurz zuvor eine Wohnung gezeigt, die genau meinen Wünschen entspricht, und in dieser Wohnung stand ein antikes Teleskop auf der Terrasse, das von der Beschreibung her exakt zu dem des Astronomen passte. Von der Terrasse aus konnte man die ganze Stadt sehen, und man glaubt es kaum: meine Fenster. Diese Wohnung …«

»… gehört ihm«, beendete Luigi ihren Satz.

Alice hauchte: »Ja.«

»Und das hat er Ihnen nicht gesagt?«

»Nein, mit keinem Wort. Er hat mich angelogen, mich glauben lassen, er hätte sie gerade erst reinbekommen.«

Luigi nickte langsam. »Warum wollen Sie umziehen?«

»Meine Wohnung hat meinem Mann gehört, wir haben dort zusammen gelebt. Als er gestorben ist, habe ich sie geerbt und bin dort geblieben, inmitten all der Erinnerungen, mit Esther. Die Wohnung ist schön, ich mag sie sehr, genau wie das Viertel, aber mit jedem Jahr lastet die Vergangenheit schwerer auf mir – ich habe mich geirrt, ich dachte, mit der Zeit würde es leichter, aber das Gegenteil ist der Fall. Je länger ich dort lebe, desto weniger begreife ich, warum. Ich wollte die Wohnung nicht verkaufen, weil sie das Letzte ist, was mich noch mit ihm verbindet, das kam mir nicht richtig vor. Als würde ich ihn verraten, das loswerden, was von uns bleibt, die Vergangenheit auslöschen, gewissermaßen. Keine Ahnung, ob Sie verstehen, was ich meine.«

»Aber ja, das kann ich sehr gut nachvollziehen. Also haben Sie Xavier kontaktiert, damit er Ihnen bei der Wohnungssuche behilflich ist?«

»Ja, ich habe Immobilienagenturen im Umkreis gegoogelt, seine war die nächste.«

Luigi dachte ein paar Sekunden lang nach. »Was hat Sie am Ende zu der Entscheidung bewegt, Ihre Wohnung womöglich doch aufzugeben?«

Nun schwieg Alice ihrerseits für ein paar Sekunden und starrte auf ihre Untertasse aus Vermeil. »Meine letzte Beziehung endete im gegenseitigen Unverständnis, wie alle anderen auch, im Unvermögen, als Paar zusammen zu sein. Ich … ich lebe mit Esther zusammen, die ganze Zeit, ich bin allein mit ihr, mein Mann hatte keine Eltern mehr, ich habe niemanden, dem ich sie anvertrauen könnte. Es gibt nur sie und mich, wir sind wie ein Paar, meine Tagesplanung richtet sich nach ihrem Schulschluss, meine Wochenenden, mein Urlaub, alles ist auf uns beide zugeschnitten. Als ich neulich bei Ihnen eingeladen war, habe ich eine Nachbarin gebeten, auf sie aufzupassen, aber das kommt wirklich nur selten vor. Ich glaube, ein Mann hat in meinem Leben keinen Platz. Das hat noch nie funktioniert, noch nie.«

»Was hat Ihr letzter Partner beruflich gemacht?«, fragte Luigi.

»Er war in der IT-Branche«, antwortete Alice. »Internet. Unter anderem hatte er eine bekannte Meditationswebsite. Ich habe sogar Sachen dafür eingesprochen, weil er meinte, meine tiefe, sanfte Stimme wäre gut dafür geeignet. Texte von Psychologinnen und Psychologen, die selbst nicht wollten. Das hat mir gefallen, es war schön und sehr entspannend.« Sie hielt kurz inne und fuhr dann fort: »Unsere Kinder konnten sich nicht leiden. Seine Tochter hat Esther gehasst, und mich gleich mit. Sie dachte wohl, ich wollte ihr ihren Vater wegnehmen. Das habe ich schon oft erlebt. Das hört nie auf, es zermürbt einen.«

»Und wie war es mit Xavier?«, fragte Luigi ruhig.

»Da habe ich daran geglaubt, dass es klappt. Ganz schnell, ich weiß nicht mal, warum. Ich habe ihn durch meine Wohnung geführt, damit er sie schätzen kann – wenn ich bloß daran denke … Er hat mir von seinem Sohn erzählt, den er nur jedes zweite Wochenende sieht, er hat Ihr Zebra im Wohnzimmer entdeckt, und als ich ihm gesagt habe, was ich beruflich mache, hat er mich gefragt, ob er mich mit seinem Sohn im Museum besuchen kommen dürfe, und es war ein wunderschöner Nachmittag. Ich habe es nicht so sehr gezeigt, aber unsere Kinder haben sich unheimlich gut verstanden, und er wirkte ehrlich interessiert an meinem Beruf. Alles schien so perfekt! So glücklich war ich schon seit Jahren nicht mehr. Am nächsten Tag habe ich noch einmal das Wetter nachgeschaut, weil es mir so sonnig vorgekommen war, aber tatsächlich war der Himmel grau gewesen. Ich hatte ihn nur heiter in Erinnerung«, schloss Alice.

»So ist das, wenn man verliebt ist«, murmelte Luigi und nahm noch einen Schluck Kaffee. »Das Teleskop«, meinte er dann, während er seine Tasse wieder abstellte, »haben Sie es angesprochen, nachdem Sie sich von mir verabschiedet hatten?« Alice nickte. »Was haben Sie gesagt?«

»Ich habe ihn gefragt, ob er mich damit beobachtet hat, ich habe ihn gefragt, ob es seine Wohnung ist, ich habe ihm gesagt, dass er mir Angst macht, und danach bin ich gegangen.«

»Was hat er erwidert?«

»Nichts, er wirkte völlig panisch.«

»Er hat überhaupt nichts gesagt?«

»Er hat mir geschrieben«, gestand Alice und senkte den Blick.

»Zeigen Sie ihn mir.« Sie sah ihn fragend an. Luigi lächelte. »Seinen Brief. Sie haben ihn doch sicher dabei.«

Alice beugte sich vor und zog einen Umschlag aus ihrer Handtasche. Luigi schob seine Hornbrille auf die Nasenspitze und holte eine Leselupe hervor, ehe er den Brief auseinanderfaltete.

Paris, Ende Mai 2012

Alice,
»lassen wir es dabei bewenden«, haben Sie gesagt, ehe sie in der Menge verschwunden sind. Und kurz davor: »Sie machen mir Angst.« Ich habe Hunderte Briefe geschrieben und in den Papierkorb befördert, bevor ich diesen hier begonnen habe, und ich weiß nicht einmal, ob es mir diesmal gelingt, ihn zu Ende zu bringen, in einen Umschlag zu stecken, eine Briefmarke draufzukleben und ihn irgendwo im Viertel einzuwerfen. Das erscheint mir unerreichbar.

Zunächst einmal möchte ich Ihnen die Wahrheit gestehen. Ja, ich habe das Teleskop des Königlichen Astronomen in einer kürzlich verkauften Wohnung gefunden, und ich habe keinen Schimmer, wie es dort gelandet ist. Ich habe es nicht behalten, um von meiner Terrasse aus anderer Leute Leben auszuspionieren, sondern für meinen Sohn, damit ich mit ihm zusammen die Sterne und den Mond beobachten kann. Ja, ich habe auch Sie beobachtet, Alice. Eines Tages habe ich zufällig Ihren Balkon anvisiert, Sie standen dort, haben ein Blatt Papier zerrissen und die

Fetzen fliegen lassen. Sie waren ganz in Schwarz gekleidet, und Ihre Haare wehten im Wind. Ich fand Sie schön und geheimnisvoll, und so richtete ich das Fernrohr in den nächsten Tagen erneut auf Ihre Wohnung. Manchmal habe ich Sie erspäht, manchmal nicht – aber Ihre Tochter habe ich nie gesehen. Für mich waren Sie »die Frau vom Balkon« oder »die Frau mit dem Zebra«, denn einmal habe ich durch die Balkontür einen kurzen Blick auf das Tier erhascht und ehrlich gesagt gar nicht daran gedacht, dass es ausgestopft sein könnte. Eigentlich habe ich überhaupt nichts gedacht. Ich habe nicht begriffen, was ich da sehe. Vielleicht hätte es dabei bleiben können. Die Schöne, Unerreichbare in der Großstadt. Vielleicht hätte mir das genügt. Aber dann sind Sie durch die Tür der Agentur getreten. Sie können sich nicht vorstellen, was in mir vorging, als Sie mir plötzlich gegenüberstanden. Etwas völlig Surreales spielte sich ab, dabei hatten Sie ein zutiefst banales Anliegen: den Wert Ihrer Wohnung schätzen zu lassen. Ich weiß überhaupt nicht, wie ich die Kraft hatte, von meinem Schreibtisch aufzustehen und Sie zu begleiten. Alles wurde wahr, es gab Sie tatsächlich, Sie liefen neben mir, und wir unterhielten uns, Sie waren nicht länger nur ein stummes Bild im Kreis eines Objektivs. Und während ich neben Ihnen zu Ihrer Wohnung spazierte, fing ich auf einmal an zu träumen, dass wir ein Paar wären, dass gemeinsam durch die Straßen zu schlendern und zu plaudern, unser fabelhaft magischer Alltag wäre.

Alles war wie im Märchen: Sie zeigten mir Ihren Lebensmittelpunkt, und das Zebra, das ich von meiner Terrasse aus entdeckt hatte, wurde plötzlich vor meinen Augen Wirklichkeit, Sie erzählten mir von sich und Ihrer Tochter. Mein Beruf ist wie kein anderer, ich betrete das Leben der Leute für einen kurzen Moment, und sobald das Immobiliengeschäft abgeschlossen ist, verlasse ich es wieder. Ich kenne Paris und seine Arrondissements, ich habe die Schlüssel zu Wohnungen, die ich nach Belieben öffnen kann, aber all das ist nur vorübergehend, und keine der Wohnungen gehört mir. Ich habe die Macht, die Türen zu vielen Adressen aufzustoßen, doch in meinem Leben sehe ich keine einzige Tür. Diesmal wollte ich nicht, dass es vorübergeht. Ich weiß nicht, warum oder wie man sich verliebt, Alice, aber ich war verliebt, das müssen Sie mir glauben. Als Sie von Ihrem möglichen Umzug nach Washington erzählten, hörte ich nur, dass ich wahrscheinlich und sehr bald eine Frau verlieren würde, der ich noch nicht einmal meine Liebe gestehen konnte. Bei dieser Vorstellung bin ich wohl in Panik geraten. Ich schätze, der Museumsbesuch mit unseren Kindern hat mich zu der unkonventionellen Entscheidung veranlasst, Ihnen meine Wohnung anzubieten. Sie haben mir einen der schönsten Nachmittage seit Langem beschert. Alles war so perfekt, ich konnte kaum glauben, dass es tatsächlich geschieht. Wir verstanden uns gut, waren umgeben von reglosen und wohlwollenden Tieren, unsere Kinder unterhielten sich fröhlich. Wenn das nicht das Glück ist, was dann?

Das mit meiner Wohnung war eine spontane Eingebung, eine Kurzschlussreaktion, aus dem Drang heraus zu handeln, und zwar schnell. Schnell, um Sie nicht zu verlieren. Ich weiß, das klingt lächerlich, und es ist allein meine Schuld, dass mein Überschwang sich jetzt rächt. Ich habe hin- und herüberlegt, ob ich Ihnen verraten soll, dass es meine Wohnung ist. Ob ich Ihnen einen Tausch vorschlagen soll: Sie kaufen meine, ich kaufe Ihre. Am Ende habe ich eine Münze geworfen, weil ich keine Lösung finden konnte. Kopf hat gewonnen: nichts sagen. So ist es nun einmal, in diesem Moment habe ich Sie verloren. Es tut mir schrecklich leid, Ihnen so viel Schmerz bereitet zu haben, die tiefe Enttäuschung, die ich in Ihren Augen gesehen habe nach unserem wunderschönen Abend bei Ihrem italienischen Freund. Ganz offensichtlich habe ich keine Ahnung vom Leben, es ist ein grausames Spiel, dessen Regeln ich nicht kenne.

Behalten Sie mich nicht als boshaften Lügner in Erinnerung, ich bin nur ein armseliger und schüchterner Trampel ohne einen Funken Geschick im Leib.

Ich geselle mich wieder zu Guillaume Le Gentil und seinen Memoiren. Sein Leben ist eine einzige Suche, bei der er nie erreicht, wonach er strebt. Wenigstens hatte er am Ende, im Gegensatz zu mir, eine schöne Reise.

Sie werden mir für immer fehlen.

Ihr untröstlicher

Xavier

Luigi Nessi legte seine Lupe auf den Tisch, schob behutsam den Brief zurück in den Umschlag und reichte ihn Alice, die ihn wieder in ihre Handtasche steckte. Die beiden schauten sich an. »Wie viele Vögel haben Sie schon für mich gemacht?«

»Zweiunddreißig, Luigi«, antwortete Alice.

»Wie viele Kängurus?«

»Nur eins«, meinte sie lächelnd.

»Wir haben uns nie woanders als in meinen Geschäftsräumen getroffen.« Alice nickte. »Ich habe keine Geschäftsräume mehr, alles ist verkauft, ich bin beinahe am Ende meines Weges angelangt, und ich würde gerne noch etwas Gutes tun, bevor ich gehe.« Sie schwiegen kurz. »In meinem früheren Exemplar der *Reisen in den indischen Meeren* befand sich ein sehr merkwürdiger Brief des Astronomen, ein Brief an eine gewisse Hortense, die ich nie identifizieren konnte. Darin sprach er über Liebe und vor allem über die ›Launen eines Sterns‹, die Launen der Venus, der Göttin der Liebe. Sie beide, Alice und Xavier, sind völlig unschuldig Opfer der Launen eines Sterns geworden.« Alice schüttelte resigniert den Kopf, als würden Luigis Worte sie kein bisschen beruhigen. »Hören Sie mir zu«, sagte er, »meine Frau hieß Graziella, Gott hab sie selig, wir haben einundfünfzig Jahre zusammen verbracht, und was Sie Xavier vorwerfen, meine liebe Alice, dessen habe ich mich ebenfalls schuldig gemacht.«

Alice hob den Blick.

»Das alles ist lange her, ich war jung, gerade achtzehn, und als ich Graziella auf der Piazza Navona zum ersten Mal gesehen habe, bin ich ihr gefolgt. Ich saß am Rand des Brunnens, es war 1947, der 25. Juni, sechzehn Uhr zehn. Sie ging mit ihrem Vater vorbei, damals waren Mädchen noch nicht alleine unterwegs. Durch eine Straße nach der anderen lief ich ihnen hinterher bis zu ihrer Haustür, in dreißig Metern Abstand, damit sie mich nicht bemerkten. Am nächsten Tag kam ich wieder, ich versteckte mich an der Straßenecke, und als sie zur Schule aufbrach, heftete ich mich an ihre Fersen. Ein paar Wochen später borgte ich mir das Jagdfernglas meines Vaters, um sie auf dem Hof der Mädchenschule zu beobachten, hoch oben aus einem Baum auf der Straße. Einmal hat mich sogar ein dicker Mann ausgeschimpft«, erzählte er lächelnd, versunken in die Bilder, die in ihm aufstiegen. »Irgendwann gelang es mir, ihren Namen zu erfahren. Sie besuchte regelmäßig Soireen der feinen Gesellschaft, auf denen die reichen jungen Männer und Frauen einander kennenlernen sollten. Ich habe alles darangesetzt, in diesen Kreis aufgenommen zu werden, damit ich endlich mit ihr sprechen und ihr ›den Hof machen‹ konnte, wie man damals sagte.« Er schwieg einen Moment lang traumverloren. Alice hielt den Atem an. »Ich habe Graziella nie verraten, dass ich ihr nachspioniert habe, dass unsere Begegnung bei den Fendis mitnichten die erste war. Dazu fand ich nie den Mut. Graziella hat die Wahrheit nie erfahren, aber hätte ich es ihr gesagt oder sogar geschrieben, hätte sie es als das verstanden, was es war, da bin ich mir sicher.«

»Und was war es?«, fragte Alice leise.

»Ein Liebesbeweis. Ich kann nichts dafür, Graziella begegnet zu sein, genauso wenig wie Xavier, dass er Sie versehentlich vor die Linse seines Teleskops bekommen hat. Ich war weder ein Soziopath noch ein Parasit, ich wusste nur nicht, wie ich ihr meine Liebe gestehen sollte. Und ich wollte nicht, dass sie mir entwischt. Also habe ich mir mit den Mitteln beholfen, die mir zur Verfügung standen.«

»Warum hat er mir nicht gesagt, dass es seine Wohnung ist? Er hat mich angelogen, Luigi.«

»Vielleicht aus Scham, Spaß, Narretei. In seinem Brief beschreibt er es gut. Wenn Sie die Wohnung genommen hätten, hätte er es Ihnen in jedem Fall verraten.«

Alice ließ den Blick zu einem Baum wandern. Darauf fiel ihr keine Erwiderung ein.

»Alice, das Leben ist kurz, und Xavier ist kein gefährlicher Mann, er ist ein Träumer. Lassen Sie den Traum nicht zu Ende gehen. Wachen Sie auf, aber erinnern Sie sich daran zurück. Anders gesagt, antworten Sie Xavier und schauen Sie sich den Transit der Venus gemeinsam mit Ihren Kindern an. Der nächste ist erst in einem Jahrhundert, Alice, und was bleibt in einem Jahrhundert noch von unserer Liebe, unserem Leid, unseren Gefühlen? Bald wandert die Venus vor der Sonne vorbei, eine solche Gelegenheit kommt so schnell nicht wieder, genauso wenig wie die Liebe. Das also ist die Meinung eines alten Mannes, um die Sie mich ja gebeten haben. Abgesehen davon, was halten Sie von diesem Kaffee?«

»Danke, Luigi …«, flüsterte Alice und sah ihn an.

»Für den Kaffee?«, fragte der Italiener lächelnd.

»Für den Kaffee und alles andere«, antwortete sie, ehe sie ihre Hand auf seine legte – auf die linke mit dem roten Ring.

Der Himmel war wolkenlos, und Guillaume hatte die ganze Nacht nicht geschlafen. Die Massage vom Vortag hatte zwar wieder ungemein entspannend gewirkt, doch der anbrechende Tag war kein gewöhnlicher. Die Instrumente standen bereit, die Pulte daneben. Kurz nach Sonnenaufgang öffnete er den Verschluss der Lochkamera, und die Sonne erschien als Projektion auf der weißen Zimmerwand. Alles war in bester Ordnung. Er ging zu einem seiner Gepäckstücke und holte die Scheiben aus geschwärztem Glas heraus, die er auf das Messingteleskop, das große Margissier-Teleskop und das nautische Teleskop setzen musste. Bald waren sie perfekt eingepasst, und er legte noch einmal das rechte Auge prüfend an alle drei Instrumente. Er sah einen tiefschwarzen Himmel, von dem sich die Sonne als vollkommenes weißes Rund abhob. In einer Stunde würde er seine Tintenfässchen aufschrauben, und der Venustransit würde beginnen.

Seine Leibwächter wachten auf und verzogen sich bis auf einen zum Frühstück ins Erdgeschoss. Guillaume hatte keinen Hunger, er goss sich lediglich ein Glas Wasser ein, das er draußen auf der Loggia, an einer Säule lehnend, trinken wollte. Der Himmel war strahlend blau, und die langsam höher steigende Sonne wärmte sein Gesicht. Er schloss die Augen. Als er sie wieder öffnete, bemerkte er in der Ferne über dem Meer feine Nebelschleier, die sich manchmal morgens über dem Wasser bildeten und meist rasch wieder auflösten. Er legte sich noch ein wenig unter den Baldachin.

Die nächste Venuspassage fand erst wieder im Jahre 1874 statt. Welcher König würde wohl dann in Frankreich herrschen? Welche Kriege würden stattgefunden haben? In einhundertfünf Jahren existierte dieser halb verfallene Palast vielleicht nicht mehr. Welche neuen Sterne und Planeten hätten die Menschen bis dahin entdeckt? Keines der Lebewesen, das derzeit die Erde bewohnte, wäre dann noch hier. Alle werden gestorben sein, und ich als Erster, dachte Guillaume, und ihn durchzuckte die Erinnerung daran, wie er einmal am Strand von einer Riesenschildkröte gefallen war, auf die er sich gesetzt hatte. Laut Toussaint wurden manche Schildkröten über zweihundert Jahre alt. Vielleicht leben 1874 ein paar der Schildkröten von der Isle de France ja noch, dachte Guillaume, und der Gedanke tröstete ihn.

Seine Überlegungen zur Vergänglichkeit aller Lebewesen und Dinge beschäftigten ihn nahezu eine Stunde lang. Anschließend stand er auf, zog die Schuhe mit den silbernen Schnallen an, fuhr sich mit den Fingern durch die langen Haare und fasste sie im Nacken mit einem Samtband zusammen. Er warf einen Blick auf die weiße Wand gegenüber der Lochkamera und sah mit Schrecken, dass die vierzig Zentimeter große Sonne nicht mehr da war. Eilig trat er auf die Loggia, wo ihn ein Anblick erwartete, bei dem er so schlagartig erstarrte wie die blauen Morphofalter, wenn sie vom Gouverneur mit einer Nadel aufgespießt wurden.

Der Nebel war näher gerückt – eine Wolkenbank, wie er sie in dem ganzen langen Jahr, das er nun in Pondichéry ausharrte, noch nie erlebt hatte. Dichte perlgraue Schwaden verhüllten den Himmel, und die Sonne war verschwunden. Guillaume blieb sekundenlang wie angewurzelt stehen, und ihn überfiel ein so heftiger Schwindel, dass er sich an einer der Säulen festhalten musste. Er schloss die Augen, um sein Gleichgewicht wiederzufinden, und als er sie öffnete, war der Nebel noch da.

»Lös dich auf«, flüsterte er. Und noch einmal lauter: »Lös dich auf!« Er hob den Arm, deutete auf den Himmel und brüllte: »Lös dich auf! Lös dich sofort auf!«

Sein Leibwächter stürzte herbei, die Hand am Griff seines Säbels und entschlossen, diesen zu schwingen, um den Franzosen vor einem drohenden Angriff zu beschützen. Doch da stand nur der Astronom, der den Himmel anschrie. Das war einerseits beruhigend, denn dem Mann, den er und seine Kameraden bewachen sollten, war nichts geschehen, andererseits beunruhigend, weil ebendieser Mann von panischer Angst und Wut befallen schien und wild herumzeterte, was man von ihm gar nicht kannte.

Guillaume lief nach drinnen zum Nachttisch und warf einen Blick auf seine Taschenuhr. Es war so weit – in knapp einer Minute würde der Venustransit anfangen. Er begann mit dem Phänomen des »schwarzen Tropfens«: Wenn die Venus sich auf den Rand der Sonnenscheibe zubewegte, schien sich die schwarze Murmel, als die sie im Gegenlicht erschien, wie ein Wassertropfen in die Länge zu ziehen. Guillaume sah rasch zur Lochkamera hinüber. Auf der Wand zeichnete sich lediglich ein diffuser Lichtkranz ab. Keine Sonne, und schon gar keine Venus in Tropfenform.

In diesem Moment begann der Durchgang, und der Himmel war so undurchsichtig wie eine grau getünchte Wand.

Der Leibwächter hatte seine Kameraden geholt, damit sie gemeinsam ein Auge auf ihren Schützling haben konnten. Sie standen auf der Loggia und unterhielten sich in ihrer Sprache über das, was sich dort abspielte. Sie durchschauten Guillaumes Mission zwar nicht in allen Einzelheiten, aber dass der dichte Nebel für dessen Aufregung verantwortlich war, stand außer Frage.

In der ersten Stunde lief Guillaume unruhig hin und her und eilte alle zehn Minuten auf die Loggia, wo er ungläubig in den unverändert grauen Himmel starrte. In der zweiten Stunde fiel der Leibwache auf, dass Guillaume nur noch zwei Mal nach draußen ging. Zu Beginn der dritten Stunde warf Guillaume seine Kopfkissen gegen die Wand, die den Transit zeigen sollte, zerrte an dem zerrissenen Moskitonetz und streckte sich auf dem Bett aus. Am Ende der dritten Stunde beugte sich Shakri über den Liegenden, der aschfahl und regungslos wie eine Grabskulptur auf dem Rücken ruhte.

»Gibt es eine Flasche Alkohol in diesem Haus?«, ächzte der Franzose. Shakri versprach, sich auf der Stelle darum zu kümmern. Nach kurzer Zeit kam er mit einer rundlichen Flasche zurück, die ein wie Whisky riechendes Gebräu enthielt. Guillaume griff gierig danach und trank einen Schluck. Zum letzten Mal, ging ihm dabei durch den Sinn, hatte dieses flüssige Feuer ihm vor acht Jahren auf der Zunge und im Rachen gebrannt, auf der *La Sylphide*, nachdem er gerade den ersten Venustransit verpasst hatte. Er verzichtete auf den Rest, gab Shakri die Flasche zurück und bat seine Beschützer, ihn in den nächsten zwei Stunden, in denen der Venustransit noch andauern sollte, allein zu lassen. Noch hundertzwanzig Minuten, dann würde alles vorbei sein. Der Himmel über Pondichéry hatte sich nicht aufgehellt.

Erschlafft auf dem großen Louis-quinze-Sessel liegend, die langen Haare wirr über den Schultern, starrte der Astronom auf die großen Fenster und die im Wind flatternden Vorhänge. Von diesem Tag war nichts mehr zu erwarten. Die Sonne war so spurlos verschwunden, als hätte sie jemand in einem Erdloch vergraben. Guillaumes Blick ging ins Leere. »Was willst Du von mir?«, flüsterte er. »Welchen Weg willst Du mir zeigen?«

Sich hilfesuchend an Gott zu wenden, verschaffte ihm zum ersten Mal in seinem Leben keine Erleichterung, und er brach in höhnisches Gelächter aus. »Am Ende des Weges wirst du die Liebe finden, hat mir der Hüter der Dodos versprochen«, stieß er gereizt hervor. Er ballte die Fäuste. »Welche Liebe?«, schrie er so laut, dass Wände und Marmorboden von seiner Frage widerhallten. Die Antwort war Stille, und Guillaume, der sich jäh im Sessel aufgerichtet hatte, sank an die Lehne zurück und rührte sich in den restlichen neunzig Minuten, die bis zum Ende des Himmelsphänomens noch blieben, nicht mehr.

Irgendwann schlief er ein, weil sein Wachbewusstsein der lähmenden Verzweiflung nicht mehr standhielt. Dann merkte er auf einmal, wie sich eine sanfte Wärme auf seine Wange legte, und schlug verwirrt die Augen auf, nur um sie geblendet wieder zu schließen. Er hob die Hand vor die Augen, um sich vor der Helligkeit zu schützen. Die Sonne! Sie war soeben durch die Wolken gedrungen. Pünktlich zum Ende des Venustransits. Guillaume stand auf und wankte zur Fensterfront. Er schob den leichten Vorhangstoff zur Seite und sah sich einem wolkenlos blauen Himmel gegenüber, von dem die Sonne wie tausend Feuer herabbrannte. Von dem Nebel, der mehrere Stunden über der Stadt gelegen hatte, blieb nur noch eine vage Erinnerung.

Der Schuss schreckte seine Leibwächter auf, die mit gezückten Degen und Säbeln die breite Treppe zur oberen Etage heraufstürzten. Der nächste Schuss war so ohrenbetäubend, dass sie zurückzuckten, doch der Franzose, der unter ihrem Schutz stand, rief ihnen von der Loggia aus zu, er sei weder verwundet noch in Gefahr, er selbst habe die Schüsse abgefeuert. Die Leibwächter kamen vorsichtig näher und spähten auf die Terrasse. Dort stand Guillaume, dessen lange Haare im Wind flatterten, mit der schweren zweiläufigen Pistole des Gouverneurs, die bisher unbeachtet auf seinem Nachttisch gelegen hatte. Gerade schüttete er eine ordentliche Portion Schießpulver in die Pistole, bestückte sie mit zwei Kugeln, stopfte alles mit einem Holzstab fest und wiederholte die Geste, die die beiden Explosionen ausgelöst hatte: Er hob den Arm, zielte auf die Sonne, kniff das linke Auge zu und betätigte den Abzug, wodurch der Hahn gegen eine Metallklappe schlug, die Kugel mit einem kräftigen Knall in Richtung Sonne flog und es intensiv nach Schießpulver roch. Danach wiederholte er die Prozedur mit der zweiten Kugel.

Die Leibwächter zogen sich auf ihre Polster zurück, wo sie im Schneidersitz mit gesenkten Lidern geduldig ausharrten, während der Astronom immer und immer wieder nachlud und eine Kugel nach der anderen auf die Sonne abfeuerte, bis ihm die Munition ausging.

Spüren Sie den Atem, der in Sie hineinfließt, und konzentrieren Sie sich darauf. Konzentrieren Sie sich auf Ihre Nasenlöcher. Lassen Sie alle Gedanken, die Ihnen durch den Kopf gehen, in den Hintergrund treten. Diese Minuten gehören Ihnen. Sie sind ganz bei sich.

Aus dem Smartphone ertönte der kleine Gong. Die Meditationssitzung mit der Männerstimme begann. Doch es gelang Xavier nicht, die Gedanken, die ihm durch den Kopf gingen, in den Hintergrund treten zu lassen. Und noch weniger, sich auf seine Nasenlöcher zu konzentrieren. »Setzen Sie sich bequem hin, Rücken gerade, Füße flach auf dem Boden, Schultern entspannt.« Ganz entgegen dieser Empfehlungen lümmelte Xavier in einem Sessel und starrte die Schiebetür zur Terrasse an. »Atmen Sie dreimal tief ein und aus.« Er atmete dreimal tief ein und aus. Dann verstummte die Stimme, und Stille senkte sich über das Wohnzimmer. Die Sonne stand bereits hoch am Himmel, aber nichts von alledem, was einen schönen Junivormittag ausmachte, hatte irgendeine Wirkung auf ihn.

Was war in den vergangenen Tagen passiert? Er hatte Alice geschrieben und keine Antwort erhalten. Er hätte ihr nicht schreiben sollen. Nur war nicht zu schreiben auch keine Option gewesen. Also hatte er richtig gehandelt. Aber es hatte nichts genützt.

Ständig musste er daran zurückdenken, wie Alice auf dem Bürgersteig davongegangen war, mehrmals pro Tag, vielleicht sogar pro Stunde. Zehn Tage war das jetzt her. Zehn Tage voller kleiner und großer Ereignisse, persönlicher und beruflicher, doch nichts reichte an die Wucht heran, mit der ihn Alice' plötzlicher Verlust getroffen hatte. Die Achtzig-Quadratmeter-Wohnung mit Blick auf den Innenhof war in weniger als achtundvierzig Stunden unerwartet verkauft worden. Ein Paar war gekommen, die Baumanns. Xaviers freudlose Stimme bei der Besichtigung hatte ihn selbst überrascht. »Das Badezimmer, die Badewanne mit den Löwenfüßen ... Der Blick auf den Innenhof. Ein schönes Objekt in einer ruhigen Straße.«

»Sehr schön«, bestätigte der Mann.

Und die Frau: »Genau das, was wir suchen.«

Die beiden sahen sich an und wandten sich dann wieder an Xavier. »Wir nehmen sie.«

»Bitte?«

»Wir kaufen die Wohnung«, stellte der Mann klar.

Xavier nickte. »Schön, das ist eine sehr gute Investition, gehen wir zurück in die Agentur, dort können Sie die Absichtserklärung unterzeichnen.«

Am Samstag hatte Olivier Esthers Geschenk ausgepackt – die kleine Tüte mit den angeklebten bunten Henkeln. Und Xavier wurde Zeuge, wie sein Sohn staunend aus dem Seidenpapier ... den ausgestopften Fliegenden Fisch zog. Wie sollte er Olivier erklären, dass Esthers Mutter seinen Vater nicht mehr sehen wollte? Dass Esther und er sich höchstwahrscheinlich nie wieder begegnen würden, obwohl das

Mädchen ihm seinen größten Schatz geschenkt hatte? Während Xavier sich noch den Kopf zerbrach, pflanzte sein Sohn sich vor ihm auf und hielt ihm den Fliegenden Fisch vor die Nase.

»Ich muss mich bei Esther bedanken«, sagte er sehr ernst.

»Ja«, erwiderte Xavier ebenso feierlich.

»Ich brauche deinen Computer, um ihr eine Mail zu schreiben.«

»Hm?«, machte Xavier.

Olivier setzte sich auf einen Stuhl und schaute seinen Vater mit einer Ruhe an, die alle Meditationssitzungen übertraf. »Esther und ich haben mitgekriegt, dass zwischen dir und Alice irgendwas nicht stimmt. Wir wissen nicht, was, und vielleicht wollen wir es auch gar nicht wissen. Deswegen schreiben wir uns Mails.«

»Okay, noch mal langsam ...« Xavier schwirrte der Kopf bei dieser Flut an Informationen. »Du hast eine Mailadresse? Olivier, mein Sohn, elf Jahre, hat eine eigene Mailadresse?«

»Ja, von Gmail, habe ich mir bei Maman auf dem Computer eingerichtet, den benutze ich, wenn sie nicht im Zimmer ist, und von Esther habe ich ihr auch nichts erzählt.«

»Und Esther hat ebenfalls eine Mailadresse?«, fragte Xavier leise.

»Ja, und sie macht es genau wie ich, sie nimmt den Computer ihrer Mutter, wenn die nicht im Zimmer ist, weil ihre Mutter nicht will, dass sie eine Mailadresse hat.«

Xavier schloss die Augen und kniff sich in die Brauen, um nachzudenken, aber gab es da überhaupt etwas nachzudenken? Eigentlich nein, sein elfjähriger Sohn hatte eine klare und präzise formulierte Bitte geäußert, also sollte er sie ihm erfüllen.

Olivier setzte sich an den Computer.

»Das Passwort lautet …«, fing Xavier an.

»Ich weiß das Passwort«, unterbrach Olivier ihn.

»Du weißt das Passwort?«

»Ja.« Er zuckte mit den Schultern. »Ich hab schon tausendmal gesehen, wie du es eingetippt hast.«

Er tippte drauflos und hatte innerhalb von Sekunden eine Website aufgerufen und sich mit dem Gmail-Server verbunden. Xavier fragte sich, ob sein Sohn nicht zu schnell erwachsen wurde, wollte sich diesen Gedanken jedoch gerade wieder aus dem Kopf schlagen, weil er nirgendwohin führte, als plötzlich Alice' sich entfernender Rücken von Neuem vor seinem inneren Auge auftauchte. Er ließ sich aufs Sofa fallen, während Oliviers Finger über die Tastatur huschten.

»Ich wollte dir etwas vorschlagen«, fing Xavier an, »aber vielleicht interessiert dich das gar nicht mehr. Venus, der Planet, den unser Freund, der Astronom, verpasst hat, zieht bald vor der Sonne vorbei. Das nächste Mal passiert so etwas erst 2117 wieder, in über einem Jahrhundert.«

Olivier wandte sich zu ihm um. »Super! Das müssen wir uns unbedingt durchs Teleskop angucken, zusammen mit Esther.« Und Xavier grübelte über eine zumutbare Antwort nach. Stattdessen trudelte nach kurzem Schweigen mit einem Pling eine E-Mail ein. »Esther sagt, das klingt toll.«

»Olivier …«, murmelte Xavier.

»Außerdem sagt sie, ihr müsst euch bloß irgendwie wieder verlieben. Und jetzt ist sie weg, weil Alice im Zimmer ist.« Xavier starrte seinen Sohn an. »Das ist euer Problem, nicht unseres«, betonte Olivier so selbstsicher, wie sein Vater ihn noch nie erlebt hatte.

»Da wäre noch etwas anderes«, meinte Xavier, den die Situation allmählich überforderte. »Der Venustransit findet am Mittwochmorgen statt, ganz früh bei Sonnenaufgang, also muss deine Mutter erlauben, dass du am Dienstag hier schläfst, und das wird bestimmt kein Kinderspiel.«

»Sie sagt ja«, entschied Olivier.

»Warum das?«

»Wenn du sie fragst, sagt sie nein, aber wenn ich sie frage, sagt sie ja. Wo gucken wir die Venus?«

Xavier seufzte. »Ich weiß nicht. Vielleicht hier auf der Terrasse?«

Der Computer plingte wieder, als eine weitere Mail eintraf.

»Ich frage Esther«, erwiderte der Junge, und Xavier stand auf, um sich in die Küche zurückzuziehen und das Abendessen vorzubereiten. »Sie sagt, sie überlegt sich einen coolen Ort!«, rief sein Sohn aus dem Wohnzimmer.

»Croque Monsieur?«, war Xaviers einzige Antwort. Ihr Lieblingsessen zu machen, an nichts anderes zu denken als die gerösteten Brotscheiben, den Schinken und die Tomaten, würde ihm womöglich helfen, klarer zu sehen.

»Au ja, lecker«, meinte Olivier. »Ich googel noch ein paar Sachen über die Venus, gib Bescheid, wenn's fertig ist.«

Als seine Mutter ihn am Sonntagabend abholte, war die Planung zum Venustransit noch kein Stück weiter gediehen, weder was das Ob anging – mit oder ohne Esther – noch das Wo.

»Olivier ist nicht wie sonst«, sagte Céline und musterte

Xavier, während ihr Sohn in seinem Zimmer seine Sachen zusammensuchte. »Er hat sich verändert, er wirkt plötzlich viel reifer.«

Xavier nickte. »Vielleicht ist er verliebt?«

Céline verdrehte die Augen. »Mit elf ist man noch nicht verliebt. Und wenn, hätte er es mir erzählt.« Sie zuckte die Achseln.

Xavier schwieg, und Olivier kehrte mit seinem Rucksack zurück. »Ich will mit Papas Teleskop den Venustransit beobachten, so was passiert nur superselten, das nächste Mal erst in einem Jahrhundert«, verkündete er unvermittelt.

»Der Transit ist am Mittwochmorgen in aller Frühe, vor der Schule, bei Sonnenaufgang«, schaltete Xavier sich ein.

»Deswegen muss ich am Dienstag hier schlafen, und Papa bringt mich danach zur Schule.«

Céline machte sofort dicht. »Was soll das denn jetzt plötzlich?«

Olivier fuhr ganz gelassen fort: »Ich muss doch einen Aufsatz über ›ein kürzliches Erlebnis‹ schreiben.«

»Ja?«

»Ich schreibe über den Venustransit, das ist viel außergewöhnlicher als die Aufsätze der anderen.«

Er schaute erst seine Mutter, dann seinen Vater an. Guter Schachzug, dachte Xavier, ohne sich den Stolz über das Verhandlungsgeschick seines Sohnes anmerken zu lassen.

Céline stöhnte. »Na schön, okay. Die Details deiner Sternenguckerei kläre ich mit deinem Vater. Bist du so weit? Dann gehen wir.«

Während Olivier seiner Mutter zum Aufzug folgte, drehte er sich kurz zu seinem Vater um und zwinkerte ihm zu. Xavier erwiderte das Geheimzeichen vom Türrahmen aus.

»Lass dir was einfallen!«, rief Olivier noch, ehe die Aufzugtüren zuglitten.

In der Nacht bekam Xavier kein Auge zu. Am nächsten Tag in der Agentur verlor er bis zum Mittag kein Wort. Chamois und er schwiegen sich an, und nur das Klicken ihrer Computermäuse unterbrach die Stille. »Ich brauche die Meinung einer Frau«, verkündete Xavier urplötzlich, nachdem er seinen Kuli auf den Schreibtisch geworfen und den Schreibtischstuhl zurückgerollt hatte.

Chamois blickte auf. »Für ... Für ... Für eine Wohnung?«

»Nein, für mich«, antwortete Xavier. »Ihre Verlobte, die da draußen auf Sie wartet.« Er deutete mit dem Kinn durchs Schaufenster. »Holen Sie sie rein, ich muss mit ihr reden.«

»A-A...«, begann Chamois ein Wort, das ihn aus der Fassung zu bringen schien. »A-A... Anne-Laure?«

»Ja, Anne-Laure, wenn das ihr Vorname ist. Holen Sie Anne-Laure her, bitte.«

»Guten Tag, Anne-Laure, bitte setzen Sie sich«, sagte Xavier. »Möchten Sie Tee? Kaffee? Eine Limo? Ich habe auch Mineralwasser und sogar Whisky.«

»Ich weiß nicht ...«, antwortete sie verwirrt. »Ein Kaffee wäre nett, Monsieur.«

»Nennen Sie mich Xavier. Chamois, bitte bringen Sie uns einen Kaffee.« Xavier nahm wieder Platz und schaute sie an. »Ich nenne Frédéric ›Chamois‹, weil ich es origineller finde und mich der Name an das weiche Gamsleder erinnert.«

Verunsichert drehte Anne-Laure sich zu Frédéric, der sie mit einem kurzen Nicken beruhigte, à la: Der Chef ist ein bisschen seltsam, aber harmlos. Sie wandte sich wieder an Xavier, während Chamois auf die Kaffeemaschine zusteuerte.

»Ich brauche eine Frau«, erklärte Xavier, »und die Meinung einer Frau. Sie sind eine Frau, jünger als ich, klar, aber Sie haben das Gehirn einer Frau, und ich will verstehen, wie das tickt.«

»Sie wollen die Frauen verstehen?«, fragte Anne-Laure lächelnd.

»So groß ist mein Ehrgeiz nicht. Sagen wir mal, ich hätte gerne Ihre Meinung zu einem bestimmten Sachverhalt jüngeren Datums.«

»Ich höre, Xavier«, sagte sie, während Chamois einen Kaffee vor ihr abstellte.

»Ich beobachte von meiner Terrasse aus eine Frau mit dem Teleskop«, fing Xavier an.

»Also sind Sie ein gefährlicher Triebtäter?« Sie rührte in ihrer Tasse.

Xavier zog eine Grimasse und schüttelte den Kopf. »Das ist der schlimme Teil der Geschichte.«

»Gibt es denn auch einen guten?«

»Ja. Dass ich kein Triebtäter bin.«

»Erzählen Sie weiter …«, meinte Anne-Laure nach dem ersten Schluck Kaffee.

»Nun …«

Und Xavier erzählte ihr alles von Anfang an: vom Zufallsfund des Teleskops über die Besichtigungen und das verdeckte Angebot seiner eigenen Wohnung bis zum Aperitif beim Italiener. Chamois an seinem Schreibtisch lauschte aufmerksam, genau wie Anne-Laure.

»Sie sind tatsächlich kein Triebtäter«, schloss sie, »bloß sehr ungeschickt.«

»Wie komme ich da wieder raus?«, fragte Xavier leise.

Sie schwieg kurz. »Ich sehe nur eine Lösung. Sie müssen das, was Sie mir gerade erzählt haben, ihr erzählen. Schreiben Sie ihr einen Brief.«

Xavier schloss die Augen. »Wenn Sie einen solchen Brief bekämen, würden Sie zurückschreiben?«

Sie zögerte. »Da bin ich mir nicht sicher. Aber ich weiß auch nicht, ob ich nicht zurückschreiben würde. In so einem Brief würde ich Ihre Bereitschaft erkennen, ehrlich zu sein, und …«

»Und was?«, hatte Xavier nachgehakt.

»Einen Liebesbeweis. Einen sehr großen Liebesbeweis«, hatte Anne-Laure geantwortet und ihn fest angesehen. Chamois hatte bestätigend genickt.

Trotzdem hatte dieser sehr große Liebesbeweis nichts gebracht. Anne-Laure hatte sich geirrt. Xavier unterbrach die Meditation, nahm seine Sachen und ging zur Agentur. »A…« Chamois stand auf, als er hereinkam. »A-A-A-A…« Xavier schaute ihn ruhig an, während er darauf wartete, dass der mit dem ersten Buchstaben des Alphabets beginnende Satz sich herausbequemte. »A-A… Alice Capitaine … war da und hat Ihnen einen Brief auf den Schreibtisch gelegt.«

Der Blitz schlug im Mast ein. Die *Astrea*, eine spanische Fregatte unter dem Kommando von Don José de Córdoba, schwenkte abrupt nach rechts und krängte so stark, dass Guillaume fürchtete, sie werde kentern und in den Wellenbergen vor dem Kap der Guten Hoffnung versinken. Eine Feuerspur lief über die Taue bis zum Großsegel, das hell aufloderte. Die Matrosen kamen mit Wassereimern angelaufen, um den Brand zu löschen, aber der spanische Kapitän griff beherzt zu einer Axt und opferte sein Segel, damit es nicht das gesamte Schiff in Brand setzte. Trug das Kap der Guten Hoffnung seinen Namen zu Recht? Guillaume klammerte sich fest an den Großmast, als wäre das Holz ein lange entbehrter Freund. Das Schiff ächzte und knarrte beängstigend, und die Männer liefen unter lautem Geschrei geschlossen nach Steuerbord, um mit ihrem Gewicht dafür zu sorgen, dass sich die Fregatte wieder in die andere Richtung neigte. Guillaume wurde in die Luft gehoben, ließ den Mast aber nicht los. Eine riesige Welle, hoch wie eine Festungsmauer, rollte von ferne auf die *Astrea* zu, und der Astronom starrte gebannt auf die Wasserwand, die sich fast unmerklich in all ihrer schrecklichen Pracht näherte; nur das Brüllen der Wassermassen ließ erahnen, was sie auf ihrem Weg anrichten würde. Als sie über den

Schiffsrumpf hereinbrach, wirbelte so viel Wasser um Guillaume her, dass er eine halbe Ewigkeit lang glaubte, nicht mehr Luft, sondern Flüssigkeit einzuatmen. Was in seine Lungen drang, war kalt und salzig. Dann zerstob die Welle, und er konnte wieder frei atmen. Er hatte keinen trockenen Faden mehr am Leib, ihm war, als hätte er voll angekleidet eine Stunde lang in der Badewanne gelegen. Er hustete und spuckte, in seinen Augen brannte das Salz. Warum gestaltete sich die Rückkehr nach Frankreich so schwierig? Hatten sich die Götter der Barbaren gegen ihn verschworen?

Ein Jahr und neun Monate waren seit der gescheiterten Beobachtung des zweiten Venustransits vergangen. Es gab kaum noch ein Segelschiff, eine Fregatte oder Schaluppe, mit dem er das Indische Meer nicht durchkreuzt hatte. Nachdem ihm wegen des dichten Nebels in Pondichéry auch der zweite Venustransit entgangen war, hatte Guillaume zwei Wochen lang mit keinem Menschen ein Wort gewechselt. Die Tage waren wie im Traum an ihm vorübergezogen. Sein Körper befand sich in Indien, man konnte auf der Weltkarte sehen, wo er sich aufhielt, aber sein Geist war entflohen. Er überwinterte, er verhielt sich wie die kleinen Säugetiere, die sich in ihrem Bau verkrochen und sich nach einer langen, friedlichen Amnesie in den ersten wärmeren Tagen wieder ans Tageslicht wagten.

In den folgenden Monaten versuchte er sich an seine Fähigkeiten zu erinnern. Was blieb ihm von seiner Mission? Viel war es nicht, aber immerhin konnte er seine Beobachtungen und Aufzeichnungen fortführen. Und so schüttelte er seine Lähmung allmählich ab, indem er einen Kometen beobachtete, der bei Nacht gut sichtbar war. Er schrieb einen Brief an Hortense, in dem er ihr davon berichtete, und erörterte in Gedanken mit ihr das kapriziöse Verhalten des Morgensterns, der sich ihm zweimal entzogen hatte. Zum ersten Mal verbrannte er einen Brief an Hortense nicht, sondern schob ihn zwischen die Seiten seines umfangreichen Konvoluts, dem er den Arbeitstitel *Reisen in den indischen Meeren* gegeben hatte, das er für sich aber nur »Die Reise« nannte. Er kartografierte ein zweites Mal die Seewege von der Île de Bourbon nach Indien und schlug Routen vor, die die Windrichtung des Monsuns berücksichtigten. Er begann mit einer Geschichte der Monsunwinde, dann las er eines Morgens alles, was er über den Monsun im Indischen Meer geschrieben hatte, und zerriss die Blätter auf der Loggia mit den zerborstenen Säulen. Am selben Morgen schnitt er sich mit dem Säbel eines Leibwächters die lange Mähne ab und band das kurze Haar im Nacken zusammen. Er wollte nach Frankreich zurück. Es war an der Zeit, zur Île de Bourbon zu segeln und dort ein Schiff zu finden, das ihn wieder in das Königreich Ludwigs XV. brachte.

Guillaume erreichte die Île de Bourbon im März 1770 in Begleitung seiner Muscheltruhen. Für die Suche nach einem geeigneten Schiff hatte er sich zwei Monate gegeben. Ein Jahr später war er immer noch nicht unterwegs. Es war, als hätten ihn das Indische Meer und die Göttinnen, denen er dort begegnet war – vielarmige, geheimnisvoll lächelnde Frauen –, mit einem Bann belegt, damit er bei ihnen auf den Inseln blieb, wie Plankton im Wasser treibend. Irgendetwas schien zu verhindern, dass er nach Hause gelangte, nach Paris und nach Coutances.

Im November 1770 konnte er endlich an Bord einer Fregatte gehen, aber diese geriet in einen Sturm und musste umkehren und im Schneckentempo die Isle de France ansteuern, den Schiffsbauch zur Hälfte mit Salzwasser gefüllt. Darin schwammen die Muscheltruhen, und es war nicht eben leicht, sie aus dem Schiff zu retten, bis es endgültig in den blauen Fluten versank. »Das Schicksal meint es nicht gut mit mir«, klagte Guillaume verzagt in einem Brief an Hortense. Endlich hörte er im März 1771 nach mehreren Absagen von dem spanischen Kapitän Don José de Córdoba, es sei ihm »ein Vergnügen, Guillaume Le Gentil de La Galaisière, den Astronomen des Königs von Frankreich, als Passagier aufzunehmen und nach Cádiz zu befördern, von wo aus er auf dem Festlande in sein Königreich weiterreisen« könne. Für die Überfahrt veranschlagte der Spanier vier Wochen. Endlich würde der Abgesandte des Königs wieder auf französischem Boden stehen, elf Jahre nach dem Aufbruch zu einer Mission, die ursprünglich nicht länger als anderthalb hatte dauern sollen.

Das Schiff bekam schon wieder Schlagseite, und Guillaume griff rasch nach einem Seil, um sich am Mast festzubinden. Er drehte sich im Kreis und fesselte sich so eng an den Mast, wie ihn der Seilermeister zehn Jahren zuvor auf der *La Sylphide* an sein Teleskop gezurrt hatte. Das Schiff wurde von einer noch höheren Welle emporgehoben und raste wie ein galoppierendes Pferd vom Kamm ins Wellental. Wasserwände ragten wie harter Fels vor ihnen auf. Das ist das Ende, dachte der Astronom – er würde auf der Heimreise in den Fluten versinken. Die Seile, mit denen er sich festgebunden hatte, zogen sich durch das Salzwasser zusammen, und sein Manuskript der *Reise*, das er stets um den Leib geschnürt trug, drückte schmerzhaft gegen seine Rippen. Er starrte angestrengt nach vorne, konnte aber Wasser und Himmel nicht mehr unterscheiden. Sie flossen zu einer einzigen graugrünen Fläche zusammen. Guillaume fiel Homers Held Odysseus ein, der sich wie er an einen Schiffsmast gefesselt hatte, weil er sich daran hindern wollte, dem Sirenengesang zu erliegen.

»Wir sind zu schwer, Señor Académico«, hörte er auf einmal durch das Tosen des Windes das spanisch gefärbte Französisch des Kapitäns. Guillaume wandte den Kopf. »Wir opfern schon die Verpflegung und das Schießpulver«, schrie der Spanier, um den Sturm zu übertönen. »Ihre Truhen, und ich spreche nicht von den Instrumenten, sondern von den anderen, denen mit den Muscheln. Sie sind sehr schwer, Don Guillaume.«

Guillaume schloss die Augen und seufzte tief. »Wenn das Leben Ihrer Männer und das unsere auf dem Spiel steht, Kapitän, dann tun Sie, was Sie tun müssen.«

Der Spanier neigte ehrerbietig den Kopf. In den folgenden Minuten sah Guillaume, wie sich Matrosen unter großen Mühen auf die Reling der heftig stampfenden *Astrea* zubewegten. Jeweils vier trugen eine der Truhen, die er im Laufe der Jahre mit so vielen Muscheln gefüllt hatte. Sie hoben sie in die Höhe wie einen Sarg, den man über die Bordwand hievt und in die Wellen gleiten lässt. Und genau das taten sie. Mit eigenen Händen am Mast festgezurrt, musste Guillaume acht Mal mitansehen, wie die Männer mit schwankenden Schritten seine kostbaren Truhen herbeischleppten und dem Meer übergaben. Das Salzwasser, das ihm die Augen verklebte, gab der Szene die paradoxe Präzision eines Traums. Die wunderbaren Muscheln aus dem Indischen Ozean kehrten in der aufgewühlten See vor dem Kap der Guten Hoffnung in ihr angestammtes Element zurück. Im Wasser sprangen die Truhen auf, und die kleinen und großen, runden und flachen Muscheln tanzten in der Strömung, bevor sie sachte, eine nach der anderen, auf den Meeresgrund hinabtrudelten und dort in ewigen Schlaf versanken. Es würde demnach nichts von seiner Reise übrigbleiben. Nicht einmal eine Muschelsammlung für das Museum.

Nichts.

Abgekämpft und erschöpft vom stundenlangen Anstieg mühte sich Guillaume Le Gentil zu den Steinpyramiden hinauf, bei denen er rasten und wieder zu Atem kommen wollte. An den obersten Punkten der Pyrenäenkette ragten gut zwei Meter hohe Gebilde aus aufgeschichteten Steinen in die Höhe, die die Grenze zwischen Spanien und Frankreich markierten. Er stützte sich an einer der Pyramiden ab und schloss die müden Augen, und als er sie wieder öffnete, lag vor ihm, von einem rötlichen Schimmer überzogen, ein schier unermessliches Panorama aus Berggipfeln. Endlich! Was sich bis zum Horizont erstreckte, war das französische Königreich. Er ging ein paar Schritte durch das feuchtkalte Gras, und schon standen seine kniehohen schwarzen Stiefel auf französischem Boden. Ein paar Schritte zurück, und er stand wieder in Spanien. Hastig ging er an den Steinpyramiden vorbei und kehrte nicht mehr um.

Es war der 8. Oktober 1771. Der Astronom holte seine Uhr aus der Westentasche: genau eine Minute nach neun. Nach elf Jahren, sechs Monaten und dreizehn Tagen Abwesenheit war er wieder in Frankreich. Er wurde von Entzücken fast überwältigt. Lag es an der Freude über die Heimkehr oder an dem Ende der anstrengenden Wanderung, für die er mit seinen drei Bergführern um vier Uhr früh aufgestanden war? Nach einem Anstieg über steile Saumpfade, auf denen ihnen lange Wanderstöcke mit eisernen Spitzen gute Dienste leisteten, hatten sie in einer Hütte übernachtet und sich das Trockenfleisch, das Guillaume einem Schäfer abgekauft hatte, und zwei Liter guten Rotwein geteilt. Als sein Reiseziel endlich in Reichweite lag, konnte Guillaume nicht anders: Er fiel auf die Knie und bekreuzigte sich. Dann sprach er voller Inbrunst das Vaterunser. Seine Begleiter folgten seinem Beispiel, knieten sich ebenfalls ins Gras und stimmten in das Gebet ein, das die beiden katholischen Nachbarreiche im Glauben vereinte.

Auf den Sturm am Kap der Guten Hoffnung war kein weiterer gefolgt, und die *Astrea* von Don José de Córdoba hatte wie vorgesehen in Cádiz angelegt. Während der Überfahrt hatte sich Guillaume, der den Verlust seiner Muscheln und Korallen mit Fassung trug, zur Aufmunterung darauf konzentriert, die vielfältigen Wunder der Nacht zu beobachten und in die dunklen Weiten des Himmels zu blicken, die seine Welt und sein Leben waren. Lange betrachtete er in der nächtlichen Stille die Sternbilder Andromeda, Kepheus und Einhorn. Er notierte, dass der Planet Saturn und seine Ringe sehr gut sichtbar waren. Das Haar der Berenike begeisterte ihn besonders. Don José de Córdoba wunderte sich über den seltsamen Namen des Sternbilds und wollte mehr darüber erfahren. Die Sternenkonstellation, erklärte ihm der Astronom bereitwillig, trug ihren Namen zu Ehren von Berenike II., die während der Abwesenheit ihres Gemahls Ptolemaios III. in Griechenland regierte, weil der Pharao 246 vor der Zeitrechnung in den Syrischen Krieg gezogen war. Die Herrscherin, auf deren Geheiß ein Tempel für Aphrodite erbaut worden war, flehte die Göttin an, ihren Mann unversehrt aus der Schlacht heimzubringen. Eines Abends legte sie ihre Kleider ab und betrat nackt den Tempel, einen Dolch in der Hand. Sie kniete vor der Statue der Göttin nieder und schnitt sich ihr langes Haar ab, um es als Opfergabe darzubringen. Am nächsten Tag war der Haarschopf verschwunden. Ihr Hofastronom Konon von Samos lieferte dafür eine romantische Erklärung: Die Göttin sei über das Opfer der Königin so erfreut gewesen, dass sie die Haarpracht am Himmel verewigt habe. Das Sternbild, das er noch am selben Abend identifizierte, wies die besondere Form von Zöpfen auf, die als Myriaden kleiner Sterne herabhingen. Er gab ihm den Namen »Haar der Berenike«.

»Und der Gemahl? Ist er aus dem Krieg zurückgekehrt?«, fragte der Kapitän.

»Ja, lebendig und unversehrt«, antwortete Guillaume.

Don José nickte nachdenklich. »Könnten wir doch unseren Lebensweg gemeinsam mit einer Frau beschreiten, die bereit ist, für uns ihre Haarpracht zu opfern!«

Während Guillaume Le Gentil auf französischem Boden kniete und seine Bergführer ein paar Meter entfernt auf spanischem Territorium ihre Gebete sprachen, zogen die Bilder seiner Reise zu Wasser und zu Land noch einmal vor seinem inneren Auge vorüber: In Madrid hatte ihn der französische Botschafter, ein Marquis d'Ossun, mit allen Ehren empfangen und ihn dem spanischen Offizier und Staatsminister Julián de Arriaga vorgestellt, der ihm in seiner ersten Zeit in Madrid beratend zur Seite stand und persönlich dafür sorgte, dass er mit seinen mageren zweihundert Piastern die Grenze nach Frankreich überqueren durfte. So reiste er erst in Richtung Pamplona und dann über die Pyrenäenpässe bis nach Bayonne, von wo aus er sich in gerader Linie bis zur französischen Hauptstadt begeben konnte. Er war hin und wieder in der Kutsche unterwegs, meist jedoch zu Fuß, gelegentlich zu Pferd oder sogar auf Eselsrücken. Ein Langohr hatte ihn auch vom Fuß der Berge ein Stück weit aufwärts getragen, bis er es an einem Bauernhaus ablieferte und dort seine Bergführer anheuerte. Am fünften Tag des Aufstiegs stolperte einer der Männer, die die Kisten mit den astronomischen Instrumenten trugen, am Rand einer tiefen Schlucht, und die Gepäckstücke lösten sich von seinem Rücken. Sie polterten in einer Staubwolke dreihundert Meter tief den schroffen Abhang hinunter. Der Ärmste schlug zitternd die Hände vors Gesicht und wagte nicht einmal mehr, dem Astronomen ins Gesicht zu schauen. Doch Guillaume trat auf ihn zu und legte ihm die Hand auf die Schulter:

»Das macht nichts, Alipio, nach allem, was ich erlebt habe, spielt es keine Rolle mehr«, sagte er. »Und mir ist es lieber, meine Instrumente liegen am Grund der Schlucht, als du. Gehen wir weiter.«

Ihm war jetzt nur noch das Teleskop aus Messing geblieben, das er wie ein Jagdgewehr schräg über der rechten Schulter trug und mit einem Gurt am Leib befestigt hatte. Jeden Abend arbeitete er bei Kerzenschein an den Aufzeichnungen zu seiner *Reise*, die Gänsefeder in der Rechten, daneben das Fässchen mit Sepiatinte. Die Landschaft war wunderschön und abwechslungsreich, sie wanderten über grüne Wiesen und an Seen entlang, dann wieder über Gesteinsfelder, die sich ohne einen einzigen Grashalm in Grau- und Weißtönen vor ihnen ausdehnten und ihnen das seltsame Gefühl vermittelten, durch eine Mondlandschaft zu spazieren.

Guillaume stand auf und hob den Blick zum Himmel. Über ihnen flog ein Adler in konzentrischen Kreisen, zur Hälfte in Frankreich, zur Hälfte in Spanien. Auch die Bergführer standen auf, und die kleine Gruppe setzte ihren Weg fort – von nun an auf französischem Boden.

Xavier,
lassen Sie uns reden. Kommen Sie auf einen Kaffee ins Museum, ich bin jeden Nachmittag dort. Sie schreiben sehr gut. Ich kann nicht so schreiben wie Sie, ich spreche lieber.
Alice

Xavier las Alice' kurze Zeilen, die mit Füller auf eine Karteikarte geschrieben und in einen Umschlag gesteckt worden waren, wieder und wieder. Chamois beobachtete ihn, und noch ehe er etwas sagen konnte, meinte Xavier: »Danken Sie Anne-Laure von mir.«

Chamois nickte lächelnd. »Also sind es gute Neuigkeiten?«, fragte er ohne das geringste Stottern.

»Ja, beziehungsweise, das ist noch nicht klar, Alice will reden.«

»Wann und wo?«

»Sie schreibt, dass ich an irgendeinem Nachmittag im Museum vorbeikommen soll.«

»Sie ... Sie ... Sie ... müssen hin«, betonte Chamois, »jetzt gleich, heute Nachmittag, ich kümmere mich um die Agentur.«

Xavier schwieg kurz, dann stand er auf, schlüpfte wieder

in sein Sakko und schaute seinen Praktikanten eindringlich an. »Danke, Chamois.«

»V-V... Viel Glück.«

Xavier parkte in einer der angrenzenden Straßen und lief zu Fuß zur schweren Tür in der Rue Buffon, die zu den Werkstätten des Museums führte. Er starrte die unbeschriftete Klingel und die Gegensprechanlage an. Reden, schön und gut, aber vielleicht nur, um Lebewohl zu sagen? Er holte tief Luft und drückte auf den Knopf. Eine Männerstimme meldete sich, und Xavier erklärte: »Xavier Lemercier, ich möchte Alice Capitaine besuchen.«

Die Stimme antwortete: »Kommen Sie rein.«

Mit einem Summen öffnete sich die Tür, und Xavier trat wieder in den Hof mit den rostigen Metallgestellen in Tierform. Er hob den Blick zur Sonne. Sie stand hoch am blauen Himmel, aber dunkle Wolken drohten das Wetter umschlagen zu lassen. Unter dem Vordach schwang die Tür auf, und Alice kam in ihrem weißen Kittel auf ihn zu.

»Gehen wir in die Arche Noah«, meinte sie, und Xavier fragte sich, wie viele Frauen auf diesem Planeten wohl für ein vertrauliches Gespräch in die Arche Noah bitten konnten. Eine einzige ...

Vor der Halle streckte Alice die Hand zum Zahlenfeld aus und tippte den Code ein. Die schwere Doppeltür klackte und zischte. Flackernd leuchtete eine Neonröhre nach der anderen auf. Unter dem Blick der Giraffen, Bisons, Büffel, Dromedare und Strauße hielten sie auf einen Bereich in der Mitte der Halle zu, wo ein Chesterfield-Ensemble mit Sofa und zwei großen Sesseln aus Kunstleder um einen Couchtisch gruppiert war. Als hätte man einen

Winkel dieser britischen Gentlemen's Clubs, in denen man große Whiskys auf Eis trank und anschließend eine Havannazigarre anzündete, in die Arche der Tiere verlegt. War das hier ein Besprechungsort? Eine Nische für die Pause? Xavier fragte nicht nach. Er setzte sich auf einen der Sessel, während Alice sich für das Sofa entschied. Hinter ihr thronte eine Gämse mit aufgestellten Ohren, die ihn lächelnd anstarrte. Eine lange Stille trat ein, nur unterbrochen von gelegentlichem metallischem Knacken: das Blechdach, das sich in der Sonne erhitzte und ausdehnte.

»Ich habe gesagt, dass ich reden will, und jetzt kriege ich kein Wort raus«, brachte Alice schließlich hervor, während sie einen Löwen fixierte.

»Ich auch nicht«, gestand Xavier und suchte ein wenig Zuspruch in den Augen eines Eisbären.

»Tiere haben solche Probleme nicht. Ihre Sprache ist sehr komplex, trotzdem finden sie sich nie in einer Situation wie dieser hier wieder.« Alice schaute Xavier an. »Sie haben mir einen sehr schönen Brief geschrieben, so hat mir bisher noch niemand geschrieben und sein Herz ausgeschüttet. Noch niemand hat mir in diesen Worten gesagt, dass er mich liebt. Aber ...«

»Es gibt ein ›aber‹«, flüsterte Xavier und senkte resigniert den Kopf, »ich wusste es, das war's, es ist wirklich wie bei Guillaume Le Gentil.«

»Aber ...«, setzte Alice wieder an, »wenn zwischen uns etwas passieren soll, müssen wir erst etwas anderes erledigen.«

Xavier hob den Blick. Alice war eindeutig noch verblüffender als gedacht. »Und was?«, fragte er.

»Etwas, das sich erst in über hundert Jahren wiederholt ...

Wir müssen den Transit der Venus vor der Sonne beobachten, zusammen mit unseren Kindern.«

»Sie wollen die Venus mit mir beobachten?«

»Ja, mit Ihnen, Ihrem Sohn und meiner Tochter.«

Xavier nickte langsam, weil es eine Weile dauerte, bis sich das Bild in seinem Kopf formte: er mit Alice, Olivier und Esther. Und der Venus. Und dem Teleskop.

Alice sprach weiter: »Sie sind bezaubernd, Xavier. Und Sie wirken verloren.«

»Gerade bin ich, ehrlich gesagt, auch ziemlich verloren«, flüsterte er.

»Nein, ich meine nicht nur in diesem Moment. Sie wirken, als wären Sie schon lange Zeit verloren. Auch ich bin schon lange Zeit verloren …« Sie schloss die Augen.

Xavier schwieg kurz, dann meinte er: »Wir haben uns in einem großen Wald verlaufen.«

»Ja«, murmelte Alice.

»Und irgendwann haben wir uns in diesem Wald gefunden.«

Alice nickte und schaute ihn wieder an. »Sie sehen gestresst aus.«

»Stress ist gar kein Ausdruck«, gab Xavier lächelnd zu. »Alice … Ich bin in Sie verliebt und weiß nicht, wie ich es Ihnen zeigen kann, ich weiß nicht, ob ich mich Ihnen nähern darf, was ich sagen oder tun soll.« Er fühlte sich, als bekäme er keine Luft mehr, in seinem Kopf drehte sich alles, als stünde er auf dem Gipfel eines sehr hohen Berges.

»Schließen Sie die Augen«, meinte Alice sanft. Und Xavier schloss die Augen. »Sie atmen«, fuhr sie mit leiser und ein wenig tieferer Stimme als üblich fort. »Sie sind am Leben. Alles ist gut. Sie sitzen. Spüren Sie das Gewicht Ihres

Körpers, das Gewicht Ihrer Füße, Ihrer Hände, nehmen Sie die Geräusche wahr, die Sie umgeben.

Konzentrieren Sie sich auf Ihren Atem.«

Diese Stimme. Die Stimme, die er während all der Achtsamkeitsmeditationen aus seinem Smartphone vernommen hatte – es war dieselbe Stimme. Die verschwundene Stimme der Frau, die er so gerne mit einem digitalen Klick wiedergetroffen und bei der er sich oft gefragt hatte, wie sie wohl aussah. »Alice …«, flüsterte er und öffnete die Augen einen Spalt, »ich kenne Ihre Stimme.«

»Sch«, machte sie, »schließen Sie die Augen, das können Sie mir später erzählen … Holen Sie tief Luft und atmen Sie langsam aus.«

Xavier atmete ein und aus und spürte, wie sich sein Herzschlag allmählich beruhigte. Das war also der Grund für dieses Déjà-vu-Gefühl bei ihrer ersten Begegnung gewesen, das sich nie verflüchtigt hatte. Nein, Alice war weder eine Spielkameradin aus den vergessenen Sommern seiner Kindheit noch eine Frau, mit der er sich an einem lang vergangenen Tag am Ende eines Fnac-Regals über ein Buch oder eine CD unterhalten hatte, ehe die Jahre diesen kurzen Augenblick dem Vergessen anheimgaben und im Unterbewusstsein versinken ließen. Nein, nicht ihr Gesicht oder ihren Namen, ihre Stimme hatte er gekannt, bevor er ihr begegnet war. Aber im alltäglichen Leben sprach diese Stimme nicht die ruhigen und hypnotischen Texte der Meditation, deshalb hatte er sie nicht mit der Gewissheit identifizieren können, die ihn jetzt erfüllte. Sein Geist hatte zwar »das Unheimliche« wahrgenommen, weil Alice Capitaine keine Fremde war, ihm jedoch nicht den Schlüssel zu dieser leisen und geheimnisvollen Ahnung geliefert.

Alice' Stimme musste erst erneut die einfachen Sätze in der so eigenen Sprechweise der Meditation formen, wie beim unveränderlichen Ritual des Gottesdienstes, damit er endlich begriff, dass sie und die Stimme zusammengehörten.

»Atmen Sie«, sagte sie nun. »Spüren Sie die Luft, die in Sie fließt wie eine Welle. Lassen Sie all Ihre Gedanken in den Hintergrund treten und konzentrieren Sie sich ganz auf Ihren Atem.

Auf das Leben.

Auf das Hier und Jetzt.«

Xavier konzentrierte sich auf das Hier und Jetzt, das ihm völlig unwirklich erschien, und trotzdem, das musste er zugeben, hatte er sich seit Jahren nicht mehr so lebendig gefühlt. »Nehmen Sie die Geräusche wahr, die Sie umgeben.« Irgendetwas klopfte dumpf auf das Blech, wurde lauter: Wassertropfen fielen auf das Dach der Arche Noah – das Gewitter war da. »Denken Sie an das Wasser, das der Quell des Lebens ist. An das Wasser der Flüsse, des Himmels, der Meere und Ozeane. Ihre Schultern, Ihr Nacken, Ihre Arme und Beine sind entspannt. Versetzen Sie sich an einen Sandstrand. Der Sand ist fein wie weißes Mehl, und das Blau des Wassers hat die Farbe von Türkisen. Sie fühlen sich wohl. Alles ist gut. Vergessen Sie Ihre Ängste. Nehmen Sie sich Zeit. Wenn Sie möchten, öffnen Sie die Augen.« Der Regen trommelte melodisch auf das Dach, wie nach einer urtümlichen, beruhigenden Partitur. Er öffnete die Augen und sah Alice' Gesicht.

»Alice«, murmelte er, »Sie sind hier …«

»Ich bin hier«, antwortete sie.

»Alice, ich habe Ihrer Stimme monatelang auf einer Meditationsseite gelauscht.«

Sie lächelte sanft. »Ja, das habe ich eine Zeit lang gemacht … Lustig, dass Sie mich da gehört haben.«

»Nein, Alice, das ist nicht lustig, das ist außergewöhnlich, beinahe unmöglich und absolut unerklärlich.«

»Vielleicht«, gab sie zu, ehe sie ernster hinzufügte: »Xavier, ich bin nicht bloß eine Stimme oder ein Umriss in einem Teleskop.«

»Nein«, stimmte er zu, »das sind Sie definitiv nicht.«

»Luigi meinte, Ihr Freund, Guillaume Le Gentil, hätte in Bezug auf die Venus von den Launen eines Sterns gesprochen. Womöglich hat sich die Göttin der Liebe einen kleinen Spaß mit uns erlaubt? Warum sollten die Götter keinen Sinn für Humor haben?« Xavier nickte schweigend. »Die Göttin hat mit Guillaume gespielt, sie spielt mit uns, vielleicht tut sie so etwas jedes Mal, wenn sie vor der Sonne vorbeizieht.«

Die Stille wurde begleitet vom immer stärker werdenden Regen auf dem Blechdach. »Da kommt die Sintflut«, sagte Xavier, »und ich würde gern mein Leben lang mit Ihnen in der Arche Noah bleiben.«

»Xavier, lassen Sie uns etwas vereinbaren.«

Er schaute sie fragend an. »Was denn?«

»Dass wir uns nach dem Transit der Venus küssen, was halten Sie davon?«

Xavier nickte. »Ja, das machen wir, das trifft sich sehr gut, immerhin wäre die nächste Gelegenheit sonst erst in einem Jahrhundert.«

»Exakt.« Alice schmunzelte, ehe sie ergänzte: »Unsere Kinder schreiben sich.«

»Ich weiß.«

»Esther dachte, ich hätte es nicht bemerkt, aber das habe

ich, und als ich sie gefragt habe, hat sie mir gebeichtet, dass sie sich einen Mailaccount angelegt hat. Ich habe nichts dagegen gesagt, sie ist in letzter Zeit so ruhig und bedächtig. Kurzum, unsere Kinder haben beschlossen, die Sonnenfinsternis anzuschauen, mit uns zusammen.«

»Dann tun wir das«, meinte Xavier. »Aber sie findet ganz früh am Morgen statt.«

»Ja, das habe ich gesehen. Aber das ist nicht das Problem.«

»Sondern was?«

»Das Problem ist, dass sie sich auch schon einen Ort ausgesucht haben.«

»Und zwar ...?«

»Den Eiffelturm. Die Spitze. Den höchsten Punkt von Paris. Von dort aus wollen sie den Transit beobachten, haben sie entschieden. Aber das ist unmöglich, ich habe im Internet recherchiert, der Transit ist zu früh, da hat der Turm noch gar nicht offen.«

Die beiden schwiegen angesichts dieses Kindertraums, den kein Erwachsener zu erfüllen vermochte, man konnte ihn nur so gut wie möglich auf Xaviers Terrasse oder Alice' Balkon anpassen. »Kommen Sie, schauen wir uns den Regen an«, sagte Alice, und sie standen auf und liefen zurück zum Eingang der Halle, um dort die Regenwand zu betrachten. »Das ist ein Sommerregen«, meinte sie. »Der ist bald vorbei.«

Xavier starrte auf die Wasserwogen, die über den Hof und die Metalltiere fegten, dann griff er nach seinem Handy und drehte sich zu Alice. »Bringen Sie mir Glück.«

»Was muss ich tun?«, fragte sie überrascht.

»Küssen werden wir uns erst nach dem Transit, aber halten Sie meine Hand.«

»Wen rufen Sie an, die Venus?«

»Fast«, antwortete Xavier, und Alice schob ihre zarten Finger zwischen seine, drückte sie und musterte ihn verwirrt. Xavier durchsuchte sein Telefonbuch und tippte auf »Anrufen«. Es klingelte einmal, zweimal, dreimal, danach hob jemand ab. »Hallo, Général Delieu?«

»Am Apparat«, antwortete die sachliche Stimme des Militärs.

»Monsieur le Général, mein Name ist Xavier Lemercier.«

»Ich weiß, wer Sie sind, Monsieur Lemercier, Sie sind der Mann mit dem Teleskop.«

»Monsieur le Général, Sie haben gesagt, wenn Sie eines Tages etwas für mich tun könnten …«

»Ich weiß, was ich gesagt habe, Monsieur Lemercier. Ich höre?«

Der Regen prasselte so heftig aufs Straßenpflaster, dass die Tropfen als winzige Miniaturfontänen davon abprallten. Am Himmel über den Häusern hingen dunkle Wolken. Als Guillaume aus der Kutsche stieg, füllte sich sein samtener schwarzer Dreispitz so schnell mit Wasser, dass er ihn vom Kopf abnahm und wie eine Teekanne in den Rinnstein ausleerte. Er hatte an der Stadtzollschranke mit viel Glück einen Kutscher gefunden und ihn mit den Münzen entlohnt, die ihm von seiner letzten Etappe von Bayonne nach Paris geblieben waren. Der Mann stieg vom Bock, in einen schwarzen Wollmantel gehüllt, auf dem Kopf einen Schlapphut, und hob das einzige Gepäckstück seines Passagiers heraus, einen länglichen Kasten mit Lederriemen, den dieser lieber bei sich in der Kutsche behalten hatte, als ihn hinten ins Gepäckfach zu legen.

»Woher kommen Sie? Als ich Sie am Zollhaus aufgesammelt habe, hatten Sie wohl schon eine lange Reise hinter sich«, sagte der Kutscher.

»Pondichéry«, antwortete Guillaume, während er ihm eine Münze in die Hand drückte.

»Ah, ich verstehe ... das ist in der Nähe von Meudon, stimmt's?«

»Ein bisschen weiter weg«, sagte Guillaume und legte

seinen letzten Louisdor dazu. »Gönnen Sie sich im Gasthof eine Suppe und ein gutes Glas Wein.«

»Oh ... vielen Dank, mein Herr.« Der Kutscher lüftete seinen Hut und verzog den Mund zu einem breiten, unschuldigen Lächeln, bei dem seine Zahnlücken sichtbar wurden. »Ich wünsche Ihnen ein langes Leben, eine liebe Frau, Kinder, Wohlstand und vor allem Glück, mein Herr, denn das allein zählt!«

Dann rollte die Kutsche unter Peitschenknallen und Hufklappern davon und verschwand hinter einer Straßenecke in den dunstigen Schleiern des Gewitterregens. Paris. Sein Zuhause. Das große Holztor. Guillaume hob noch ein letztes Mal das Teleskop und zog sich die Lederriemen über die Schultern. Er griff nach dem Koffer und dem Netz, das einen Brotlaib, eine Hartwurst und eine Flasche Wein für sein Abendessen enthielt. Die Lebensmittel hatte er an der Stadtzollschranke gekauft, wo Händler ihre Waren feilboten, die keine Lizenz für einen Laden in Paris besaßen. Sie wurden öfter am Zollhaus kontrolliert und aufgehalten, und die königlichen Stadtvögte ließen sie ihre Waren erst dann an Reisende verkaufen, wenn sie für sich selbst ein paar gute Tropfen und das beste Wildbret abgezweigt hatten.

Guillaume legte die Hände auf den Türklopfer und drückte gegen die schwere Tür. Der gepflasterte Innenhof hatte sich nicht verändert, nur der Baum in der Mitte kam ihm größer vor. Seine Schritte hallten im Torgewölbe, als er an dem steinernen Ziehbrunnen vorbeiging, dessen großer Eimer im Wind an der Seilrolle schaukelte. Den Hausschlüssel fand er in der Manteltasche, und er stieg mit schweren Schritten die Steintreppe hinauf, deren schmiedeeisernes Geländer ganz aus verschlungenen, fein gearbeiteten und mit Blattgold belegten Voluten bestand. Zweite Etage, linke Tür. Die Familie La Galaisière wohnte seit drei Generationen an dieser Adresse, und Guillaume hatte die Wohnung seinen Brüdern und Schwestern als eine Art vorgezogenes Erbe abgekauft. Außer ihm kam niemand mehr her, alle anderen lebten im Cotentin. Er war der Einzige, der Paris zum Wohnort erkoren hatte.

Guillaume drehte den Wohnungsschlüssel im Schloss, und in diesem Moment fiel ihm ein, dass er hinter der Tür keine seiner Bediensteten mehr vorfinden würde – Henriette und Gustave, die sich um seine Wohnung gekümmert hatten, waren schon bei seiner Abreise nach Indien nicht mehr die Jüngsten gewesen und hatten die Chance ergriffen, sich ihren letzten Lohn ausbezahlen zu lassen, damit sie ihren Lebensabend in ihrer normannischen Heimat verbringen konnten.

Die Diele lag im Dunkeln. Guillaume stellte seinen Koffer und sein Einkaufsnetz ab und tastete sich in den Salon vor, in den durch die Vorhänge nur spärliches Tageslicht drang. Er stieß gegen etwas Längliches, das einen Glockenton von sich gab, und wäre fast gestürzt. Die Badewanne! Er hatte sie ganz vergessen. Er hatte sich die Wanne von einem Spenglermeister aus glänzend rotem Kupfer anfertigen lassen, aber der Handwerker hatte sich viel Zeit gelassen und die Wanne erst am Reisetag geliefert. Weil er mit tausenderlei anderen Fragen beschäftigt gewesen war, hatte Guillaume die Lieferanten rasch weggeschickt und gesagt, sie sollten das gute Stück einfach vor dem Kanapee stehen lassen.

Das Teleskop noch über der Schulter, öffnete er die drei Fenster zur Straße und stieß die Fensterläden auf. Es regnete immer noch. Er schloss die Läden wieder, legte das Teleskop auf dem Fußboden ab und machte sich daran, die Leintücher wegzuziehen, mit denen er die Möbel abgedeckt hatte. Zuletzt befreite er sein Cembalo. Er legte die Finger auf die Tasten und schlug die ersten Töne aus Bachs *Kunst der Fuge* an – zum letzten Mal hatte er das Werk in Gegenwart einer großen gelben Spinne gespielt, die ihm aufmerksam zu lauschen schien. Das Cembalo war stark verstimmt, und die aufgewirbelten Staubpartikel verursachten einen kleinen Niesanfall. Nachdem er in sein letztes Taschentuch geschnäuzt hatte, sorgte er für Beleuchtung, denn die Abenddämmerung hatte eingesetzt. In einer der Schubladen seines Vitrinenschranks, den er vor langer Zeit von seinem Astronomielehrer Joseph-Nicolas Delisle übernommen hatte, fand er ein Feuerzeug und seinen Flintstein. Aus einer anderen, größeren Lade holte er sechs von Mönchen hergestellte Wachskerzen und steckte sie auf die silbernen Kerzenhalter auf dem Kaminsims. Routiniert schlug er über den Dochten das Feuerzeug gegen den Stein, bis eine Kerze nach der anderen aufflammte. Das wiederholte, scharfe Klacken von Eisen auf Stein und der folgende Funkenregen erinnerten ihn an Louis de Vauquois, den Kapitän der *Le Berryer*, der während des Piratenangriffs mit dieser Methode seinen unverwechselbaren Pfeifentabak angezündet hatte. Als stünde er neben ihm, glaubte er das rauchige Aroma von Gewürzen und Holzfeuer zu riechen, hörte den Kapitän die Öffnung der Geschützpforten befehlen und ihm raten: »Ich wäre Ihnen sehr verbunden, werter Monsieur Le Gentil, wenn Sie sich die Ohren zuhielten.«

Das Brennholz, das auf dem Feuerbecken im Kamin lag,

war staubtrocken. Guillaume zog zwei Scheite heraus, legte kleine Holzspäne darüber und zerknüllte ein Blatt Papier. Dann zündete er den Aufbau mit einer Kerze an. Er nahm im Schlafzimmer das Abdecktuch von seinem Bett und hielt sich die Nase zu, damit der Staub keine weiteren Niesattacken zur Folge hatte. Er klopfte die Kopfkissen auf, was ihn an die kleinen bunten Kissen der Masseurinnen von Pondichéry erinnerte, und trat an seinen großen Schreibtisch, der nur einen Meter vom Bett entfernt stand. Die Schreibplatte war von astronomischen Karten und Notizen übersät, an denen er noch wenige Tage vor seiner Abreise gearbeitet hatte. Sein Kompass lag auf einer Abbildung des Sternenhimmels. Er drehte das Blatt um und las auf der Rückseite: *Venustransit am 6. Juni 1761.* Stumm legte er das Blatt zurück. Sein Blick glitt liebevoll über die ausgetrockneten Tintenfässchen. Er nahm eines in die Hand und kippte es. Feine dunkle Flöckchen rieselten wie Kohlenstaub auf die Himmelskarte.

Er kehrte in den Salon zurück, holte sein Einkaufsnetz und ging in die Küche, wo er ein paar Scheiben von dem Brotlaib und mehrere Rädchen Wurst abschnitt, die er mit der Messerspitze aufspießte und im Stehen aß. Mit einem stabilen Korkenzieher, angeblich einer Erfindung des großen Archimedes, öffnete er die Weinflasche und nahm einen kräftigen Schluck. Als Brot und Wurst aufgegessen waren, bekam er Lust, ein Bad zu nehmen, aber es war zu spät am Tag, um Wasserträger herbeizurufen. Guillaume öffnete den Küchenschrank, holte einen großen Messingtopf heraus und stellte ihn vor den Kamin. Der Topf hatte die richtige Größe, er konnte ihn am Gestänge über dem Kaminfeuer aufhängen. Guillaume verließ die Wohnung und ging über die Treppe zum Ziehbrunnen im Hof, wo er den Eimer abnahm und ihn mit der Seilwinde gut dreißig Meter in den Brunnen hinunterließ. Den vollen Eimer, der zwanzig Liter Quellwasser fasste, trug er in seine Wohnung, befestigte den Messingtopf über dem Kaminfeuer und leerte den Inhalt des Eimers hinein. Er wiederholte den Vorgang sechs Mal und goss dazwischen das aufgewärmte Wasser in die Badewanne. Fast eine Stunde später schloss er schweißgebadet die Wohnungstür hinter sich, trank einen letzten Schluck aus der Weinflasche und packte das seltsame »Seifenbrot« aus, das sein Apotheker ihm am Tag vor der Lieferung der Badewanne gegeben hatte. Es kam aus der Levante und trug ein mysteriöses Siegel. Der gelbgrüne Würfel duftete intensiv nach Oliven und Lorbeer.

Guillaume legte die Reisekleider ab. Er zog die Schuhe mit den silbernen Schnallen von den Füßen, schlüpfte aus den weißen Unterkleidern, dem von der indischen Sonne ausgebleichten Gehrock, dem Hemd und der Baumwollhose. Nun musste er nur noch das fest verschnürte Manuskript der *Reise* vom nackten Körper lösen. Er trug es auf Bauchhöhe, sodass Menschen, die ihm begegneten, glauben mochten, er sei recht beleibt. Ein Astronom als Überbringer einer wunderbaren Reise, auf der Jagd nach zwei Himmelsphänomenen, die ihm beide entgangen waren. Die Lederriemen, die Abdrücke auf der Haut hinterlassen hatten, fielen zu Boden, und er stapelte die vierhundert mit Aufzeichnungen, Skizzen, Entwürfen und Tabellen gefüllten Seiten auf dem Sofatisch. Dann stellte er sich vor die dampfende Badewanne. Er musste kurz an die Delfine denken, die ihn bei seinem Schwimmabenteuer neben der *La*

Sylphide umkreist und ihre Luftsprünge vollführt hatten. Dann ließ er sich vorsichtig in das warme Wasser sinken und schloss die Augen.

Eine halbe Stunde später lag er immer noch im lauwarmen Bad. Der Dampf hatte sich im Salon verteilt, im Kamin glühten die Holzscheite, das Seifenbrot hatte seine Haut gesäubert, seine Arme baumelten entspannt über den Rand der rötlichen Wanne. Sein Blick schweifte durch den Raum. Er war wirklich zu Hause! Er hatte in den blauesten Meeren der Welt gebadet, die erstaunlichsten Fische gesehen und war mehrfach dem Tod von der Schippe gesprungen. Die märchenhaften Indischen Meere hatte den Astronomen am Ende wieder in seine Heimat geleitet, unversehrt und bei guter Gesundheit. Er hatte endlose Weiten durchquert, groß und blau wie der Himmel, und lag nach alledem zu Hause, in einer kupfernen Badewanne.

»Schluss jetzt!«, rief César François Cassini und hieb mit der flachen Hand auf den Tisch, sodass die drehbare Mondkarte hüpfte. »Diese Streitigkeiten sind doch sinnlos, meine Herren! Die Sterne, die Sie beobachten, sprechen ihr Urteil über Sie, und ihr Urteil fällt nicht vorteilhaft aus. Verlassen Sie bitte alle den Saal, nur Monsieur Le Gentil und der Herzog von La Vrillière mögen bleiben.«

Der Direktor des Königlichen Observatoriums von Paris war für seine Wutausbrüche bekannt, bei denen er so laut zu schreien pflegte, dass man ihn am anderen Ende des Louvre-Palasts hörte, und sich so erregte, dass Schweißtropfen unter seiner Perücke hervorrannen. Die zwanzig versammelten Astronomen erhoben sich und strebten heftig diskutierend zur Tür des großen Versammlungssaals. Endlich kehrte Ruhe ein.

Cassini stand auf und legte die Hand an die Wange.

»Ach, dieses Pflästerchen, dieses Pflästerchen«, stieß er gereizt hervor, riss mit einer ungeduldigen Bewegung ein kleines schwarzes Taftpflaster ab und schleuderte es von sich. »Es juckt entsetzlich.«

Guillaume blieb ruhig sitzen, seine Perücke lag fünf Meter von ihm entfernt auf dem Fußboden. Der Herzog von La Vrillière saß verkrampft auf seinem Platz und strich sich nervös über den Stumpf seiner linken Hand, die ihm vor sieben Jahren nach einem Jagdunfall amputiert worden war.

Angefangen hatte alles am frühen Nachmittag, als Guillaume Le Gentil in der Königlichen Akademie der Wissenschaften erschienen war, die im Louvre tagte. Er hatte am Morgen einen Boten mit einem Billett an Cassini geschickt, in dem er dem Direktor mitteilte, er sei von seiner Reise zurückgekehrt, und ihn gleichzeitig um ein Gespräch bat. Er wollte von der anstehenden Veröffentlichung der *Reisen in den indischen Meeren* berichten und ihn über die astronomischen Beobachtungen informieren, die er in seinen Jahren in der Fremde gesammelt hatte. Beim Betreten der Eingangshalle war der Concierge der Akademie auf ihn zugeeilt. Sein Schritt wurde immer zögerlicher, bis er stehen blieb und Guillaume entsetzt anstarrte. »Aber das kann doch nicht …«, murmelte er, »… aber Monsieur Le Gentil, Sie sind doch tot!«

»Ich bin nicht tot, Octave, sonst würde ich nicht vor Ihnen stehen«, erwiderte Le Gentil.

»Nein, nein«, widersprach der Concierge, »Geister gibt es, ich habe schon welche gesehen. Allein hier im Palast gibt es Dutzende. Ich schlafe hier, ich weiß, wovon ich rede.«

Guillaume lächelte und ging an ihm vorbei auf die große Treppe zu, einen Lederbeutel über der Schulter, der seine schriftlichen Unterlagen enthielt. Cassinis Arbeitszimmer war leer, und ein Diener teilte ihm mit, der Herr Direktor erwarte ihn im etruskischen Saal, einem der großen Konferenzsäle der Akademie. Als Guillaume sich dem

Saal näherte, sah er, dass die schwere, goldbeschlagene Tür offen stand, und er hörte lautes Stimmengewirr. Um die dreißig Kollegen hatten bereits Platz genommen, und Cassini thronte an seinem Schreibtisch auf dem Podium. Als Guillaume den Raum betrat, verebbten die Gespräche zu Getuschel und Gehüstel. Im Mittelgang, der zu den vorderen Reihen führte, sah Guillaume einige bekannte Gesichter. Manche starrten ihn stumm an, andere nickten ihm lächelnd zu. Er hatte sich einen wärmeren und weniger förmlichen Empfang vorgestellt. In der ersten Reihe erblickte er den Herzog von La Vrillière, der ihn immerhin enthusiastisch begrüßte und ihm die Hand reichte, wobei Guillaume feststellte, dass sein Gönner nur noch einen Arm hatte.

Vorne angekommen, wandte sich Guillaume in respektvollem Ton an Cassini, der hinter seinem Schreibtisch sitzen blieb und verdrossen wirkte.

»Herr Direktor, ich danke Ihnen, dass Sie mich empfangen.«

»Ehemalige sollten nicht so überstürzt empfangen werden!«, meldete sich eine Stimme aus dem hinteren Teil des Saals.

Guillaume wandte sich um. »Ich kenne Sie nicht, mein Herr«, antwortete er, »und ich bin durchaus kein Ehemaliger. Ich habe hier einen Sitz, ich bin Astronom an der Königlichen Akademie der Wissenschaften.«

Cassini räusperte sich und befingerte unruhig seine Perücke. »Monsieur Le Gentil«, setzte er an, »verehrter Kollege … Ihre Abwesenheit, und welch eine Abwesenheit … zwölf lange Jahre … sie hat, ich bedauere es sehr, vieles verändert. Wir hielten Sie für tot.«

Guillaume warf einen Blick zum Herzog von La Vrillière hinüber, und dieser nickte bestätigend.

»Im fünften Jahr stellte sich die Frage, ob wir Ihren Sitz an einen anderen vergeben sollten. Ich habe bis zum siebten Jahr gezögert ... Sie haben heute keinen Sitz an der Akademie mehr, Monsieur Le Gentil, aber Sie wurden zum ehemaligen Mitglied ernannt, mit allen Vorrechten, die dieser Status mit sich bringt.«

Guillaume, der noch nicht Platz genommen hatte, ließ seinen Lederbeutel fallen. »Sie haben mich in den Ruhestand versetzt«, murmelte er ungläubig. Er schüttelte den Kopf. »Sie haben mich in den Ruhestand versetzt!«, wiederholte er lauter und wandte sich dem Saal zu, aus dem kein Widerspruch kam. Auch Cassini schluckte verlegen und schwieg.

»Wir haben nichts mehr von Ihnen gehört«, meldete sich endlich einer der Anwesenden zu Wort.

»Und meine Briefe? Ich habe an die Akademie geschrieben, ich habe auch an den Herzog geschrieben.«

»Ihr Briefe sind wohl bei dem einen oder anderen Schiffbruch verloren gegangen, Guillaume«, gab der Herzog zu bedenken, »Sie waren so weit weg, und ich habe nichts erhalten außer einer Muschel.«

»Ich habe mein Leben für die Wissenschaft aufs Spiel gesetzt, ich bin über die Meere gefahren!«, brachte Guillaume zitternd hervor.

»Und die Venus haben Sie gleich zweimal nicht gesehen?«, spottete einer seiner Kollegen.

»Weil Nebel herrschte!«, erwiderte Guillaume empört.

Seine Bemerkung sorgte für verhaltenes Gelächter.

»Wissen Sie, was für eine Art Nebel in Pondichéry

herrscht, meine Herren? Sie, die Sie die Sterne immer nur vom Mittelmeer aus beobachtet haben?«

»Aber meine Herren!«, fuhr Cassini dazwischen.

Daraufhin wurde es lange still im Saal.

»Man hielt Sie für verschollen oder tot, werter Kollege, wir konnten nicht anders, wir mussten Ihren Sitz anderweitig vergeben«, rechtfertigte sich einer der Wissenschaftler.

»Ich bin ein Niemand geworden! So ist es doch, ich bin ein Niemand! Und dabei habe ich mehr gesehen, als Sie alle in Ihrem ganzen Leben sehen werden! Das ist unerträglich!«, schrie Guillaume, packte seine Perücke und schleuderte sie weit von sich.

Daraufhin kam es zu tumultartigen Szenen.

»Heben Sie Ihre Perücke auf!«, verlangte Cassini herrisch, aber Guillaume blieb sitzen, kreuzte die Arme und drehte den Kopf zur Fensterfront, durch die die Sonne zu dieser Tageszeit blendend hell in den Saal schien.

Einige hatten ihn für tot gehalten, andere hatten etwas gehört, aber nichts gesagt, wieder andere verteidigten Guillaume, aber sie waren in der Unterzahl. Alle möglichen Gerüchte waren im Umlauf gewesen: Le Gentil friste sein Leben als Händler in den Indischen Meeren, er habe geheiratet, er sei in Manila in ein Kloster eingetreten, er habe die Astronomie aufgegeben, er sei reich geworden und lasse sich in einem Palast von Sklaven bedienen, er habe die Religion gewechselt, er führe ein bescheidenes Dasein als Fischer auf Madagaskar, er habe sich in China niedergelassen …

Der Herzog versuchte, sich in dem allgemeinen Durcheinander Gehör zu verschaffen:

»Michelangelo hat gesagt, die Sonne sei der Schatten Gottes – nun hat sich mein Schützling, der Astronom, in einen Forscher verwandelt, was ihm zur Ehre gereicht und uns viel über die Welt und Gottes Geschöpfe lehren wird.«

Doch seine Stimme ging im allgemeinen Aufruhr unter, und schließlich bereitete Cassini allem ein Ende, indem er geräuschvoll mit der flachen Hand auf den Tisch schlug. Sofort kehrte Stille ein. Cassini hatte sich, als er das Schönheitspflästerchen abriss, an der Wange verletzt, und ein dünner Blutfaden lief ihm übers Gesicht. Guillaume saß verstockt auf seinem Platz.

»Der König«, fing der Herzog von La Vrillière wieder an, »wir müssen den König bitten, Guillaume seinen Sitz zurückzugeben.«

Cassini nickte. »Sie haben recht, Herzog, allein der König kann das, und er wird es tun. Hören Sie, Le Gentil? Der König wird sich Ihrer annehmen, und ich beauftrage Sie hiermit, Herzog, Seine Majestät darum zu bitten. Monsieur Le Gentil, Sie müssen tausenderlei Beobachtungen aus Indien mitgebracht haben, und ich wünsche mir, dass Sie daraus ein Buch machen.«

»Ich habe schon mit dem Schreiben begonnen«, nuschelte Guillaume.

Cassini verstand den Ärger und noch mehr die Verbitterung seines Astronomen und hatte nicht vorausgesehen, dass die Kollegen ihn so rüde zur Seite drängen würden. Keine Frage, die Menschen waren schlecht. Der Direktor kam von seinem Podium herunter, ging zu Guillaume und legte ihm die Hand auf die Schulter: »Le Gentil, ich bin sehr stolz auf Sie.«

Guillaume hob den Blick und sah ihn an. »Danke, Herr Direktor, auch ich bin stolz, dass ich ein Abgesandter des Königs war.«

»Der König wird Ihnen Ihren Sitz zurückgeben.«

»Herr Direktor …«, fuhr Guillaume zögernd fort, »Sie bluten an der rechten Wange.«

Cassini zog ein Taschentuch hervor und betupfte sich das Gesicht, nur um festzustellen, dass das Tuch rot war.

»Ach, dieses Pflästerchen, dieses Pflästerchen!« Und er eilte hinaus.

Der Herzog legte die gesunde Hand auf Guillaumes Knie. »Auch ich bin stolz auf Sie, und ich kann es kaum erwarten, Ihr Buch zu lesen.«

»Ich danke Ihnen sehr.«

»Guillaume … Sie sollten unbedingt ins Cotentin reisen. Beeilen Sie sich. Ich glaube, auch Ihre Familie wird Sie nicht so freundlich in Empfang nehmen, wie Sie glauben. Sie hat gewisse Schritte eingeleitet, damit sie Ihr Erbe und Ihr Land unter sich aufteilen kann.«

Guillaume schloss die Augen.

»Noch etwas«, fuhr der Herzog fort. »In den Jahren Ihrer Abwesenheit habe ich mit der Tochter von Freunden Ihrer Familie korrespondiert. Sie hat als Kind angefangen, mir zu schreiben, und sich zweimal jährlich nach Neuigkeiten von Ihnen erkundigt. Sie heißt Marie-Michelle Potier.«

»Marie-Michelle«, wiederholte Guillaume gerührt, »ja, ein reizendes kleines Mädchen, das die Sterne liebt.«

»Sie ist kein kleines Mädchen mehr, Guillaume, sie ist nun eine junge Frau.«

Auf Xaviers Uhr war es vier Uhr fünfunddreißig, als der Armee-Jeep auf die Pont d'Iéna abbog und zum Turm brauste, dessen Umrisse sich in der Dunkelheit abzeichneten. Xavier, Alice, Esther und Olivier saßen hinten, die beiden Soldaten vorne. Zuvor waren Xavier und sein Sohn auf einen Kaffee und eine heiße Schokolade bei Alice und ihrer Tochter gewesen. Sie alle hatten diese Mischung aus Schlaftrunkenheit und Aufregung verspürt, wie sie sehr frühem Aufstehen innewohnt – weil man in den Urlaub aufbricht und nachts zu einem Flugzeug fährt, das einen ans andere Ende der Welt bringen wird, oder in ein Auto steigt für eine stundenlange Reise in die Berge oder ans Meer. Das Teleskop, das Xavier sorgfältig abgebaut und in dem Kasten mit den Lederriemen verstaut hatte, lag auf Alice' Sofa.

»Wir haben jede Menge über den Eiffelturm rausgefunden«, verkündete Esther selbstbewusst und setzte ihre Tasse ab. »Ihr könnt uns Fragen stellen, während wir hochsteigen.«

»Ich auch«, trumpfte Olivier auf, »ich weiß sogar, wie viele Nieten es gibt.«

»Pst, nicht jetzt«, erwiderte Esther.

»Und über Guillaume Le Gentil?«, hakte Xavier nach.

»Er hat den Venustransit 1761 verpasst und den nächsten im Jahr 1769 auch«, antwortete Olivier. »Und dann ist er zurückgekommen, aber alle haben gedacht, er wäre tot.«

»Und?«, fragte Esther schelmisch.

»Und er hat geheiratet, nämlich …«

»Hey, hey«, unterbrach Alice ihn mit einem verschwörerischen Lächeln. »Das erzählt ihr uns beim Aufstieg.«

Xaviers Handy klingelte: Die Soldaten kündigten ihre Ankunft unten am Gebäude an – pünktlich auf die Minute –, und sie standen auf. Als sie aus der Eingangstür traten, salutierten die Männer im Kampfanzug, bewaffnet mit dem Sturmgewehr der französischen Armee, und baten sie höflich, sich zu legitimieren, woraufhin Xavier und Alice ihre Ausweise vorzeigten.

»Olivier?«, fragte einer der beiden Soldaten und lächelte den Jungen an, dann wandte er sich an Esther, die ihm zuvorkam und ihren Vornamen nannte. »Vier Personen für eine astronomische Beobachtung vom Eiffelturm aus«, vermeldete der Soldat, und alle nickten. »Okay, dann los«, schloss er mit heiterer Miene und stieg zusammen mit seinem Fahrer wieder vorne in den Jeep.

Sie fuhren durch die um diese Uhrzeit dunklen und beinahe verlassenen Straßen der Hauptstadt. Keine Sterne leuchteten am schwarzen Himmel, und die von den Straßenlaternen beschienenen Fassaden, die in der lauen Sommerluft an ihnen vorüberzogen, die Alleen und Kreuzungen wirkten wie vergoldet. Xavier und Alice schauten sich an, während sie in einen der Tunnel am Seine-Ufer tauchten. Das orangefarbene Licht flutete ihre Gesichter in regelmäßigen Abständen, und durch die Geschwindigkeit des Wagens hatten sie das Gefühl, sich wie im Film in Zeitlupe zu betrachten.

Je näher sie dem Turm kamen, desto deutlicher hob er sich gegen den Himmel ab. Sie umkurvten einen Poller und fuhren auf die Esplanade, was normalerweise verboten war, um schließlich vor dem Südpfeiler zu stoppen. Ein Dutzend Soldaten erwartete sie, manche bewaffnet, andere nicht. Alice erkannte die Bewaffneten als Antiterrorkräfte des Plan Vigipirate. Vier Männer waren auf den Steinstufen postiert, und der auf der obersten hielt ein zweifach gefaltetes Blatt Papier in der Hand. Er trug den hellgrauen Dienstanzug des Heeres, an dem die Schulterklappen eines Lieutenant-Colonel prangten, und ein schwarz-goldenes Képi. Die drei anderen Männer trugen Tarnanzug und ein grünes Barett. Xavier schulterte das Teleskop, zog die Riemen zurecht und trat zusammen mit Alice und den Kindern auf den Lieutenant-Colonel zu, der sie mit einem leichten Nicken begrüßte.

»Monsieur Lemercier, Madame Capitaine, Olivier und Esther, willkommen«, sagte er mit der seinem Beruf eigenen klaren und zackigen Sprechweise. »Heute, am 6. Juni 2012, wird der Eiffelturm eigens für Sie geöffnet, und zwar auf Anordnung des Militärgouverneurs von Paris, eine Anordnung, die ich hier in der Hand halte und die vom Präsidenten unterzeichnet wurde. Dieses Privileg wird Ihnen für Ihr besonderes Verdienst um die französische Nation gewährt. Monsieur.« Er musterte Xavier mit einem ebenso kühlen wie respektvollen Blick. Xavier nickte knapp, während Alice und die Kinder ihn sprachlos anstarrten. »Die Fremdenlegion wird Sie eskortieren. Kamenow, Dos Santos und Plouhinec öffnen Ihnen den Zugang zur Treppe. Die

Aufzüge können wir nicht benutzen, auf Sie warten also tausendsechshundertfünfundsechzig Stufen bis zur Spitze. Wenn die Kinder müde werden, nehmen die Legionäre sie auf den Rücken.« Die drei Männer mit den grünen Baretten versteiften sich und salutierten. »Legionäre, wegtreten.«

»Wer sind Sie, Xavier?«, fragte Alice leise.

»Ein Mann, der den Eiffelturm öffnet«, antwortete er mit einem ungläubigen Lächeln. »Tut mir leid wegen der vielen Stufen.«

»Völlig egal«, erwiderte Alice. »Liegen wir in der Zeit?«

Xavier blickte auf seine Uhr. »Ja, ich rechne mit fünfzig Minuten für den Aufstieg und zehn, um das Teleskop aufzubauen und nach Osten auszurichten.«

»Dann nichts wie los«, meinte Alice.

Dos Santos, der an die zwei Meter groß und Schwarz war, führte sie an, während Kamenow und Plouhinec, deutlich kleiner und gedrungener, die Nachhut bildeten.

»Dawai, dawai!«, rief Kamenow und offenbarte durch diese Quasi-Interjektion, dass er Russe war.

»Ich habe Wasser dabei, falls jemand Durst bekommt.« Dos Santos drehte sich zu ihnen um. »Das gilt vor allem für die Kinder, wenn ihr Durst habt oder müde werdet, sagt Bescheid.«

Die metallenen Stufen dröhnten unter ihren Schritten, und bald gaben sie das Zählen auf. Ein lauer Sommerwind wehte über ihre Gesichter, während sie den eisernen Treppenabsatz der ersten Etage erklommen.

»Sie wollen also den Venusdurchgang beobachten?«, fragte Plouhinec plötzlich.

»Ja«, antwortete Alice, ohne sich umzudrehen, denn sie wollte das stützende Geländer nicht loslassen.

»Von der Spitze aus müsste man einen sehr guten Blick haben«, ergänzte Xavier.

»Mein Vater beobachtet ihn von der Pointe du Décollé aus, in der Nähe von Saint-Malo«, erwiderte der Legionär. »Wenn ich ihm erzähle, dass ich ihn vom Eiffelturm aus gesehen habe!«

In der ersten Etage angekommen, machten sie eine kurze Pause, und Dos Santos holte kleine Wasserflaschen aus seinen Taschen, die er erst den Kindern, dann Xavier und Alice reichte. »Ich glaube, meine Familie kann ihn vom Kap Vert aus auch sehen«, sagte er, »ich habe ihnen eine Nachricht geschickt. Was ist mit dir, Juri, sieht man ihn von dir zu Hause auch?«

Der Russe schüttelte den Kopf. »Ich habe kein Nachricht geschickt«, meinte er mit starkem Akzent, »weiß nicht, ob man die Planet bei uns sieht.«

»Du kommst aus Russland.« Esther pflanzte sich vor ihm auf. »Du kommst aus dem Land von Putin.«

Kamenow nickte. »Das stimmt.«

»Dein Land ist sehr groß auf der Weltkarte.« Sie breitete die Hände aus.

»Ja«, bestätigte er stolz, »mein Land ist das größte Land der Welt.«

Sie stiegen weiter bis zur zweiten Etage und bewunderten die Stadt, die mit jeder Stufe kleiner wurde: Der Triumphbogen war nur noch so groß wie ein Zuckerstück, die Grande Arche wirkte wie ein Briefbeschwerer, und der Invalidendom ähnelte einem goldenen Schmuckstück, das man zwischen den grauen Steinen der Haussmann-Gebäude fast übersah. Esther war außer Atem, genau wie Xavier, der immer noch das Teleskop trug.

»Sie sind nicht im Training«, bemerkte Dos Santos.

»Nicht so recht«, gestand Xavier.

»Geben Sie mir Ihre Ausrüstung.«

Xavier reichte ihm den Kasten, den sich der Legionär auf die Schulter schwang. Olivier rang ebenfalls nach Atem.

»Was haltet ihr davon, wenn wir euch tragen?«, fragte Plouhinec Esther und Olivier. »Damit würdet ihr mir helfen, eine Wette gegen Juri zu gewinnen.« Er zwinkerte seinem Kollegen zu.

»Du verlierst, Bretone«, erwiderte der Russe lächelnd. »Miss Esther, klettern Sie auf meine Rücken.« Er ging vor ihr in die Hocke. Plouhinec tat es ihm vor Olivier nach, und die beiden Kinder klammerten sich an die Schultern der Soldaten, die sie hochhoben, als wären sie federleicht.

»Okay, weiter geht's«, sagte Dos Santos und schritt voraus in Richtung Spitze.

»Dawai!«, rief Juri.

Der Himmel wurde allmählich heller und nahm einen fahlen Lilaton an. Bald war es so weit, die Sonne würde nicht mehr lange auf sich warten lassen. Alice überholte Xavier, der mit den Augen ihren schwarzen Stiefeletten auf den Stufen folgte.

»Wie viele Nieten stecken im Eiffelturm?«, fragte Olivier plötzlich.

»Viele«, antwortete der Russe.

»Dreihunderttausend«, schätzte Dos Santos.

»Fünfhunderttausend«, versuchte es Plouhinec.

»Eine Million«, warf Xavier ein.

»Zwei Millionen«, riet Alice.

»Fast richtig, Maman«, verkündete Esther.

»2,1 Millionen«, erwiderte Xavier.

»2,2 Millionen«, legte Alice nach.

»2,3!«, rief Xavier.

Sie stiegen und boten immer höher, bis die Kinder schrien: »Halt! Es stecken zwei Millionen und fünfhunderttausend Nieten im Eiffelturm.«

»Viele Nieten«, bemerkte Juri trocken.

»Wen hat Guillaume Le Gentil geheiratet?«, fragte Esther als Nächstes.

»Hoffentlich eine Frau, die er liebt«, war Juris Antwort.

»Nein, nicht verraten«, meinte Alice, »das erzählt ihr uns nach dem Venustransit.«

Sie erreichten die dritte Etage – die Spitze des Turms – und gelangten über ein Gittertor auf die oberste metallene Freiluftplattform, die um den gesamten Turm herumführte. Der Blick war absolut schwindelerregend, nicht einmal die Vögel in der Stadt flogen so hoch. Die Soldaten setzten die Kinder ab, und Dos Santos gab Xavier das Teleskop zurück. »Sie sind dran, Herr Astronom«, sagte er lächelnd.

Xavier schaute auf die Uhr. »Postieren wir uns gleich Richtung Osten.«

Alice holte einen Kompass aus der Tasche und peilte den Nordturm von Notre-Dame an, um herauszufinden, wo genau die Sonne aufgehen würde. »Noch ein Stück nach links.«

Die Aussichtsplattform war ringsum mit Fernrohren für die Touristen ausgestattet, aber durch die konnte man nur von weitem die Wahrzeichen der Stadt betrachten. Xavier kniete sich hin und klappte den Kasten auf, um das Instrument herauszuholen, das den Abgesandten des Königs über zehn Jahre lang in den indischen Meeren begleitet hatte – dieses Teleskop, das den Transit der Venus niemals beobachtet hatte. Er stellte das Dreibein auf, befestigte die dreiteilige Messingröhre und schob sie auseinander, um die Kathedrale anzuvisieren. Die Türme und der Vierungsturm erschienen im Sichtfeld.

»Ich habe eine Sternkarte aus dem Internet runtergeladen, ich glaube, das kommt hin, nur noch ein Stück weiter links«, meinte Alice, als sie durch das Fernrohr schaute.

»Sind Sie sicher?«, fragte Xavier.

»Ja, genau dort müsste es sein.«

»Ich hätte eher ein Stück weiter rechts gesagt.«

»Ich nicht.«

»Die beiden sind lustig, sie werden sich jetzt schon nicht einig«, flüsterte Olivier Esther zu.

»Das liegt daran, dass sie verliebt sind«, flüsterte sie zurück.

Die Soldaten standen ein paar Meter entfernt zusammen und setzten Sonnenfinsternisbrillen auf, die ihre Augen schützen würden. Plouhinec zog außerdem ein Fernglas heraus.

Alice schaute auf die Uhr. »Es ist bald so weit, Xavier, die Sonne müsste in fünfunddreißig Sekunden aufgehen.«

»Das schwarze Glas!« Xavier stürzte zum Kasten, um die kleine Scheibe aus der Chamoislederhülle zu ziehen und auf die Röhre zu stecken. Sofort verschwand die Stadt, nur die Sonne würde, wenn sie sich bei ihren Berechnungen nicht vertan hatten, in nunmehr weniger als zwanzig Sekunden zu sehen sein.

»Links, wusste ich's doch!« Alice zeigte nach Osten. Ein Lichtpunkt von der Größe eines weiß glühenden Stecknadelkopfes war gerade am Horizont erschienen.

Xavier drückte das Auge ans Fernrohr: Der Punkt wurde deutlich größer. Alice hatte recht gehabt, das Teleskop war gut ausgerichtet. Das Ende des letzten Venustransits für über hundert Jahre begann. Der Lichtpunkt warf einen Strahl quer über den Himmel. »Es geht los«, sagte Xavier bewegt, und die gesamte Stadt entflammte, selbst die Träger des Eiffelturms färbten sich orange, als würde das Eisen schmelzen. Die Sonnenscheibe erhob sich mit Höchstgeschwindigkeit, bis sie endlich über den Horizont stieg. Ihre perfekte Kreisform füllte beinahe das gesamte Sichtfeld des Teleskops aus. »Einfach magisch«, flüsterte Xavier. »Alice, kommen Sie her und sehen Sie, was für über ein Jahrhundert niemand mehr sehen wird«, und Alice presste das rechte Auge ans Okular und entdecke die Sonnenscheibe und eine klar umrissene schwarze Murmel, die rechts davor zu schweben schien, als schwämme sie in Öl: die Venus.

Sie verschränkte ihre Finger mit Xaviers, er drückte ihre Hand, dann trat sie vom Teleskop zurück, und die beiden schauten sich lange an.

»Was ist mit uns?«, quengelten Esther und Olivier lautstark.

»Kommt her«, sagte Xavier. »Ich knie mich vor das Teleskop, und ihr setzt euch nacheinander auf meine Schultern.«

Olivier ließ Esther den Vortritt. »Da ist sie!«, rief sie begeistert. »Da ist die Venus, da rechts, sie sieht aus wie ein dicker Leberfleck auf der Sonne.«

Nun kletterte Olivier auf die Schultern seines Vaters und erspähte seinerseits das Spiel aus Licht und Schatten in zwei Kreisen, einer groß und hell, der andere klein und dunkel.

So wechselten sie sich ab vor dem Teleskop während der Stunde, in der die Venus vor der Sonne vorbeizog, und die sechzig Minuten vergingen wie im Flug. Als die schwarze Murmel sich schließlich dem Rand der Sonne näherte, bemerkten Alice und Xavier, dass sie allein waren. Die Kinder hatten sich zu den Soldaten gesellt, um mit ihnen die Sonnenfinsternisbrillen auszuprobieren.

»Das ist das Ende des Durchgangs«, sagte Xavier, »gleich tritt die Venus aus der Sonnenscheibe aus.«

Alice blickte durch das Teleskop, dann drehte sie sich zu Xavier um. »Der Astronom ist gerächt. Und ich hatte den außergewöhnlichsten Morgen meines Lebens. Unsere Kinder sind glücklich, und ich bin es auch, sehr. Danke, Xavier.« Und sie fuhr fort: »Was haben wir noch gleich in der Arche Noah verabredet?«

»Dass wir uns küssen, wenn der Planet der Liebe vorbeigezogen ist.«

Eine Sommerbrise strich durch Alice' Haare, und Xavier trat einen Schritt auf sie zu. Ihre Gesichter waren einander ganz nah, und der süße Schwindel entsprang nicht nur ihrer Höhe über der Stadt. Alice schloss die Augen. »Küssen Sie mich«, murmelte sie. Und Xavier neigte sich zu ihr, bis sich ihre Lippen berührten. Die Zeit stand still, die Stadt schien weit weg und erstarrt, ihre Bewohner, ihre Autos, ihr Lärm nur ferne Erinnerungen, und die Sonne strahlte auf sie beide herab, am Ende einer Finsternis, am Anfang der Liebe. Dieser erste Kuss war wie die Erfüllung eines jahrhundertealten Versprechens, von dem Alice und Xavier nichts ahnten – nur der vorbeiziehende Planet wusste um das Geheimnis.

Ihr zarter Kuss wurde leidenschaftlicher, und Xavier

drückte Alice fest an sich. »Ich bin auch sehr glücklich«, sagte er, und sie küssten sich noch einmal.

Um sechs Uhr fünfundfünfzig und 7,3 Sekunden verließ die Venus endgültig die Scheibe der Sonne.

Das Pferd preschte auf die Küste der Halbinsel Cotentin zu. Guillaume hielt die Zügel fest in den Händen und ritt in vollem Galopp durch die weißliche Gischt. In Coutances war er zwar mit großer Herzlichkeit empfangen worden – die Bewohner hatten sich aus den Fenstern gelehnt, um den berühmten Sohn ihrer Stadt zu sehen, manche hatten ihm begeistert zugewinkt, andere sogar Blumen geworfen und ihm zugejubelt: »Hoch lebe der Astronom des Königs! Hoch lebe Guillaume, der Sohn unserer Stadt!« –, dagegen war bei seiner Rückkehr auf den Familiensitz von Freude nichts zu spüren gewesen. Der Herzog von La Vrillière hatte recht gehabt. Keiner seiner Verwandten hatte sich in die Stadt bemüht, um ihn willkommen zu heißen, und im großen Empfangsraum im Erdgeschoss, in dem im Kamin über ein paar glühenden Scheiten noch ein eiserner Suppentopf hing, empfing man ihn nach zwölf Jahren Abwesenheit mit frostigem Schweigen. Sein Bruder umarmte ihn lange, und auch seine Schwester schloss ihn in die Arme, doch sie taten es mechanisch, ungelenk wie Marionetten, kalt wie das ersterbende Feuer.

»Unsere Mutter ist dahingegangen, während du in Indien warst«, sagte sein Bruder.

»Ich weiß«, antwortete Guillaume, »ich war bereits an ihrem Grab.«

Mit am Esstisch saßen ein Cousin und zwei Cousinen. Der Notar, der ebenfalls einbestellt worden war, sah dem Familientreffen, das eisig zu werden versprach, offenbar mit Gleichmut entgegen; gewiss hatte der füllige Mann mit dem ziegelroten Gesicht so etwas bei Erbschaftsangelegenheiten schon häufiger erlebt und regte sich über nichts mehr auf. Immerhin war er der Einzige, der sich ein Lächeln abrang. Und er ergriff als Erster das Wort: »Wie geht es zu in Indien, Monsieur?«

Bevor Guillaume antworten konnte, fragte die Schwester: »Willst du eine Suppe? Es ist noch welche da, ich könnte das Feuer neu entfachen.«

»Indien ist groß, und ich möchte keine Suppe«, erwiderte Guillaume und setzte sich an den Tisch.

Lange Zeit war nur leises Knistern und Knacken aus dem Kamin zu vernehmen. Auf dem Dach miaute eine Katze, eine Krähe antwortete, und dann bellte ein Hund.

»Nimm doch ein wenig Kalbfleisch«, sagte nach einer Weile der Bruder und tat, als wollte er aufstehen.

»Nein, kein Kalbfleisch, danke.« Guillaume sah in die Runde. »Was macht Notar Tuvache am Tag meiner Rückkehr hier bei uns? Ich glaube nicht, dass Sie ein eifriger Beobachter der Gestirne sind, Monsieur …«

Das Lächeln des Notars bekam etwas Gezwungenes. Er griff nach seinem Gläschen Calvados und trank einen Schluck.

»Ist das der Calvados der Potiers?«, fragte Guillaume.

»Ja«, bestätigte seine Schwester.

»Ist er noch immer so gut?«

»Er ist sehr gut«, kam vom Notar.

»Ja«, sagte Guillaume, »die Potiers sind gute Menschen, und sie sind großzügig, sie schenken den Calvados aus ihren Äpfeln den Menschen, die ihre Freunde sind. Habe ich Freunde an diesem Tisch?«

Die Runde erstarrte.

»Sie haben doch Ihre Familie, Monsieur, auch jetzt noch, wo Ihr königlicher Auftrag beendet ist«, sagte der Notar.

Guillaume nickte. »Danke, ja, in der Tat hat mich Seine Majestät ans andere Ende der Welt geschickt, und ich komme recht spät zurück. Meine Frage richtete sich aber nicht an Sie, Monsieur, sondern an meine Verwandten: Habe ich Freunde unter euch?«

Guillaume blickte jede Person am Tisch einzeln an und stellte fest, dass die meisten seinem Blick auswichen.

»Die Frage, ob man Freunde in der Familie hat, ist sehr sonderbar«, bemerkte sein Bruder.

»Ich finde sie gerechtfertigt«, antwortete Guillaume, »ich habe jenseits der Meere sehr treue Freunde gefunden, von denen manche nicht mehr leben, und ich trage ihre Zuneigung noch heute im Herzen.« Er blickte den Stuhl an, der traditionsgemäß seit dem Tod seiner Großmutter leer blieb, obwohl er immer mit am Tisch stand. Guillaume lächelte wehmütig.

»Wie traurig, dass sie nicht mehr da ist«, sagte er, wobei er auf den Stuhl deutete. »Sie war eine harte, aber auch sehr gütige Frau.«

Der Notar runzelte fragend die Stirn, und eine der Cousinen beugte sich vor, um ihm den Brauch des leeren Stuhls zu erklären.

»Ich wünschte, sie wäre hier und würde mir eine ihrer

milchigen Seetangsuppen kochen, die immer nach Jod rochen ...«

»Guillaume«, flüsterte seine Schwester mahnend.

»Ja, ›Guillaume‹, du sagst es. Wo ist Guillaume? Der kleine Guillaume, der die Sterne bestaunte, der fast Priester geworden wäre, Guillaume, der Astronom, Guillaume von den Indischen Meeren ... Mir ist zu Ohren gekommen, dass ihr mich für tot hieltet und angefangen habt, mein Erbe unter euch aufzuteilen.«

»Ja, wir haben dich für tot gehalten!«, meinte sein Bruder brüsk.

»Ja, wir haben geglaubt, du seist gestorben«, bekräftigte die Schwester, »das haben alle gesagt.« Die Cousinen nickten.

»Man ist tot, wenn der Atem stockt und man in die Erde gebettet wird. Woher konntet ihr denn wissen, dass ich wirklich tot bin? Kein gekentertes Schiff hat meinen Namen auf seinen Passagierlisten geführt. Wäre mir ein Unglück zugestoßen, wäre es in all den Jahren doch sicher möglich gewesen, das herauszufinden. Aber es gab keinen Beweis für meinen Tod, und zwar aus einem einfachen Grund: Ich bin am Leben!«

»Der Herzog von La Vrillière hat uns mitgeteilt, dass man nichts mehr von dir gehört hat«, machte sein Bruder geltend.

»Der Herzog von La Vrillière hat euch sicherlich nicht mitgeteilt, dass ich tot bin. Oder hat er euch das gesagt?«, fragte Guillaume.

Die Antwort bestand aus betretenem Schweigen. Der Notar brach es als Erster, nachdem er einen Blick auf seine Uhr geworfen hatte.

»Monsieur Le Gentil, da Sie keine Ehefrau und keinen Erben in direkter Linie haben, wurden Ihre Ländereien und Ihr Vermögen ordnungsgemäß zwischen Ihren Verwandten, Ihrem Bruder, Ihrer Schwester und deren Nachkommen aufgeteilt. Diese Regelung ist rechtskräftig, und es würde sehr lange dauern, sie anzufechten.«

Guillaume sah ihn an, dann stand er auf und stellte sich mit dem Rücken zu den Anwesenden vor die Anrichte. Er atmete ein paarmal tief durch, klappte das Messer auf, das ein Freund von Toussaint auf der Isle de France für ihn geschmiedet hatte, und drehte sich um. »Ich bin Guillaume Le Gentil de La Galaisière«, sagte er langsam, ging an den Tisch zurück und stieß das Messer mit einer solchen Wucht in die hölzerne Tischplatte, dass der Notar und alle Verwandten erschrocken zusammenzuckten. »Und ich habe«, fuhr er mit drohendem Unterton fort, »mehr Himmel, Sonnen, Monde, Sterne, Menschen und Tiere auf dieser Erde gesehen als ihr in zwanzig Generationen zu Gesicht bekommen werdet! Ich bin der Abgesandte des Königs, der Abgesandte Gottes! Und Gott ist mein Freund, Gott ist an meiner Seite, er beobachtet euch und urteilt über das, was er sieht. Ich werde Anwälte gegen euch aufbieten, und wenn es mich in den Ruin treibt! Ich werde mein Land und meinen Beruf behalten, und ich werde Astronom bleiben!«

Die Familie saß wie vom Donner gerührt am Tisch. Guillaume griff nach seinem schwarzen Umhang und stürmte Türen schlagend hinaus. Sein Messer steckte wie eine Kampfansage im Holz. Alle bekreuzigten sich.

Guillaume marschierte auf das Landgut der Familie Potier zu. Seine schwarzen Stiefel patschten in die Pfützen, die sich nach dem Gewitter am Nachmittag gebildet hatten. Ein schmaler Feldweg führte zu einer großen Obstplantage, die sich bis zum Horizont erstreckte. Als er unter einem regennassen Baum hindurchging, rieselten durch einen plötzlichen Windstoß Tausende winziger Tröpfchen auf seinen goldbestickten Rock, dessen Französischblau durch die Sonne Indiens ausgebleicht war.

»Guillaume!«, rief auf einmal ein Mann, der ein Stück entfernt zwischen den Apfelbäumen stand. Er ließ die Stange los, mit der er gegen die Zweige geschlagen hatte, und lief ihm entgegen.

»Mein lieber Pierre«, begrüßte der Astronom den Atemlosen, »ich sehe, du bist immer noch der Hüter der Äpfel!«

»Guillaume!«, wiederholte der Mann und zog ihn an sich. Guillaume erwiderte die Umarmung. Pierre war auf dem Landgut der Familie Potier angestellt und von klein auf nicht ganz richtig im Kopf. Er war rechtschaffen und robust und sprach mit Steinen so unbekümmert wie mit Bäumen oder Wolken. Im Priesterseminar hatte Guillaume einmal einen Aufsatz über ihn verfasst, in dem er ihn den »besten Menschen auf Gottes Erdboden« nannte, der aus reiner Güte bestand und zweifellos vor allen anderen ins Reich Gottes eingehen würde.

»Du bist von den Sternen zurückgekommen!«, sagte Pierre und besah sich sein Gegenüber genau. »Du bist zurückgekommen, und du bist sehr schön.«

Guillaume drückte ihn noch einmal an sich. »Mein lieber Pierre! Sind die Potiers zu Hause?« Pierre nickte.

Auf dem Hof der Nachbarn angekommen, stieß Guillaume die Haustür auf, und die Potiers begrüßten ihn mit ähnlich großer Freude wie Pierre. Sie holten ihren besten Calvados, einen Jahrgang 1609, aus dem Keller, wo er seit der

Regierungszeit Heinrichs IV. unter dicken Staubschichten geschlummert hatte.

»Ihre Tochter Marie-Michelle ist nicht da?«

Der Vater schüttelte den Kopf.

»Ist ihr etwas zugestoßen? Bitte sagt, dass das nicht wahr ist – ich habe schon so viel Schweres erlebt, seit ich aus der Ferne zurückgekehrt bin, das nicht auch noch, es wäre zu viel.«

»Oh nein, Guillaume, es geht ihr gut, sie erfreut sich bester Gesundheit«, beruhigte ihn der Vater. »Sie ist bei ihrer Tante Madeleine, die in Strandnähe wohnt. Madeleine ist krank, und Marie-Michelle wohnt seit einer Woche bei ihr, um sie zu pflegen.«

»Du solltest sie besuchen«, ergänzte die Mutter, »sie würde sich so freuen! Sie hat die ganzen Jahre immer wieder an deinen Mäzen, den Herzog, geschrieben.«

»Ich lasse dir ein Pferd satteln«, erklärte der Vater.

Das Pferd erklomm eine Anhöhe, und vor Guillaume lag das Haus der Tante Potier, von dem aus man die Landspitze Pointe d'Agon sah. Vor dem Eingang zog er an den Zügeln und streichelte seinem Reittier die schweißnassen, vor Anstrengung geblähten Nüstern. Nachdem er mehrfach mit dem eisernen Türklopfer gegen das Holz geschlagen hatte, drückte er die Tür auf und stand vor einem großen Wohnzimmer, dessen Fenster zur Bucht hinausgingen. Im Zimmer roch es nach Suppe. Die Einrichtung kam ihm bekannt vor, denn er war einige Male mit den Potiers hier gewesen, wenn auch vor langer Zeit, als Marie-Michelle noch ein kleines Mädchen gewesen war, dem er die Sternbilder erklärte. Rechts vom Kamin stand ein Bett, in dem sich die schmale Gestalt einer alten Frau abzeichnete. Guillaume ging zu ihr.

»Tante Potier, ich habe mir erlaubt, ungefragt einzutreten, ich bin Guillaume Le Gentil de La Galaisière.«

Die Liegende wandte ihm das Gesicht zu und lächelte.

»Guillaume, der Astronom! Du bist also doch noch nach Hause gekommen.«

»Ich bin wieder da«, erwiderte er und kniete sich neben das Bett.

Tante Potier legte ihre knochige Hand in seine und betrachtete ihn liebevoll.

»Ich bin schwer gestürzt und schon recht alt«, sagte sie. »Marie-Michelle, das liebe Kind, ist gekommen und kümmert sich um mich. Geh zu ihr, Guillaume, sie ist draußen und macht einen Spaziergang zur Schiffsbrücke.«

Seine schwarzen Stiefel gruben sich in den Sand, als er die spärlich mit Strandhafer bewachsene Düne hinaufstieg, auf die der Seewind getrocknete Algen geweht hatte. Vom Dünenkamm aus sah er die Pfähle des langgezogenen Bootsanlegers, der sich in die Bucht von Agon schob und nur bei Flut genutzt werden konnte. Gerade herrschte Ebbe, und das abfließende Wasser hatte Gezeitentümpel hinterlassen, in denen sich der rosig schimmernde Himmel spiegelte. Ganz am Ende des Anliegers konnte er eine weibliche Gestalt in einem hellen Kleid ausmachen, die dem Ozean zugewandt war. Guillaume lief die Düne hinunter und durchquerte einen der Tümpel. Es war, als würden seine Stiefel über das rosafarbene Wasser gleiten, so unbewegt blieb es. Er stieg die Treppenstufen hinauf, die zum Anleger führten, und ging mit hallenden Schritten über den Holzsteg. Die Gestalt im hellen Kleid drehte sich um und legte sich eine Hand über die Augen, um besser zu sehen, wer sich ihr näherte. Erst als der Astronom nur noch zehn Schritte von der jungen Frau entfernt war, erkannte er ihr Gesicht. Das kleine blonde Mädchen, dem er die Sterne gezeigt hatte, war verschwunden, vor ihm stand eine junge Frau von zwanzig Jahren. Sie hatte weiche, regelmäßige Gesichtszüge, langes kastanienbraunes Haar, das ihr auf die Brust fiel, und rosige, wie mit einem feinen Pinsel gezeichnete Lippen. Sie blickte ihn aus weit aufgerissenen dunklen Augen an, die sich mit Tränen füllten. »Guillaume …«, flüsterte sie und schlug sich zitternd die Hand vor den Mund. »Guillaume, du bist zurückgekommen.«

Der Astronom war von Marie-Michelles Gefühlsbewegung ebenso überrascht wie sie von seinem Anblick. Er stand leibhaftig vor ihr, aufrecht, lebendig! Der Wind frischte auf, und Guillaume fürchtete schon, die junge Frau würde von einer Bö umgerissen, so stark bog sich ihr schlanker Körper im Wind. Er umfing sie mit den Armen, um sie zu halten, und spürte, dass sie kraftlos mit geschlossenen Lidern gegen ihn sank. So blieben sie eine Weile stehen, bis Marie-Michelle wieder zu sich kam und die Augen aufschlug. Ihre Blicke versanken ineinander.

»Du bist zurückgekommen«, flüsterte sie noch einmal, »du bist wirklich hier.«

Guillaume nickte. »Ich bin wirklich hier.«

»Ich warte schon so lange auf dich«, sagte Marie-Michelle. »Ich habe die Tage gezählt, ich habe zweimal im Jahr an den Herzog geschrieben, ich habe geschworen, mich nicht zu verheiraten, solange man mir nicht beweist, dass du tot bist. Ich habe jeden Abend gebetet. Und ich wurde erhört.«

Guillaume lächelte sie an. »Ein weiser Mann hat einmal

zu mir gesagt, dass ich nicht einen Stern suche, sondern die Liebe. Und dass ich sie am Ende der Reise finden werde.«

»Küss mich, Guillaume«, flüsterte Marie-Michelle, und wandte ihm ihr Gesicht zu. Der Astronom neigte sich zu ihr, bis sich ihre Lippen berührten und beide zum ersten Mal einen Kuss erlebten.

»Ich habe dir zwei Schätze von meiner großen Reise mitgebracht, einen vom Himmel und einen aus dem Meer.« Guillaume schob die Hand in seine Jackentasche. »Das ist Sternenstaub«, erklärte er und gab ihr das Meteorteilchen, das er elf Jahre zuvor vom Deck der *Le Berryer* aufgehoben hatte. Die junge Frau hielt es zwischen ihren zarten Fingern und betrachtete es mit demselben entzückten Lächeln, mit dem sie ihn schon als Mädchen bezaubert hatte. Guillaume holte die Lambiperle hervor und streckte sie ihr entgegen.

»Ich bin ans Ende der Welt gereist, um eine schwarze Perle zu finden, die die Sonne durchquert, und komme mit einer rosenfarbenen Perle zurück.«

Marie-Michelle nahm die Kostbarkeit vorsichtig zwischen Daumen und Zeigefinger.

»Guillaume …«, flüsterte sie. Sie hielt die Perle direkt vor die Sonne, die gerade hinter dem Horizont im Meer versank. Die Perle verdeckte die Sonnenscheibe, und ihre Farbe verschmolz für einen Augenblick mit der des Himmels.

EPILOG

Guillaume Le Gentil de La Galaisière heiratete Marie-Michelle Potier. Sie bekamen eine Tochter namens Marie-Adélaide. Le Gentil widmete sich mehrere Jahre lang der Arbeit an seinem großen Werk *Reisen in den indischen Meeren bei Gelegenheit des Durchganges der Venus durch die Sonnenscheibe 1761 bis 1771*, dessen erster Band 1779 bei der Presse Royale erschien, gefolgt von einem zweiten im Jahr 1781. Er setzte seine astronomischen Forschungen für die Akademie fort, verlor den Prozess gegen seine Familie und hielt zahlreiche Vorträge über den Indischen Ozean und seine Fauna und Flora, über Meeresströmungen und Inseln und die Sitten und Gebräuche ihrer Bewohner. Er galt als Kapazität auf seinem Gebiet, und Forscher, die in diese Weltgegend aufbrechen wollten, suchten seinen Rat.

Der Astronom starb im Herbst 1792, zur Zeit der Französischen Revolution, in einer Wohnung im Königlichen Observatorium, die man ihm und seiner Familie zur Verfügung gestellt hatte.

Wir kennen seine letzten Worte nicht, wir wissen nicht einmal, wie er aussah. Von ihm existiert kein Porträt – weder ein Ölgemälde noch eine Zeichnung noch ein Kupferstich. Nichts. Die Abbildungen, die sich unter seinem Namen im Internet finden, stammen aus Datenbanken, die Männer seiner Epoche darstellen, also andere, nicht ihn. Die Algorithmen scheinen nicht zuzulassen, dass man einem so berühmten Mann kein Gesicht zuordnen kann.

Doch so ist es nun einmal.

Xavier Lemercier und Alice Capitaine leben noch immer in Paris. Sie sind noch immer verliebt. Ihre Wohnungen haben sie aufgegeben und gemeinsam eine neue gekauft. Diese befindet sich noch immer im Viertel und hat eine große Terrasse, von der aus man den Eiffelturm erspähen und wunderschöne Sonnenuntergänge über den Dächern der Stadt beobachten kann. Esther und Olivier sind inzwischen zweiundzwanzig Jahre alt. Esther hat sich vor kurzem von dem jungen Mann getrennt, mit dem sie zusammen war, und Olivier von der jungen Frau, mit der er durchs Leben ging. Nun fragt er sich, ob er nicht eigentlich schon immer in Esther verliebt war. Esther wiederum stellt sich genau dieselbe Frage in Bezug auf Olivier. Im Moment sprechen sie nicht darüber. Noch nicht.

Gerade präpariert Alice ein Lama. Xavier schreibt einen Brief an das Observatorium, dem er das Teleskop für die Dauerausstellung schenken möchte. Aber eigentlich ist er sich nicht sicher, ob er den Brief wirklich abschicken will.

Der nächste Venustransit findet 2117 statt. Also in vierundneunzig Jahren. Ihr, die ihr diese Zeilen lest, werdet dann nicht mehr da sein. Und ich ebenso wenig. Genau wie Guillaume werden wir diese Verabredung verpassen. Aber das ist nicht schlimm. Wir sind hier. Jetzt. Ich schreibe. Ihr lest.

Wir atmen.

Wir sind am Leben.

Alles ist gut.

Antoine Laurain
Eine verdächtig wahre Geschichte
Roman
Aus dem Französischen von Claudia Kalscheuer
208 Seiten, gebunden
ISBN 978-3-455-01202-6
Auch als Taschenbuch erhältlich
ISBN 978-3-455-01538-6
Atlantik Verlag

Die Pariser Star-Lektorin Violaine Lepage liegt nach einem schweren Unfall im Koma. Aber es kommt noch schlimmer: Als sie aufwacht, droht der unter ihrer Federführung erschienene Roman *Die Zuckerblumen* Frankreichs renommiertesten Literaturpreis zu gewinnen. Dabei ist der Autor unauffindbar! Das ist so sehr gegen die Konvention der Preisvergabe, dass Violaines Karriereende bevorsteht. Da kommen ihr drei Morde zu Hilfe, die sich just so ereignen wie im Roman beschrieben. Nun sucht auch die Polizei den unsichtbaren Autor. Wer hat *Die Zuckerblumen* geschrieben und warum? Die Antwort liegt gut versteckt in der realen Vergangenheit und nicht jeder will, dass sie entdeckt wird …

»Clever, lustig, ein Meisterwerk von französischer Perfektion.«
Queen Camilla

»Für alle, die heitere und kluge Unterhaltung lieben.«
WDR 2 Lesen